धुन्ध में सफर

अजय अग्रवाल

KAVYA
PUBLICATIONS

Publisher:

SDR INNOWAYS INDIA PVT. LTD.
667, Rajaward, Kulpahar, Mahoba - 210426

Imprint:
KAVYA PUBLICATIONS
Abhinav R.H.4, Awadhpuri, Bhopal - 462002

Centre
Kavya Publications
(Maxel Electronics) 8, 3rd floor DSIDC Shed SCHEME-1
Okhla phase -2, Delhi - 20.

Mob. : 7905266820, 9918801353
Website: www.kavyapublications.com
E-Mail: editor@kavyapublications.com

ISBN : 978-81-938254-0-2
Price : 299/-
Year : 2019 (First Edition)

This book is printed at MTL and published by author Ajay Agrawal, CEO of SDR Innoways India Pvt. Ltd. Kulpahar Mahoba with its imprint and centre, Kavya Publications Delhi.

युवा भारत के लिए

उस दिन पूरे देश के अखबारों में वह एक खबर सुर्खियों में थी। लोकसभा सांसद सुदर्शनपुर प्रभात कुमार को कोर्ट द्वारा दिया गया ज़मानत का आदेश।

संसदीय क्षेत्र में पढ़े-लिखों का ऐसा शायद ही कोई घर हो, जिसमें कुछ समय के लिए आज प्रभात कुमार के नाम की चर्चा न हुई हो। होती भी क्यों न लगातार दूसरी बार निर्दलीय चुनाव लड़कर प्रभात कुमार लोकसभा पहुँचे थे। दोनों बार उन्होंने कद्दावर राजनीतिक पार्टियों के कद्दावर नेताओं को पराजित कर बड़े बहुमत से चुनाव जीता था। क्षेत्र के अधिकांश लोग उनके दीवाने थे, उसी प्रकार जैसे एक फिल्मी कलाकार के होते हैं, और अचानक ... जैसे एकाएक भूकम्प आया। एक मामले में उन्हें सज़ा हो गई। एक लोकप्रिय व्यक्ति, सलाखों के पीछे पहुँच गया। अर्श से प्रभात कुमार फर्श पर आ गए। लोकसभा सदस्यता समाप्त हो गई।

जगह-जगह उनके नाम पर बहस छिड़ी थी। पान के खोखों पर, चाय की दुकानों पर, छात्राओं के बीच, चौराहों पर, महिलाओं में भी, और जैसा कि इस महान कहे जाने वाले लोकतंत्र में होता है, अपनी वाक एवं अभिव्यक्ति की स्वतंत्रता का पूरा उपयोग करते हुए कुछ लोग उन्हें देवता कह रहे थे, कुछ दानव।

* * * * *

जिला जेल के बाहर जबर्दस्त भीड़ थी।

कारण, कुछ देर बाद प्रभात कुमार ज़मानत पर बाहर आने वाले थे। भीड़ में उनके प्रशंसक, विरोधी, तटस्थ दर्शक, भीड़ को नियंत्रित करने के लिए पुलिस, पत्रकार सभी थे। जगह-जगह झुण्ड लगे हुए थे। गुमठी, खोखों, दुकानदारों की चाय, पकौड़े, गुटखे कम पड़ रहे थे। सभी को बेसब्री से इंतज़ार था, प्रभात कुमार के बाहर आने का। अचानक बाहर खड़े सुरक्षाकर्मी हरकत में आये। पत्रकारों के कैमरों की फ्लैश लाइटें चमकने लगीं। झक्क सफेद कुर्ते, पायजामे में प्रभात कुमार बाहर निकले, पत्रकार उनकी ओर झपटे, पुलिस ने हाथों का घेरा बनाकर चारों ओर डाल दिया।

''प्रभात कुमार''..................''ज़िन्दाबाद''..।

''प्रभात कुमार''..................''ज़िन्दाबाद''..।

उन्हें देखते ही तमाम झुण्ड नारे लगाते हुये उनकी ओर बढ़े।

''प्रभात कुमार'..................''मुर्दाबाद''..।

''प्रभात कुमार'..................''मुर्दाबाद''..।

एक कोने से आवाज़ उठी। स्पष्ट था कि वहाँ उनके कुछ विरोधी भी थे। भीड़ को उनकी ओर बढ़ते देख पुलिस कर्मियों ने घेरा बड़ा कर और भी सख्त कर दिया। प्रभात कुमार ने भीड़ की ओर देखा और चलते हुए हाथ हिलाने लगे। चेहरे पर थकी-थकी मुस्कान थी।

''सर, क्या इस बार अपनी जगह सुदर्शनपुर से किसी को चुनाव लड़वायेंगे?'' एक पत्रकार ने भीड़ को चीर पुलिस के घेरे में मुँह डालकर उनसे पूछा।

''प्रभात कुमार'' ...''ज़िन्दाबाद''..।

तभी निकट आई भीड़ ने नारा लगाया, जिसमें उस पत्रकार की आवाज़ दब गई।

''सुना है सर, अब आपका बेटा आपकी जगह चुनाव लड़ेगा?'' एक अन्य पत्रकार ने प्रश्न किया। मगर भीड़ के शोर में उसकी आवाज़ सुनी न

जा सकी। प्रभात कुमार और उनका सुरक्षा घेरा चलायमान था। फ्लैश लाईटें लगातार चमक रही थीं।

"विल यू से, यू आर इनोसेन्ट सर।" एक प्रसिद्ध अंग्रेज़ी समाचार चैनल के रिपोर्टर ने दूर से प्रश्न किया। प्रभात कुमार ने उसकी ओर देखा।

"सर क्या आप समझते है आप बेदाग बरी हो जायेंगे?" एक अन्य पत्रकार ने शोरगुल के बीच ज़ोर से चीखकर पूछा।

हाथ हिलाते प्रभात कुमार उसकी ओर देखकर मुस्कुराये, फिर हाथ जोड़ दिये, शायद उन्होंने उसका प्रश्न भी ठीक से नहीं सुना था।

सुरक्षा घेरा उनको उनकी मर्सिडीज तक लेकर पहुँच चुका था।

"सर हम लोगों को बात करने का कुछ समय दीजिये।" एक रिपोर्टर ने पास जाकर उनसे कहा तो भीड़ में तेज चिल्लाकर उन्होंने कहा - "आप लोग अपने प्रश्नों का उत्तर देने के लिये कृपया मुझे कुछ समय दीजिये। मैं आपको शीघ्र बुलाऊँगा।" वह रिपोर्टर उनके बहुत निकट पहुँच गया था, इसलिये प्रभात कुमार ने मुस्कुराकर उससे हाथ मिलाया।

"थैंक यू सर।" मुस्कुराकर रिपोर्टर ने कहा।

"बैठिये सर।" एक सुरक्षाकर्मी इंस्पेक्टर ने उन्हें लगभग गाड़ी में बैठा दिया। उसे डर था कहीं रिपोर्टर से बातचीत न होने लगे। वह शीघ्र उन्हें सुरक्षित घर पहुँचाना चाहता था।

भीड़ फिर चिल्लाई- "प्रभात कुमार"..."ज़िन्दाबाद"..। दूर विरोधी समूह ने उसी ज़ोर से प्रत्युत्तर दिया-

"प्रभात कुमार"..."मुर्दाबाद"..।

* * * * *

दो दिन बाद, देश के एक प्रमुख दैनिक में मुख्य पृष्ठ पर एक खबर कुछ इस प्रकार छपी-

नई दिल्ली ! किसान मजदूर पार्टी के प्रदेश अध्यक्ष नरसिंह देव ने आरोप

लगाया है कि लोकसभा में बर्खास्त सांसद प्रभात कुमार बहुत बड़े ठग हैं। वे जनता को मूर्ख बनाने में माहिर हैं। नरसिंह देव ने एक पत्रकार वार्ता में बताया कि प्रभात कुमार ने अवैध तरीके से कमाये धन से एक बड़ा हॉस्पिटल बनवाया बिना किसी चिकित्सा की डिग्री के तंत्र-मंत्र, धूर्तता से बीमार लोगों को लूटा, इलाज के नाम पर इनका तन, मन, धन शोषण किया।

श्री देव ने आरोप लगाया कि बी०ए०एम०एस० की डिग्री तक न होते हुए प्रभात कुमार ने गम्भीर मरीजों तक की सर्जरी की। सर्जरी के नाम पर भारी कमाई की। सर्जरी के दौरान अनेक मरीजों को उनके अनाड़ीपन के कारण मौत के मुँह में जाना पड़ा, स्थानीय प्रशासन को घूस देकर, आँखों में धूल झौंककर वे डॉक्टर बने रहे। मरीजों के लूट के पैसे से चुनाव लड़ा और दबंगई के बल पर लोकसभा की सीट हथियाई। श्री देव ने सरकार से माँग की है कि प्रभात कुमार के डॉक्टरी पेशे, अस्पताल एवं काली कमाई की सी.बी.आई. जाँच सरकार को कराना चाहिए।

''इस पत्रकार को तो मैं जान से मार दूंगा।'' कसमसाते हुए उमाशंकर सिंह ने अखबार टेबिल पर पटक दिया- ''आपने पत्रकारों को बहुत सिर पर चढ़ा रखा है, शुरु से टाइट रहते तो ऐसा अनाप-शनाप लिखने की हिम्मत नहीं पड़ती इनकी।''

चुपचाप बैठे रहे प्रभात कुमार, सिर नीचे था, सोचने की मुद्रा थी।

''नरसिंह देव कभी आपसे चुनाव नहीं जीत पाया तो ज़हर उगलकर कोर्ट को प्रभावित करने की कोशिश कर रहा है। उसे पता है कि यदि कोर्ट ने आपको बरी कर दिया तो वह कभी भी चुनाव नहीं जीत पायेगा। आप उसके खिलाफ प्रेस में कुछ बोलते क्यों नहीं ?'' अत्यधिक बेचैन था प्रभात कुमार के बेटे अनित्य का चेहरा। इस समय उस विशालकाय ड्राइंग रुम में उन दोनों के अलावा प्रभात कुमार का विश्वासपात्र माना जाने वाला उमाशंकर सिंह, जीवन ज्योति हॉस्पिटल के डायरेक्टर डॉ.एस.के. तलवार और हॉस्पिटल के तीन डॉक्टर बैठे हुए थे।

''नरसिंह, अगले चुनाव की तैयारी कर रहा है।'' उमाशंकर के चेहरे पर आक्रोश था।

"सर, आपकी जगह मेरी सज़ा हो जाती तो बहुत अच्छा होता।" एक डॉक्टर पवन ने अपनी संवेदना प्रकट की।

"आपकी वजह से पापा, आपको सज़ा हुई, हमें इतने बुरे दिन देखने पड़े।" अनित्य ने क्रोध मिश्रित दुःख से शून्य में देखते हुए कहा।

"आप पूरे विश्वास से कभी कहते नहीं दिखे कि ऑपरेशन आपने नहीं किया था।" आरोप लगाने वाला स्वर था उमाशंकर का।

प्रभात कुमार ने बाँये हाथ की बीच की ऊँगली सिर पर टिका ली।

"मैं भी कहने को तैयार था कि सर्जरी मैने की है।" दूसरे डॉक्टर का स्वर भावुक था।

"नरसिंह देव बहुत ओछेपन पर उतर आया है।" उमाशंकर उस समाचार पर नज़रें दौड़ा रहा था- "इच्छा हो रही है इसको अच्छी तरह सबक सिखाऊँ।"

"हॉस्पिटल कैसा चल रहा है ?" प्रभात कुमार डॉक्टरों से उन्मुख हुए, टॉपिक बदल दिया।

"सब ठीक है सर, सभी को आपकी कमी खलती है।" एक डॉक्टर ने उत्तर दिया।

"हॉस्पिटल के कामकाज में कोई चेन्ज नहीं आना चाहिए, हम रहें या न रहें।" निर्देश दिया प्रभात कुमार ने।

"जी।" दोनों ने सिर हिलाये।

"उमाशंकर...।" पुनः निर्देश देने वाला पुट था प्रभात कुमार के स्वर में - "कल सारे मीडिया को आमंत्रित करो, परसों दस बजे मैं प्रेस कान्फ्रेन्स करुंगा।"

"जी।" उमाशंकर एकाएक सावधान सा हुआ।

प्रभात कुमार उठे और अन्दर की ओर बढ़ गए। सभी उठ खड़े हुए।

* * * * *

रविवार का दिन था।

'सुंदरी भगवन्ता महाविद्यालय' के मुख्य दरवाज़े के बाहर हलचल लगातार बढ़ती जा रही थी। एक के बाद एक गाड़ियाँ बाहर खड़ी होती गईं। स्थिति यह हो गई थी कि कई चार पहिया और दो पहिया गाड़ियाँ खड़ी करने के लिए अगल-बगल जगह तलाश की जा रही थी।

लोगों के हाथों में कीमती कैमरे और मोबाइल थे। आने वालों को कुछ लोग अन्दर जाने का मार्ग बता रहे थे।

दरअसल आज प्रभात कुमार की प्रेस कान्फ्रेन्स थी। प्रभात कुमार ने अपनी प्रेस कान्फ्रेन्स अपने ही डिग्री कॉलेज में रखी थी। सुंदरी भगवन्ता महाविद्यालय उनके ही द्वारा चलाया जा रहा प्राइवेट डिग्री कॉलेज था। उसी के सभागार में कांन्फ्रेंस आयोजित की गई थी। पूरे देश के मीडिया रिपोर्टर धीरे-धीरे वहाँ पहुँच रहे थे।

तभी एक चमचमाती लम्बी कार वहाँ पहुँची। कुछ कर्मचारी अचानक ही मुख्यद्वार पर प्रकट होकर दरवाज़े के सामने से लोगों को हटाने लगे। रास्ता साफ होते ही गाड़ी अन्दर प्रवेश कर गई। बड़े से मैदान को पल भर में पार कर सभागार के सामने गाड़ी रुकी। दरवाज़ा खुला और धीरे से प्रभात कुमार ने दरवाज़े के बाहर कदम रखा।

रिपोर्टर्स के कैमरे सक्रिय हो चुके थे। चट... चट... चट फ्लैश चमकने लगे।

प्रभात कुमार मुस्कुराये, दोनों हाथ जोड़े फिर सभी की ओर हैण्ड वेव देते हुए आगे बढ़े। सभागार में मंच तैयार था, बल्कि सब कुछ तैयार था। कुछ रिपोर्टर्स बैठे हुए थे।

प्रभात कुमार, उमाशंकर सिंह और डॉ०एस०के० तलवार मंच पर बैठ गए।

"अभी दस मिनट बाकी हैं।" पहले रिस्टवाच फिर खाली पड़ी कुर्सियों की ओर देखते हुए मुस्कुराये प्रभात कुमार।

"सांसद जी, आपकी खासियत है आप पहले आ जाते हैं।" एक पत्रकार

ने प्रशंसा की।

"अब मैं सांसद नहीं हूँ भाई।" फिर मुस्कुराये प्रभात कुमार।

"मैं सोच रहा था आप तनाव में होंगे।" एक अन्य पत्रकार वास्तव में कुछ चकित था।

"कुछ नहीं बोले प्रभात कुमार बस मंद-मंद मुस्कुराते रहे। उमाशंकर भी आश्चर्यचकित होकर उनकी ओर देख रहा था।

"बड़े पत्रकार अभी नहीं आये।" पत्रकार दीर्घा में बीच में बैठे एक रिपोर्टर ने व्यंग्यपूर्वक कहा। निर्धारित समय में मात्र पाँच मिनट बचे थे।

"देर से आना हमारे देश में बड़प्पन की निशानी है।' प्रभात कुमार ने खाली पड़ी कुर्सियों पर फिर एक दृष्टि दौड़ाई। उनकी बात पर हॉल में ठहाका लगा।

कुछ फ्लैश फिर चमके।

कुछ पत्रकार तेजी से लपकते हुए अन्दर आए और कुर्सियों पर बैठकर वातावरण को समझने का प्रयास करने लगे। आपस में बातचीत के कारण शोरगुल काफी होने लगा।

प्रभात कुमार निर्विकार भाव से कुर्सी से टिके थे।

"सांसद जी समय हो चुका है, सब आ चुके हैं।" बीच में किसी पत्रकार ने याद दिलाया।

"जी।" कुर्सी पर आगे आये प्रभात कुमार, दोनों हाथ सामने टेबिल पर रखे फिर एक हाथ से माइक को छुआ, वह पहले से ठीक स्थिति में था- "धन्यवाद आप सभी का, मेरे आमंत्रण पर अपना कीमती समय निकालकर आप आये, आपमें से कई लोगों के फोन हमारे पास मुलाकात के लिए आ रहे थे। मैं चाहकर भी उस समय किसी कारणवश आपसे मुलाकात नहीं कर पा रहा था, अब आपसे रुबरु हूँ, मुझे पता है बहुत सारे प्रश्न आप पूछना चाहते हैं मुझसे...।" एक बार फिर मुस्कुराये प्रभात कुमार- "उत्तर देने का प्रयास करुंगा," रुक गये वे अपनी बात कहकर। हॉल में गहरा सन्नाटा था। फ्लैश लाइट की क्लिक ज़रुर समय-समय पर सुनाई पड़ रही थी।

‘‘प्रभात कुमार जी, क्या आप अपने आपको दोषी मानते हैं ?’’ पीछे बैठे किसी टी०वी० चैनल के रिपोर्टर ने प्रश्न दागा।

“बिलकुल नहीं।’’ संक्षिप्त उत्तर।

‘‘तो क्या कोर्ट ने आपको गलत सज़ा सुनाई है ?’’ दूसरे ने प्रश्न दागा।

‘‘कोर्ट का अपना विवेक है सर।’’ ठंडे अंदाज में उत्तर दिया प्रभात कुमार ने।

‘‘आप कोर्ट पर इल्ज़ाम लगा रहे हैं ?’’ आगे बैठे रिपोर्टर ने प्रश्न किया।

‘‘सर, मैं सिर्फ अपनी बात कह रहा हूँ। यह अधिकार मुझे संविधान ने दिया है।’’ गम्भीर स्वर।

‘‘प्रभात जी, आपके पास डॉक्टरी की कोई डिग्री नहीं रही, क्या ये सच है?’’ सबसे पहला प्रश्न करने वाले पत्रकार ने पूछा।

‘‘जी, बिलकुल सत्य।’’

‘‘आपने, बिना डिग्री के मरीजों का इलाज किया, आपकी अज्ञानता ने अनेक मरीजों की जान ली ?’’

‘‘किसी एक की भी जान नहीं गई।’’ माथे पर बल पड़ गये थे प्रभात कुमार के।

“आपने मरीजों के इलाज में उनसे अकूत दौलत झटकी, अबोध मरीजों की विवशता का लाभ उठाया।’’ एक अन्य पत्रकार का प्रश्न।

‘‘सर, मैंने दुनिया में किसी भी मर्ज़ का इलाज करने में सबसे कम पैसा लिया, ठीक किया, तभी मरीज लाइन लगाकर मेरे पास आते थे। बहुत से डॉक्टर शोषण करते हैं, मैंने कल्याण किया।’’ तल्ख स्वर।

‘‘क्या ये सही नहीं है कि मरीजों के इलाज से कमाई अकूत सम्पदा से आपने इतना बड़ा अस्पताल खोला, ये डिग्री कॉलेज खोला, चुनाव लड़ा?’’ पत्रकारों के प्रश्न बेचैन करने वाले थे।

‘‘ये सब करके मैंने असंख्य लोगों का कल्याण किया।’’ कुछ समय के

लिए प्रभात कुमार के चेहरे पर छाई बेचैनी अब समाप्त हो गई।

"सर, क्या ये सही है कि अवैध तरीके से इलाज करके आपने बड़ी सम्पत्ति अर्जित की, बहुत नाम कमाया ?" एक अन्य प्रश्न।

"जी...।" कुछ देर बाद मुस्कुराये प्रभात कुमार- "पर अवैध तरीके से नहीं।"

"सर, भारतीय कानून बिना डिग्री के इलाज करने की इज़ाजत नहीं देता, क्या आपको मालूम नहीं ?" उसी रिपोर्टर ने प्रश्न किया।

"पता है, पर क्या बच्चे की माँ जुकाम होने पर बच्चे को गुड़ में अदरक मिलाकर नहीं चटाती, क्या फुन्सी पकने पर ताऊ जी दबाकर पस नहीं निकालते ?" पत्रकार की आँखों में आँखे डाल दी प्रभात कुमार ने आत्मविश्वासपूर्वक।

"लेकिन वो तो सम्बन्धी होते हैं, अपने के हित के लिए करते हैं।" उसी पत्रकार के आगे बैठे एक अन्य पत्रकार ने अपने साथी के प्रश्न को तर्क प्रदान किया।

"आप तो भारतीय हैं न सर।" प्रभात कुमार ने उससे अचानक प्रश्न किया।

"जी...जी...।" वह कुछ समझ नहीं पाया।

"सर हम भारतीय तो विश्व बन्धुत्व में विश्वास करने वाले हैं। करुणा हमारे रक्त में है। हमें सभी को अपना सम्बन्धी मानना चाहिए। यदि ये मानकर मैंने इलाज किया, लोगों को स्वास्थ्य दिया तो क्या गलत किया ? मेरे दरवाज़े पर आने वाले हर बीमार का इलाज मैं अपने सम्बन्धी की तरह करता रहा हूँ, तभी क्षेत्र की जनता मुझसे प्यार करती है और तभी दो बार मुझे निर्दलीय सांसद चुना गया है...।"

"प्रभात कुमार"...................."ज़िन्दाबाद"..."ज़िन्दाबाद"..।

"प्रभात कुमार"...................."ज़िन्दाबाद"..।

"प्रभात कुमार"...................."निर्दोष है"..।

"प्रभात कुमार"...................."निर्दोष है"..।

अचानक हॉल में भीड़ के स्वर उभरने लगे। बाहर भारी संख्या में लोग आकर प्रभात कुमार के प्रति समर्थन एवं सहानुभूति व्यक्त कर रहे थे।

"देखिये...।" प्रभात कुमार के चेहरे पर पुनः गम्भीरता उत्पन्न हुई-

"सच्चाई न होती तो लोगों का इतना प्यार न मिलता। सज़ा के बाद आज भी अगर मैं चुनाव में खड़ा हो जाऊँ तो मेरे लोग मुझे समर्थन करेंगे।"

"आपने लोगों को भ्रमित कर रखा है।" एक पत्रकार ने आरोप ही लगा दिया।

"वर्षों तक लोग भ्रमित नहीं रहते, सच समझ जाते है सर।" फिर मुस्कुराये वे।

"सर, आपको सज़ा इस कारण हुई कि आपने बिना किसी डिग्री के एक गम्भीर रुप से बीमार मरीज की सर्जरी की, उस दौरान उसकी मौत हो गई। क्या आप नहीं जानते थे कि भारत में बिना डिग्री के इलाज नहीं करना चाहिये।" एक ही प्रश्न घुमाकर किसी ने फिर पूछा।

"जानता था, जानता हूँ सर।"

"फिर कानून तोड़कर इलाज क्यों करते थे ?"

"मैं किसी को पैसे के अभाव में बीमारी से मरते नहीं देख सकता, और मैंने कोई कानून नहीं तोड़ा।" रटा रटाया सा उत्तर।

"और हाँ...।" उत्तर देने के बाद, रुकने के बाद अचानक ही फिर बोल पड़े प्रभात कुमार- "रिपोर्टर सर, आपकी आँख पर एक धब्बा है, ऐसा लग रहा है आपको आँख में हाई ब्लड प्रेशर का स्ट्रोक लगा है। कोलेस्ट्राल बढ़ा लग रहा है आपका। चेक कराइये, शायद हाई बी०पी० रहता होगा। दोनों किडनी एक साथ फेल हो जाती हैं ऐसी स्थिति में।"

उस पत्रकार ने सहमति में मात्र सिर हिलाया। हॉल में फिर सन्नाटा छा गया।

बाहर बीच-बीच में प्रभात कुमार... ज़िन्दाबाद...।" के नारे जारी थे।

“नरसिंह देव के आरोपों पर आप क्या कहना चाहेंगे ?” अबकी उस पत्रकार ने प्रश्न किया जिसने अखबार में नरसिंह देव का इण्टरव्यू प्रकाशित किया था।

“सर, आपको ये बात वह समाचार प्रकाशित करने से पहले मुझसे पूछना था। अब उत्तर क्षेत्र की जनता से पूछिये।”

“प्रभात कुमार जी, क्या आपने सर्जरी की थी ?” समाचार प्रकाशित करने वाले रिपोर्टर ने जब प्रश्न किया तो उसकी आँखे जैसे चमक रही थीं। उसने आँखे प्रभात कुमार के चेहरे पर गड़ा दीं।

प्रभात कुमार कुछ क्षण को सोचने की मुद्रा में आ गए।

“मामला कोर्ट में चल रहा है महोदय,...।” अचानक से माइक डॉ०एस०के० तलवार ने थाम लिया- “इस बात का उत्तर कोर्ट में देना ठीक रहेगा।”

“हम आपसे अभी जानना चाहते हैं, आप लोगों को इस प्रश्न का उत्तर देने में दिक्कत क्यों हो रही है ?” एक अन्य पत्रकार ने तीखे स्वर में पूछा।

“देखिये...।” डॉ० तलवार कुछ कहने को हुए।

“रुकिए डॉ०साहब...।” प्रभात कुमार ने अचानक अपना हाथ रोकने वाली मुद्रा में डॉ० तलवार के सामने कर दिया- “प्रश्न का उत्तर मैं दूंगा।” ठहर गए डॉ० तलवार अपनी दृष्टि उन्होंने प्रभात कुमार के चहरे पर डाली, उमाशंकर भी उनकी ओर देखने लगा।

“आप सब के तमाम प्रश्नों का मूलाधार यही प्रश्न है मित्रों...।” मुस्कुराने लगे प्रभात कुमार, जैसे पूरे हॉल में बैठे पत्रकारों की आँखों में उन्होंने आँखे डाल दीं- “सर्जनी मैंने ही की थी... धन्यवाद आप सबके आगमन का।” कहकर एकाएक उठ गए प्रभात कुमार, कदम कुछ थके-थके अवश्य थे।

“सर...सर...प्रभात जी...।” पत्रकारों की आवाज़ें उन्हें रोकने के लिए थीं।

“नो मोर क्वेश्चन प्लीज।” पलटकर उन्होंने माइक पकड़ा, कहा, और

फिर आगे बढ़ते गए। शोर गुल बढ़ गया।

फ्लैशों की चमक फिर बढ़ गई।

बाहर भीड़ का स्वर सुनाई दिया- ''प्रभात कुमार''... ''ज़िन्दाबाद''..।

* * * * *

''आप मीडिया में क्यों स्वीकार कर रहे है पापा कि सर्जरी आपने की ?'' परेशान स्वर में कह रहा था प्रभात कुमार का बेटा अनित्य।

''बहुत गलत कर रहे हैं आप हमारे साथ...।'' लगभग रुंआसी आवाज़ थी पत्नी सरिता की- ''आपकी जिद हमेशा हम मानते रहे लेकिन ये हमारे जीवन का सवाल है, प्लीज ऐसा क्यों कर रहे हैं ?''

''पापा, आप जानते हैं, स्वीकार करने से आपको सज़ा पक्की हो जायेगी, हमारे बारे में भी नहीं सोचते आप।'' परेशानी थी बेटी दिव्या के स्वर में।

''सर, क्या कर रहे हैं आप, सारी सम्भावनाओं को खत्म क्यों कर रहे हैं ?'' रो सा दिया उमाशंकर। अपने उसी विशाल कमरे में प्रभात कुमार इस समय भावहीन चेहरा लिए बैठे थे। कमरे में कुल इतने ही लोग थे।

''सत्य को छिपाने से परेशानियाँ बढ़ती हैं।'' कहकर सोफे पर आराम से फैल गए प्रभात कुमार।

''वकील कह रहे थे मुकदमा जीतने के लिए ये सिद्ध करना ही पड़ेगा की सर्जरी आपने नहीं की।'' अनित्य ने कुछ गुस्से से कहा- ''और आप खुलेआम स्वीकार कर रहे हैं कि सर्जरी आपने की। वकील भी हाथ खींच लेंगे केस से।''

''तुम लोगों को परेशान होने की ज़रुरत नहीं...।'' सोफे की पुश्त से पीठ हटाई प्रभात कुमार ने- ''तुम लोगों के पास अच्छा जीवन जीने के लिए कोई समस्या नहीं है। फिर कुछ सालों की सज़ा ही तो काटना होगी। मुझे पता है बुरा वक्त कैसे गुज़ारा जाता है, तुम लोग भी सीखो, यह भी एक ज़रुरी सीख है।''

''वहाँ कितनी परेशानी होती है जेल में'' ? दिव्या ने दोनों हाथों को लाचारी में पीसा।

''मैने कहा न, बुरा वक्त गुजारना आता है, मुझे।'' मुस्कुराये वे।

''पर हमें नहीं आता।'' पत्नी लाचारी में बोली।

''सभी को सीखना चाहिए, सीखना पड़ता है, जीवन सीधी रेखा में किसी का नहीं चलता, जो आपको सुखी दिख रहे होते हैं, कई बार वे बहुत दुखी होते हैं।'' प्रभात कुमार कहते हुए आराम से सोफे पर धँस गए।

घन्न...घन्न...घन्न...तभी उमाशंकर के फोन की घंटी बजी।

''हैलो।'' तत्काल उसने काल रिसीव की।

''सिंह साहब, इनकम टैक्स डिपार्टमेण्ट से टीम आई है, पेपर्स चेक करना चाहती है।'' दूसरी ओर से आने वाला स्वर डॉ० तलवार का था।

''मैं सर से आपकी बात कराता हूँ...।'' कहकर उमाशंकर ने प्रभात कुमार की ओर देखा- ''डॉ० तलवार साहब से बात कर लीजिये।'' कहकर उसने फोन उनकी ओर बढ़ा दिया।

''हाँ, डॉक्टर साहब...।'' फोन लेकर प्रश्न किया प्रभात कुमार ने।

''सर इनकम टैक्स की टीम आई है...।''

''उनको जो चेक करना हो, करा दो, कुछ भी छिपाने की ज़रुरत नहीं. .. ओ०के०।'' डॉ० तलवार की बात पूरी होने के पहले ही प्रभात कुमार ने जैसे पूरा उत्तर दे दिया और फोन काट दिया।

''क्या हुआ पापा ?'' अनित्य के स्वर में गहरी जिज्ञासा उभरी।

''इनकम टैक्स वाले आये हैं।'' -उत्तर।

''लोग बुरी तरह पीछे पड़े हैं, मौका मिल गया है न।'' बेटा परेशान हुआ।

''कोई समस्या नहीं।'' प्रभात कुमार ने सोफे के ऊपर पैर खींच लिए। हमने कोई चोरी नहीं की।

सभी उनका चेहरा देख रहे थे।

* * * * *

आठ महीने बाद...

तीन न्यायाधीश विशाल मेज के पीछे विराजमान थे। उच्च न्यायालय की खण्डपीठ, प्रभात कुमार के मामले की सुनवाई कर रही थी।

अदालत खचाखच भरी हुई थी।

हॉल में कोई भी कुर्सी खाली नहीं थी, लोग पीछे खड़े हुऐ थे। अभियुक्त के कटघरे में प्रभात कुमार खड़े थे।

''प्रभात कुमार''....................''ज़िन्दाबाद''..।

''प्रभात कुमार''....................''ज़िन्दाबाद''..। बीच-बीच में बाहर भारी भीड़ नारे लगा रही थी।

एक न्यायाधीश जैसे विराट स्वरुप लिए गम्भीरतापूर्वक चश्मे के पीछे से

झाँकते हुए कुछ पन्ने पलट रहे थे।

अदालत में बैठे लोग अधिकाँशतः प्रभात कुमार और न्यायाधीशों पर बारी-बारी से दृष्टिपात कर रहे थे।

बीच वाले जज ने सिर उठाया, चश्मे के ऊपर से झाँकते हुए पूरे हॉल पर एक दृष्टि दौड़ाई फिर वकील, जो कि उन्हीं की ओर देख रहा था, को देखा उसके बाद बोले- ''कहिए ?''

''माई लॉर्ड, एक निवेदन है आप लोगों से।'' प्रभात कुमार के वकील ने कहा।

''क्या ?'' उन्हीं न्यायाधीश ने कहा।

''मेरे मुवक्किल अदालत से कुछ कहना चाहते हैं, इजाज़त चाहिए।''

''इजाज़त है।'' कहकर जज ने प्रभात कुमार पर दृष्टि केन्द्रित कर दी।

"बहुत-बहुत धन्यवाद योर-ऑनर...।" प्रभात कुमार ने न्यायाधीशों की ओर देखते हुए कहा- "यह अभियुक्त अपनी बात कहते हुए आप लोगों का कीमती वक्त कुछ अधिक ले सकता है...?"

"कोई बात नहीं हम आपकी पूरी बात सुनना चाहेंगे।" एक अन्य न्यायाधीश ने अनुमति प्रदान की।

"धन्यवाद योर-ऑनर, दरअसल जो ये अभियुक्त प्रभात कुमार आपके सामने खड़ा है और जैसा कि वर्तमान में पूरा देश जानता है कि इसका अरबों का कारोबार है, बचपन में वह अपने परिवार के साथ बीस बाई बीस के प्लाट में दो खपरैल के बने कमरों में अपने माँ-बाप, चार भाई बहनों और दादा-दादी के साथ रहता था।

सर, हम उस जाति के थे जिसे हमारे समाज में सभी लोग छूना पसन्द नहीं करते। माँ-बाप मजबूरी में साल के आठ महीने ईंट भट्टे पर कमाने के लिए पंजाब चले जाया करते थे। दादा-दादी हम भाई बहनों की देखभाल करते थे। माँ-बाप हम बच्चों को पढ़ाना चाहते थे परन्तु उनके पास इतने पैसे नहीं थे कि वे हमको प्राइवेट स्कूल में पढ़ा सकें, इसलिए हमारा नाम मोहल्ले के सरकारी स्कूल में लिखा दिया था।

"ऑब्जेक्शन योर-ऑनर।" अचानक सरकारी वकील ने प्रभात कुमार के बोलने पर विराम लगा दिया- "बचपन की इस कहानी का केस से कोई संबंध नहीं है, ये अदालत का समय नष्ट करना और अदालत को प्रभावित करने का प्रयास है।"

"वकील साहब...।" गम्भीर मुद्रा में बोले प्रभात कुमार- "मैं आपसे और अदालत से वायदा करता हूँ कि जब मैं अपनी बात कह चुकूंगा तो किसी को ये नहीं लगेगा कि मैंने किसी का भी समय नष्ट किया है, कृपया मुझे बोलने की अनुमति दी जाये। मैं कुछ खास बात पूरे देश के सामने रखना चाहता हूँ।"

"आप अपनी बात जारी रखिए, अदालत आपकी बात को सुनना चाहती है।" बीच वाले जज ने आदेश दिया।

"धन्यवाद, योर ऑनर...।" श्रद्धापूर्वक सिर झुकाया प्रभात कुमार ने

और आगे बोलना शुरु किया।

अदालत में अटूट सन्नाटा था।

"योर ऑनर, पंजाब से लौटकर पिताजी कम से कम एक बार स्कूल के हेडमास्टर साहब से मिलने ज़रुर जाते थे। ये अपने बच्चों की शिक्षा के प्रति उनकी जागरुकता ही थी।"

"रामदीन, तुम्हारा प्रभात पढ़ने में अच्छा है। इसकी पढ़ाई में किसी बात की कमी मत आने देना। ये तुम्हारे परिवार का उद्धार कर सकता है।" हेडमास्टर साहब कहते।

"गुरु जी, आप ही भगवान हैं, जैसा बना दें, इसको...।" पिताजी उनके सामने हाथ जोड़ देते- "कॉपी किताब की कोई कमी, हमने कह रखा है दद्दा से हम न हों तो कोई कमी मत रखना। आप देखते रहियो। हम तो धन्धे पर चले जाते हैं। इन्हीं के लिए तो कमाने के लिए जाते हैं परदेश। आप कृपा बनाये रखियो। हमारे बच्चों का भविष्य आपके हाथ है।"

मुझे याद है उस समय मैं कभी गुरु जी को तो कभी पिता जी को ताकता रहता। मुझे तो तब इस बात की खुशी होती थी कि पिता जी की मुलाकात के बाद गुरु जी, मेरा कुछ दिनों तक अधिक ही ध्यान रखने लगते थे। वैसे तो गुरुजी हमेशा ही मेरा ध्यान रखते थे क्योंकि अपनी कक्षा में मैं टॉपर्स में एक था और गुरुजी होशियार बच्चों का विशेष ध्यान रखते थे। उनको हमेशा पढ़ने के लिए प्रेरित करते थे। माई लॉर्ड, उस सरकारी स्कूल में पढ़ने वाले सभी बच्चे उन माँ-बाप के थे जो आर्थिक अभाव में अपने बच्चों को प्राइवेट स्कूलों में नहीं पढ़ा सकते थे। मेरे साथ पढ़ने वाले सभी बच्चे मजदूरों के थे। कभी उनके पास कॉपी नहीं होती, कभी पेंसिल, बैग तो कुछ के पास ही हुआ करते थे। अधिकांश बच्चे पॉलिथिन या सब्जी खरीदने वाले थैले में कॉपी किताबें लाते थे। मैं भाग्यशाली छात्रों में एक था जो प्राइवेट स्कूल के बच्चों जैसे बैग को लेकर स्कूल जाता था। ये अलग बात है कि बैग मेरे नसीब में पहली बार तीसरी कक्षा में आया और जिसे मैने छठवीं तक सिलवा-सिलवाकर उपयोग किया।

माई लॉर्ड, आज इस अदालत में मैं अपने गुरु जी के प्रति श्रद्धा से

सिर झुकाता हूँ और कहना चाहता हूँ कि शायद वो न होते तो ये प्रभात कुमार आज मर्सिडीज पर चलने वाला अरबपति सांसद न होता, जिसके पीछे पूरे हिन्दुस्तान के मीडिया की निगाहें हैं... और... हाँ... अचानक मुस्कुराये वे- आज आपकी अदालत में मुजरिमों के कटघरे में भी न खड़ा होता...। सर, आज अवसर ये कह देने का भी है मेरे लिए कि वो मेरे हेडमास्टर ही थे जिन्होंने ऐसा जादू किया हुआ था कि मैं इन्तजार करता था कि कब स्कूल खुले और मैं स्कूल पहुँच जाऊँ... मुझे दुख होता था कि छुट्टी हो गई और अब मुझे स्कूल से बाहर दूसरी दुनिया में जाना पड़ेगा। हाँ माई लॉर्ड... स्कूल से छुट्टी होने के बाद जब मैं निकलता तो मुझे लगता था जैसे मैं दूसरी दुनिया में जा रहा हूँ... ऐसा लगता था जैसे बहुत गन्दी, बहुत पराई दुनिया में जा रहा हूँ। स्कूल में हेडमास्टर साहब द्वारा दिए जाने वाले महत्व और टॉपर्स में होने के कारण सभी शिक्षक और बच्चों के लिए महत्वपूर्ण होता था मैं, और रोड पर आते ही, मुहल्ले में पहुँचते ही, भगवन्ता धोबी का दो कौड़ी का छोरा हो जाता था, जिसे कोई गन्दे फटे चिथे कपड़े पहनने के कारण अपने पास बिठाना पसन्द नहीं करता था। स्कूल में गुरु जी जब अपने लिए पीने को हैण्डपम्प से पानी मंगाते तो जैसे धन्य-धन्य हो जाता मैं। गर्व से सीना फूल जाता मेरा कि ढेरों बच्चों में अपनी सेवा के लिए गुरु जी ने सिर्फ मुझे चुना। मेरे टपकते पसीने से बेखबर गुरु जी, प्यार से मेरे द्वारा दिया पानी पीते। कभी-कभी कहते कि यार प्रभात, ग्लास थोड़ा ठीक से धो तो लिया करो तो तुरन्त हैण्डपम्प पर जाकर मिट्टी से रगड़-रगड़ कर ग्लास को शीशे की तरह चमकाने की कोशिश करता ताकि गुरु जी खुश हो जायें...और गुरु जी बहुत खुश होते थे...उनकी खुशी देखकर मैं और भी खुश होता। गुरु जी की मुझ पर कृपा देखकर अन्य बच्चे मेरे हुक्म के गुलाम हो जाते। स्कूल की दुनिया मेरे लिए परीलोक की तरह थी।

मैने कई बार अनुमान लगाने की कोशिश की कि अकूत दौलत और शोहरत कमाकर क्या मैं गुरु जी द्वारा प्रदान की गई स्कूल की उस दुनिया में ज्यादा खुश था या आज... तो माई लॉर्ड, मैं किसी परिणाम तक कभी पहुँच न सका... पता नहीं क्यों आज कभी जब जगजीत सिंह का वो गीत...ये दौलत भी ले लो...ये शोहरत भी...ले लो...। सुनता हूँ तो तमाम कोशिश के बाद आँखे भर ही आती हैं।... सर मैं विश्वास से कह सकता हूँ कि

अगर वो गुरु जी न होते तो ये प्रभात कुमार आज कभी जीवन की ऊँचाईयों तक नहीं पहुँच सकता था। सब कुछ बता रहा हूँ तो ये भी बता देना चाहता हूँ कि किस प्रकार एक गुरु छात्र के जीवन में प्रेरणा भर सकता है।... गुरु जी, अक्सर लेक्चर दिया करते थे... लेक्चर रटा हुआ सा होता था पर, प्रेरणा बहुत देता था।... गुरु जी समझाते थे... तुम लोग सुन्दर दिखना चाहते हो कि नहीं... सभी कहते हाँ। तब गुरु जी कहते, इसके लिए तुम सबको सन्तुलित भोजन करना चाहिए। सभी पोषक तत्वों के लिए तुम्हें भोजन में दूध, दालें, हरी सब्जियाँ, सलाद, नींबू, आँवला... खाना चाहिए, ये शरीर मनुष्य के लिए सबसे कीमती है... इसे कचरा घर बनाकर कुछ भी मत खाओ...पोषक तत्व खाओगे तो स्वस्थ बनोगे, सुन्दर बनोगे, दिमाग तेज होगा। पढ़ने में तेज हो जाओगे, अच्छी नौकरी मिलेगी, खूब पैसा मिलेगा,... वो बताते थे, पढ़ना बहुत ज़रुरी है...पढ़ने से जीवन में सब मिल जायेगा.. देखो, पढ़ोगे नहीं तो मजदूरी करना पड़ेगी, मजदूर, पता होगा तुम सबको तुम्हारे माता-पिता आठ घण्टे मजदूरी करते हैं... सर्दी... गर्मी... बरसात में... कितना कमाते हैं ? एक दिन में पाँच रुपये... महीने में बीस दिन काम मिलता है... कितने हुए ? एक सौ... एक महीने में सौ रुपये ... गुरुजी अपने शब्दों पर ज़ोर देते... अगर पढ़ोगे तो नौकरी लग जायेगी... नहीं लगेगी तो ट्यूशन करोगे... तो आरामदायक कमरे में दो सौ कमाओगे और अगर नौकरी लग गई तो हमारी तरह तीन सौ कमाओगे... डॉक्टर बन जाते तो...पता है डॉक्टर को एक मरीज देखने के बीस रुपये मिलते हैं एक दिन में पचास मरीज देखता है... कितने हो गए एक दिन में... बच्चे हिसाब लगाते रहते और गुरु जी बताते... एक दिन में एक हजार हुए... महीने के कितने तीस हजार ... एक डॉक्टर महीने में तीस हजार... और कुछ तो महीने में एक से पाँच लाख कमाते हैं... इतना पैसा आता है पढ़ने से... इसलिए पढ़ो... खूब पढ़ो... गुरु जी समझाते जाते और मुझे आग सी भरती जाती कि मुझे पढ़ना है... हर हॉल में पढ़ना है... नहीं रुकूंगा मैं... ज़रुर पढ़ूँगा ... डॉक्टर बन के रहूँगा ... । एक क्षण को रुक गए प्रभात कुमार, शायद पानी चाह रहे थे, लेकिन फिर ध्यान आया कि वह मुजरिमों के कटघरे में हैं, पानी पीना स्थगित कर फिर बोलना शुरु कर दिया- "माई लॉर्ड लेकिन अन्त में प्रभात कुमार, डॉक्टर बना भी...और बन भी न सका।" हल्की मुस्कान आ गई उनके चेहरे पर।

"माई लॉर्ड,...।" आगे बताने लगे प्रभात कुमार- "आठवीं कक्षा तक की मेरी पढ़ाई इसी प्रकार गर्व की भावना में भरे-भरे कट गई। आठवीं में मैंने स्कूल टॉप किया। इससे पहले सातवीं में जिला स्तरीय निबन्ध प्रतियोगिता में मैंने प्रथम स्थान प्राप्त किया तो गुरु जी ने मुझको दस रुपये इनाम दिए थे। आठवीं के बाद हमारे कस्बे में नवीं की पढ़ाई के लिए मेरा नाम किस स्कूल में लिखाया जाये ये समस्या मेरे पिता जी के सामने खड़ी हो गई। पिताजी का उन दिनों काम के दौरान एक पैर टूट गया था और वह काफी इलाज कराने के बाद भी जुड़ा तो ऐसा कि कमज़ोर हो गया। ताकत और मेहनत का काम करने लायक वो नहीं बचे। पंजाब जाकर काम करना उन्होंने बन्द कर दिया और एक स्थानीय परचून की दुकान पर मजबूरी में नौकरी कर ली। माँ छुटपुट काम करने लगी। परिवार की आय में पहले की तुलना में कमी आ गई। सर, कहना चाहता हूँ यही अक्सर होता है, आगे बढ़ने की कोशिश करने वाले मजदूरों के साथ, यदि हाड़ तोड़ मेहनत करके वे आगे बढ़ने की कोशिश भी करते हैं तो प्रायः बीमारी के आगे उन्हें घुटने टेक देने पड़ते हैं। लेकिन मैं किस्मत वाला था। गुरु जी के कहने पर पिता जी ने मुझे नवीं में कस्बे के सबसे अच्छे माने जाने वाले कृष्णादेवी इण्टर कॉलेज में प्रवेश दिला दिया।

गुरु जी ने कहा था कि इसकी पढ़ाई के लिए पैसों की कमी आड़े मत आने देना। पिताजी ने उनका कहना सदैव की तरह शिरोधार्य किया और घर के कई ज़रुरी खर्चे रोककर मेरी पढ़ाई होने लगी।

मैं जब कृष्णादेवी इण्टर कालेज का छात्र बना तो अपने को बहुत गौरवान्वित महसूस किया। मेरे साथ आठवीं में दूसरा और तीसरा स्थान लाने वाले बच्चे निम्न स्तरीय अर्द्धसरकारी कॉलेजों में पढ़ने लगे। मैंने कई बार उन्हें गर्व से बताया कि मेरा एडमीशन तो के०डी०आई०सी० में हुआ है। मैं बिना भूले सबको बताया करता था कि वहाँ के बच्चे डॉक्टर या इंजीनियर बनकर बहुत नाम कमाते हैं।

नौंवी की पढ़ाई करते हुए शायद दूसरे या तीसरे दिन से मुझे कॉलेज जाने में अनिच्छा होने लगी। कॉलेज से लौटकर जब घर आता तो एक अजीब सी परेशानी, बेचैनी, थकान मुझे घेर लेती। सुबह जब नींद खुलती तो इच्छा होती कि काश कॉलेज न जाना पड़े। कई बार मैंने कॉलेज न जाना पड़े इसके

लिए घर वालों से तबियत खराब होने का बहाना भी बनाया।

अपने पहले दिन मैं बहुत इतराते हुए घर से कॉलेज के लिए निकला था। पिताजी मुझे कॉलेज छोड़ने के लिये अपनी साइकिल पर बिठा कर ले गए थे। जब कॉलेज के गेट के सामने पहुँचा तो कुछ अजीब सा लगा मुझे। साइकिल पर कॉलेज पहुँचने वाला उस समय सिर्फ मैं ही दिखाई दे रहा था। अधिकांश छात्र मोटर साइकिलों से आ रहे थे। कुछ एक कारें भी छात्रों को छोड़ने के लिए आ रही थीं। साइकिल एक तरफ खड़ी कर पिताजी मुझे लेकर मेरी कक्षा तक छोड़ने पहुँचे। कक्षा के दरवाज़े पर जब पिताजी के साथ मैं पहुँचा तो मेरी कक्षा के अन्दर और बाहर खड़े कई बच्चे हमारी ओर घूर कर देखने लगे थे। और ये पहली बार था कि विद्यालय जाकर मैंने अपनी नज़रें नीचे की हों। सरकारी स्कूल में तो प्रभात कुमार सीना तान कर जाता था। लेकिन उस कॉलेज में पहले ही दिन पहले ही घण्टे मेरी नज़रें झुक गई थीं। कारण मैं उसी समय समझ गया था। जहाँ सरकारी स्कूल में, मैं अपने को किसी से कम नहीं मानता था वहाँ इस कॉलेज में, मैं अपने को उस समय किसी के बराबर का नहीं मान पा रहा था। शायद पिता जी और साइकिल के कारण।

कॉलेज में टीचर अपने पीरियड में आते, पढ़ाते और चले जाते। हर पीरियड के साथ मेरी समस्या बढ़ती जाती। स्कूल में जब समझ नहीं आता था तो गुरु जी के पास जाते और समस्या खतम, गुरु जी कुरेद-कुरेद कर समझ में न आने वाले टॉपिक को दिमाग में भर देते। यहाँ कॉलेज में जो समझ न आया, सो हमेशा के लिए गया। ऐसा नहीं था कि टीचर से प्रॉब्लम डालने पर वे हल नहीं करते, लेकिन एक प्रॉब्लम हो तो भी ठीक प्रॉब्लम पर प्रॉब्लम, पीरियड दर पीरियड प्रॉब्लम। घर में समझाने वाला कोई था नहीं। मैं पीरियड में बहुत मन लगाकर विषयों को समझने की कोशिश करता परन्तु बहुत कुछ ऐसा होता जिसे नहीं समझ पाता। कॉलेज में टीचर्स द्वारा किए जाने वाले अंग्रेज़ी के शब्दों के प्रयोग से कठिनाई और बढ़ जाती। कई महीनों तक बहुत कुछ समझ में न आने का कारण विभिन्न विषयों में अंग्रेज़ी के शब्दों का प्रयोग था। टीचर्स द्वारा बोले जाने वाले अंग्रेज़ी के शब्द मैंने कभी सुने ही नहीं थे। मैंने इस समस्या से निपटने के लिए एक कॉपी के पीछे जैसे ही टीचर कोई ऐसा शब्द बोलते, मैं हिन्दी में उसे लिख लेता। इसके बाद

क्लास के सहपाठियों से उनके अर्थ पूछता, सहपाठी मजाक तो उड़ाते पर अर्थ बता देते। मैं अर्थ याद कर लेता लेकिन उसके पहले ही वह टॉपिक समाप्त हो जाता। और उसमें कुछ न कुछ ऐसा रह जाता जिसे मैं समझ नहीं पाता। कक्षा के अन्य सभी छात्र प्राइवेट स्कूलों से पढ़कर आये थे। वे सब साधन सम्पन्न घरानों के थे। कॉलेज का वह माहौल, पढ़ाई का ढंग उनके लिए नया नहीं था। वे क्लास में भी पढ़ते और क्लास की समस्या को भी उनके घरों में निपटाने वाले लोग थे। उनमें से अधिकांश कोचिंग पढ़ने जाते थे, अथवा घर में ट्यूशन पढ़ाया जाता था। खाली मैं ही ऐसा था जिसकी स्थिति सबसे भिन्न थी। कुछ ही दिनों में कक्षा के सभी सहपाठी समझ गए कि मैं सरकारी स्कूल में पढ़ा हुआ हूँ। मेरी अंग्रेज़ी ही नहीं सभी विषय कमज़ोर हैं, मैं एक गरीब मजदूर का बेटा हूँ और मेरे पास अक्सर पढ़ाई के लिए ज़रुरी कॉपी किताबों और अन्य चीज़ों की कमी होती है।

"माई लॉर्ड...।" एक घूंट पानी पीने के बाद उन्होंने फिर बोलना जारी कर दिया - "मेरी कॉलेज में वही स्थिति बन गई जो गुरु जी के सरकारी स्कूल से बाहर निकलने के बाद होती थी, जहाँ मैं भगवन्ता धोबी का छोरा बन जाता था। और जो सदैव से मेरे लिए असह्य रही थी। लेकिन मैं भी समझ गया था कि मेरी यह स्थिति अब मेरी नियति है, इसे कोई नहीं बदल सकता, मुझे इसी में जीना है और मुझे अपनी इसी नियति के साथ पढ़ना होगा। मैंने यह भी सोचा कि कॉलेज बदल लूँ किसी अन्य कॉलेज में एडमीशन ले लूँ। परन्तु किसी अन्य कॉलेज में एडमीशन में फिर बहुत खर्चे थे, मैं जानता था कि पिताजी के लिए ये मुश्किल होगा, ये समझने के लिए मैं पर्याप्त समझदार हो गया था, और फिर एक बात ज़रुर थी, मेरे निम्नवर्गीय कहे जाने वाले समाज में परिवार, रिश्तेदारों, मुहल्लेवालों में के.डी.आई.सी. में पढ़ने के कारण मेरा कद ज़रुर बड़ा हो गया था, कुछ लोग मेरी प्रशंसा इसी कारण करते थे कि मैं उस कस्बे से सबसे बड़े कॉलेज में पढ़ता था। मेरे लिए एक मात्र खुशी की बात, मात्र यही प्रशंसा थी। फिर भी मैं बहुत परेशान रहता था। आठवीं तक जो बच्चा टॉपर्स में था। नवीं में यदि वह डफर्स में सम्मिलित हो जाये तो माई लॉर्ड, सोचने की बात है कि उसके दिल पर क्या गुजरती होगी। पता नहीं क्यों मैंने घर में किसी को नहीं बताया कि कॉलेज में मैं डफर्स में आ गया हूँ। मैंने किसी को नहीं बताया कि वहाँ मुझे हिकारत

की नजर से बच्चे ही नहीं टीचर्स भी देखते हैं। कोई टीचर मुझे महत्व नहीं देता। डर के कारण मैं सबसे पीछे बैठता हूँ, गुमशुम सा। मुझे याद आता था मेरा सरकारी स्कूल जहाँ मैं सबसे आगे सीना तान कर बैठता था। कॉलेज के सहपाठी अक्सर मेरी हँसी उड़ाते थे। कारण भी था कभी-कभी सबको आसान लगने वाले प्रश्नों का उत्तर न देने वाला अकेला मैं होता। मुझे आश्चर्य होता था कि मुझे कोई प्रश्न इतना कठिन लग रहा है और सभी इतनी आसानी से उसका उत्तर दे रहे हैं। कभी-कभी मुझे अपनी क्षमता पर अविश्वास होने लगता, और ये भी लगता कि मैं इस पढ़ाई के योग्य नहीं।

मुझे ये पता था कि पिताजी अपनी क्षमता से ज्यादा खर्च करके मुझे पढ़ा रहे हैं। मेरे अन्य भाई बहनों की पढ़ाई आठवीं के बाद पिताजी ने इसीलिए रोक दी थी कि उससे परिवार पर अधिक आर्थिक बोझ पड़ता। पढ़ाई में आगे बढ़कर मैं ही कुछ कर सकता हूँ। यह उम्मीद उन्हें थी। मैं बहुत दिनों तक सोचता रहा था कि ट्यूशन पढ़ाने के लिए पिताजी से कहूँ या न कहूँ। मुझे ज्ञात था कि मेरे ट्यूशन का बोझ उठाना बहुत मुश्किल है पिताजी के लिए। लेकिन कॉलेज में मेरी समस्या बढ़ती ही जा रही थी, असहनीय हो रही थी। एक दिन मैंने पिताजी से कह ही दिया कि मुझे ट्यूशन की ज़रुरत है।"

पिताजी बोले थे- "पहले तो तुम्हें ट्यूशन की ज़रुरत नहीं पड़ती थी ?"

"मुझे समझ में नहीं आता, और लड़के ट्यूशन पढ़ते हैं, जल्दी समझ लेते हैं।" अभी भी मैंने उन्हें नहीं बताया कि मैं डफर्स में आ गया हूँ।

"कौन सा ट्यूशन पढ़ना है, किस से पढ़ना है ?" पिताजी के चेहरे पर चिन्ता की लकीरें थीं।

"अंग्रेज़ी, विज्ञान, गणित।" मैंने सकुचाते हुए कहा।

"तीन ... ट्यूशन।" पिताजी को जैसे झटका लगा।

"हाँ।" मैंने सिर झुका लिया।

"कितने पैसे लगेंगे।" पिताजी की आँखे मेरे ऊपर गड़ पड़ीं।

"कोचिंग में तीनों ट्यूशन के दो सौ रुपये लगेंगे।"

"दो... सौ रुपये" पिताजी की आह सी निकली और मेरे सीने में चुभ गई।

"हाँ।" मैं सिर झुकाये रहा।

"एक आध ट्यूशन में काम नहीं चलेगा ?" बड़ी उम्मीद से पूछा उन्होंने।

"ट्यूशन ज़रुरी है, कॉलेज में कुछ समझ में नहीं आता।" मैं बोला।

"बचवा, दुई सौ रुपया कहाँ से आवेगा। तुझे पता है, हम कैसे गुजारा कर रहे हैं।" पिताजी का स्वर कुछ कड़वा भी लगा मुझे।

"अरे जब बचवा, पढ़ने का बोल रहा है तो पढ़ाओ, नाम लिखायो है तो अब और पढ़ाओ।" चूल्हे में माँ बहुत देर से आग जला रही थी, गीली लकड़ियाँ आसानी से जल नहीं रही थीं और वह हमारी बातें सुन रही थी। पिताजी की अनिच्छा देखकर वह बोल पड़ी।

"अरे तो इतना पैसा कहाँ से लावें।" पिताजी को क्रोध आ गया। उन्हें लग रहा था जैसे माँ ने आरोप लगाया है।

"अब बचवा को पढ़ाने में पीछे ना हटवे। धन्नू सेठ की घरवाली घर के बर्तन धोवे को कह रही थी। दो सौ रुपया देवे को बोले है। सुबह शाम घण्टे भर को काम है। हम करके वो पैसे दे देवे। बचवा को पढ़न देओं। थोड़ो और काम कर लेवे।" माँ ने स्वीकार कर लिया दो सौ रुपये के इन्तजाम का।

"ठीक है।" पिताजी ने कहा पर चिन्ता चेहरे पर थी। मैने इत्मीनान से सिर ऊपर उठा लिया।

पिताजी ने पहले सिर पर फिर कन्धे पर हाथ फेरा। उन्हें लग रहा था कि पहले उन्होंने कुछ कड़वी बात कर दी। मेरी आँखे डबडबा गयीं।

"योर ऑनर...।" अदालत में बोलते प्रभात कुमार एकदम तनकर खड़े होने की मुद्रा में आ गए - "आज कभी कभी मुझे लगता है कि मेरे माँ-बाप जो अब इस दुनिया में नहीं हैं। दुनिया के सबसे अच्छे माँ-बाप थे, जिन्हें मैंने 'सुन्दरी भगवन्ता महाविद्यालय' के रुप में जीवित रखने की कोशिश की है। क्योंकि...एक टीस है दिल में...जीवन का ऐश्वर्य मैं उन्हें प्रदान नहीं कर

पाया...उन्होंने मुझे तो प्रदान करवा दिया...।" बोलते हुए कुछ हँसे प्रभात कुमार- "ठीक ही है आज नहीं हैं, मुझे यहाँ देखकर दुखी भी बहुत होते कि लड़का कितना पापी निकला।

माई लॉर्ड, मेरी माँ जिसे लोग सुन्दरी कहते थे। अपने नाम के अनुरुप सुन्दर थीं, मेरे लिए तो बहुत सुन्दर थीं। मुझे पढ़ाने के लिए धन्नू सेठ के यहाँ दो सौ रुपये महीने में दोनों टाइम बर्तन माँजने, झाड़ू-पोंछा आदि काम करने लगीं। मैं देखता था कि सूर्योदय से पहले उठने के बाद रात में चारपाई पर लेटने तक वह लगातार काम करती थीं, अथक काम करती थीं। कभी दिन में रेजा की नौकरी करने चली जाती, कभी खेत कटाई पर, कभी आढ़त पर खाद्यान्न बीनने, छानने, भरने के लिए और सुबह शाम धन्नू सेठ के घर का काम। बहुत बार मन करता कि काम में माँ का हाथ बटाऊँ, पिता का हाथ बटाऊँ, उनका दिन रात मेहनत करना, यहाँ तक कि दोनों बीमार होने पर भी काम करना न छोड़ते थे। मेरे शरीर का कतरा-कतरा रोता था। पर कोई भी समाधान न था नियति के आगे झुके रहने के अलावा।

खैर मैं कोचिंग पढ़ने लगा और मेरी पढ़ाई की समस्या का कुछ समाधान हुआ। नवीं के सत्रान्त तक ऐसी स्थिति आ गई कि कई बार मैं टीचर्स के ऐसे प्रश्नों का उत्तर दे देता जिन्हें क्लास के टॉपर्स बच्चे भी नहीं दे पाते। निश्चित रुप से मैं सबसे डफर की स्थिति से ही नहीं बल्कि डफर्स की स्थिति से बाहर आ गया। कई बार मैं टॉपर्स से कॉम्पिटीशन की स्थिति में होता। कक्षा में प्रारम्भिक चार-छह महीनों के अवसाद से मैं निश्चित रुप से बाहर आ गया था। मुझे टीचर्स की प्रशंसा और प्यार मिलने लगा था।...और टीचर्स के प्यार का ही तो मैं दीवाना था। अगर एक बार कोई टीचर मेरी प्रशंसा कर देता तो ही मेरा मन मयूर नाच उठता। यद्यपि अपनी अब तक की सबसे प्यारी जगह गुरु जी के सरकारी स्कूल में तो मुझे यदि हर समय प्रशंसा नहीं मिलती थी तो भी मैं इसे अपनी अवमानना समझता था। लेकिन कॉलेज में भिन्न परिस्थितियों से भी मैंने समझौता कर लिया था।...जी हाँ माई लॉर्ड, मैं ज़ोर देकर आज भी कहूँगा कि अब तक के जीवन में, जबकि आज मेरे पास अपना ऐश्वर्य है... वर्तमान वह स्थिति है जब मैं अपने अधिकांश समय में वातानुकूलित स्थितियों में रहता हूँ... या यूँ कहें कि जय-जयकार की स्थितियों में रहता हूँ... खूबसूरत पत्नी और अपने प्यारे बच्चों के बीच...

सैल्यूट ठोकते अपने कार्मिकों के बीच रहता हूँ तो भी कहने का मन करता है कि मैं उस सरकारी स्कूल में जब रहता था तब अधिक खुश रहता था।

नवीं कक्षा का जब वार्षिक रिजल्ट घोषित हुआ तो अस्सी प्रतिशत अंको के साथ मेरा कक्षा में साठ छात्रों के बीच सोलहवाँ स्थान था। मेरे लिए यह संतोष की बात हो गई। अब तक मेरी पारिवारिक स्थिति को छात्र, टीचर्स सभी जानने लगे थे और जब मुझे के०डी०आई०सी० में सोलहवाँ स्थान मिला तो सारे टीचर्स ने मेरी बहुत प्रशंसा की। छात्रों में भी मैं टॉपर्स को छोड़कर सभी के लिए महत्वपूर्ण बन गया...और यह मेरी पढ़ाई के लिए टॉनिक था. .. मैं ये भी भूल गया कि मेरे माँ-पिताजी मेरे लिए मजदूरी कर रहे हैं, अपने खून को पसीना समझ रहे हैं...सर, मैं आज एक करोड़ रुपये प्रतिवर्ष इनकम टैक्स चुकाता हूँ... मेरी बेटी की पढ़ाई और खर्चे वार्षिक पन्द्रह लाख और बेटे के वार्षिक दस लाख हैं। मेरे घर में जो केयरटेकर काम करते हैं, उन्हें कुल मिलाकर मैं एक लाख अड़तालीस हजार रुपये प्रति माह देता हूँ... ये भी लगता है कि ये चमत्कार इस देश के लोकतन्त्र का परिणाम है...पर सर, दसवीं के शुरु में जब पिताजी किताबों और फीस को न चुका पाने की स्थिति में ही आ गए थे तब दो लोग देवदूत बनकर उतर आये मेरे लिये... और आज सोचकर ये लगता है कि अगर इन्सान मेहनत करे, कोशिश करे, ईमानदारी से, तो प्रगति के रास्ते बन ही जाते हैं... प्रकृति की ऐसी व्यवस्था है...निशिकान्त सर...हमारे सोशल साइंस के टीचर जब उन्होंने देखा कि सरकारी हिन्दी मीडियम से इंग्लिश मीडियम में आने वाला बच्चा सोशल साइंस में जिसमें कि हिन्दी भाषी बच्चों को उत्तर लिखने में विशेष कठिनाई होती है टॉप कर रहा है...मैंने नाइन्टी थ्री परसेन्ट के साथ टॉप की, बाकी सब पीछे...तो वो जैसे चकित हो गए। दरअसल सर, आप सब जानते हैं अन्य विषयों की अंग्रेज़ी शब्दावली सीमित है और सभी उस पर कमाण्ड कर लेते हैं पर हिन्दी भाषी छात्रों को सोशल साइंस की शब्दावली कठिन लगती है, इसलिए उनके मार्क्स कम हुए पर मैं तो था ही सोशल का मारा, सोसाइटी के अन्दर घुसा हुआ लड़का...मैंने अंग्रेज़ी शब्दों का अर्थ रटा और समझ तो ठीक थी ही ... सो टॉप कर गया... ये बात निशिकान्त सर के दिल में बैठ गई...दसवीं में समर वेकेशन्स के बाद जब कॉलेज खुला तो मुझे किताबों की आवश्यकता थी। घर में मैंने अपनी ज़रुरत को बतलाया तो माँ ने कहा कि

मैं इन्तजार करुँ जैसे ही पैसे आयेंगे मुझे किताबें दिला दी जायेंगी। मुझे याद है इस पर मैंने काफी जिद पकड़ी थी कि किताबें तत्काल चाहिए, पर निश्चित रुप से माँ-बाप के पास पैसा नहीं था, क्योंकि छोटी बहन को मलेरिया हो गया था और समय से इलाज न होने के कारण वह गम्भीर बीमार हो गई थी,

उसे एक हफ्ते के लिए शहर के प्राइवेट अस्पताल में भर्ती कराना पड़ा था और इसके लिए माँ ने धन्नू सेठ की पत्नी से एक हजार रुपये उधार ले लिए थे और अब उनकी तंनख्वाह कर्ज चुकाने में कटने लगी थी... बड़ी मुसीबत होती है गरीबों की, जब बीमारी उन्हें घेर लेती है... एक तो उनका काम बन्द...आमदनी बन्द। दूसरा, कर्ज शुरु और फिर महीनों सालों उस कर्ज को चुकाने में ही खून पसीने की कमाई लग जाती है।... नये नये रोग, नई नई ताकत के साथ मनुष्य पर हमला कर रहे हैं। अमीरों और उनके तथाकथित आधुनिक विकास के द्वारा ये पैदा किए जा रहे हैं और गरीब इनका शिकार होने के लिए अभिशप्त है।

माई लॉर्ड, इस प्रकार दसवीं के प्रारम्भ में मैं बिना किताबों के कॉलेज जाने पर मजबूर था। मैं सहपाठियों के बीच बैठ जाता और टीचर्स के पढ़ाने के समय उनकी किताबों से काम चला लेता। एक महीना बीत गया। पिताजी ने मुझे सौ रुपये दिए। उनसे मैं केवल तीन किताबें खरीद सका।...मेरी पढ़ाई प्रभावित होने लगी। टीचर्स जो बुक से होमवर्क देते मैं उन्हें बिना किताबों के कैसे पूरा करता ? कई बार होम वर्क न दिखाने के कारण मुझे डाँट पड़ी। टीचर सोचते कि मैं लापरवाह हूँ...होमवर्क पूरा नहीं करता... लेकिन मैं पता नहीं किस ग्रन्थि से ग्रस्त था कि उन्हें बताता नहीं था कि सर, मेरे पास किताब ही नहीं है तो होमवर्क कहाँ से करुँ ?

निशिकान्त सर मुझे प्यार करने लगे थे...जब लगातार तीसरी बार मैंने उनके कहे अनुसार होमवर्क नहीं किया तो वे उबल पड़े...'तुम इतने लापरवाह हो मैंने सोचा ही नहीं था।'... ये निशिकान्त सर के शब्द मेरे सीने पर हथौड़े की तरह पड़े। उन्होंने मुझ गरीब में एक अच्छे स्टूडेन्ट को देखा था।...शायद इसलिए उन्हें ज्यादा गुस्सा आ रहा था। वह मुझे आगे बढ़ाने के लिए प्रयास कर रहे थे, इसलिए वह उबल गए थे...अन्य टीचर जब मुझे डाँटते तो मैं चुपचाप खड़ा रहता...जिस प्रकार वे मुझे नेगलेक्ट करते थे उसी प्रकार मैं

उन्हें नेगलेक्ट कर देता था...पर... जब निशिकान्त सर ने मुझे धिक्कारा तो मेरे सब्र का बाँध टूट गया...झर...झर आँसू गिरने लगे मेरे...यद्यपि क्लास में अपने सहपाठियों के सामने अपने को सम्भालने की बहुत कोशिश की मैंने, पर रोक न सका। निशिकान्त सर, डांटते गए और मेरे आँसू झरते रहे।

पूरा गुबार निकालने के बाद निशिकान्त सर ने पूछा मुझसे-

"प्रभात सही सही बताओ, काम करके क्यों नहीं लाते ?" मैं चुप रहा।

"बोलते क्यों नहीं, जुबान नहीं है क्या ?" फिर गुस्सा आया उनको।

"सर, मेरे पास किताब नहीं है।" मुझे याद है बोलते हुए मेरा गला पूरी तरह भर्रा गया।

क्लास में सन्नाटा छाया था।

निशिकान्त सर एकदम कुर्सी पर बैठ गए। जैसे वह ये सुनने को तैयार नहीं थे। एकाएक उनका स्वर कोमल हो गया- "तुमने पहले क्यों नहीं बताया? चलो बैठ जाओ... ये बुक तुम ले लो ...।" उन्होंने अपनी किताब उठा ली- "लो, ये ले लो, मेरी किताब तुम ले लो।" उन्होंने मुझे पास बुलाया और उनकी किताब मैंने ले ली।

कुछ देर वे सोचनीय मुद्रा में रहे, फिर बोले- "प्रभात, तुम्हारे पास और कौन-कौन विषयों की किताबें नहीं हैं?"

मैंने बता दिया कि हर विषय की कोई न कोई किताब नहीं है।

"तुम चिन्ता मत करो, मैं तुम्हारे लिए सभी किताबों और जो भी कापियाँ न हों, वो ले आऊँगा...ठीक है...तुम परेशान मत होना...कोई कमी हो तो मुझे बताना...।" कहते हुए वे मेरे पास आ गए। अब उनका हाथ मेरे कन्धे पर था- "ठीक है, परेशान मत होना। पढ़ाई में किसी भी प्रकार की कोई समस्या हो मुझे बताना...ठीक।"

मैने 'हाँ' में सिर हिलाया।

"जल्दी ही, मैं तुम्हारी सब व्यवस्था करवा दूँगा...तुम्हारी पढ़ाई में कॉपी किताबों की दिक्कत नहीं होगी।"

मैने फिर 'हाँ' में सिर हिलाया। अपने सारे आँसू पोछ लिए।

इण्टरवल हुआ तो मैं हमेशा की तरह क्लास रुम में ही बैठा रहा। सहपाठियों से कोई किताब लेकर मैं वहीं एक्सरसाइज सॉल्व करता था। अभी मैं सिर झुकाये फिजिक्स के पन्ने पलट ही रहा था कि कोई मेरी टेबिल के पास आकर रुका। मैने सिर उठाया, देखा, वह सारिका थी।

"प्रभात तुम्हारे पास बुक्स नहीं हैं तो जो बुक्स तुम्हें चाहिए हो मुझसे ले लिया करो।" वह बोली।

"तुम कैसे पढ़ोगी ?" मैं बोला।

"कोई बात नहीं, मैं किसी और दिन पढ़ लिया करुँगी।"

मैंने सहमति में सिर हिलाया।

"कॉलेज क्लोज़ होने पर तुम्हें जो बुक चाहिए हो ले लेना।" वह बोली और चली गई।

उस दिन से मैं छुट्टी होने पर उससे कोई भी बुक ले लेता। वह खुशी-खुशी देती। यह सिलसिला काफी दिनों तक चलता रहा, जब तक कि निशिकान्त सर ने मुझे खास-खास किताबें नहीं दिला दीं और शेष, एक डेढ़ महीने बाद पिताजी ने दिला दीं।

सारिका और मैं नवीं से एक ही सेक्शन में थे। इसके पहले उससे कई बार मेरी बात हुई थी। वह क्लास के सभी लड़कों से खूब बात करती थी, अन्य लड़कियाँ रिजर्व रहती थीं पर वह काफी चंचल स्वभाव की थी। पहले तो मुझे वह सिर्फ चंचल ही लगती थी पर अब लग रहा था वह गम्भीर और दयालु भी है। कक्षा में अब उसकी सबसे अधिक बातें मुझसे ही होने लगीं।

मेरी पढ़ाई की समस्या अब और भी कम हो गई। निशिकान्त सर मेरी किसी भी समस्या को सुलझाने की कोशिश करते, और सारिका तो मेरे लिए वरदान हो गई। समय-समय पर तमाम किताबें, प्रोजेक्ट आदि पर पैसे खर्च होते थे जब मैं नहीं ला पाता तो सारिका ही थी जो मेरे लिए उनका इन्तजाम कर देती। पढ़ने में भी वह मुझसे बेहतर थी। जब मुझे कुछ समझ नहीं आता तो कई बार इण्टरवल में वह मुझे समझा दिया करती। माई लार्ड...अधूरी

हँसी आई प्रभात कुमार के चेहरे पर- "मैंने भी सारिका की दरियादिली का भरपूर फायदा उठाया...मैं अपनी आर्थिक परेशानियाँ खुलकर उसे बताता। सुनकर वह द्रवित हो जाती। वह एक समृद्ध परिवार की इकलौती बेटी थी। उसके पिता जी क्षेत्र के जाने माने बिजनेसमैन थे। माता-पिता का भरपूर लाड़-प्यार उसके साथ था। पैसे की उसके पास कोई कमी नहीं थी और उसका दयालु हृदय मेरे साथ था। मैं भी अपनी परेशानियों का मारा, जब वह प्रेम से मुझसे मेरे बारे में पूछती तो मैं सब कुछ भोलेपन से सच-सच बताता जाता। दरअसल मेरे पास ईगो के लिए कुछ था भी नहीं।

कई बार जब घर वाले कोचिंग की फीस का इन्तजाम नहीं कर पाते तो मैं सारिका से बताता और वह बिना देर किए कोचिंग की फीस मुझे पकड़ा देती...और मैं... कुछ दिन बाद ऐसी स्थिति आ गई कि बिना झिझक के पैसे ले लेता। कई बार घर से मिलने पर वापिस कर देता...कई बार वापिस नहीं करता। वह हमेशा दिए पैसे वापिस लेने से इन्कार करती। वापिस तो कभी नहीं मांगती।

एक बार मैंने उससे कहा- "सारिका, मैं बहुत शर्मिन्दा हूँ। तुम्हारे पैसे लेता हूँ और वापिस नहीं कर पाता।"

"कोई बात नहीं प्रभात...मम्मी पापा मुझे बहुत पैसे देते हैं। मैं फालतू में बर्बाद करती हूँ...तुम्हारे काम आ जाते हैं तो मुझे बहुत खुशी होती है.. .प्लीज, तुम ऐसा मत कहा करो।"

ऐसा चलता रहा माई लॉर्ड, और हाईस्कूल का एग्ज़ाम समाप्त हो गया। मेरे परिणाम को देखकर निशिकान्त सर बहुत खुश हुए, पहली बार वह मेरे झोपड़ीनुमा घर में आये। मेरे बयासी परसेण्ट मार्क्स थे और मैंने कॉलेज में पाँचवाँ स्थान प्राप्त किया था। टॉपर के अट्ठासी परसेण्ट और सारिका के पिच्चासी परसेण्ट थे। सर, उस समय ऐट्टी से ऊपर का परसेण्ट बहुत अच्छा माना जाता था। मेरे घर में अभूतपूर्व खुशियाँ मनाई गईं। घर वालों को देखकर लगता था जैसे कुबेर का खज़ाना मिल गया हो।

योर ऑनर...एकाएक कुछ अधिक गम्भीर होकर जजों की ओर दोनों हाथ जोड़े प्रभात कुमार ने- "लगता है मैं कुछ अधिक ही विस्तार से आप लोगों को अपनी जीवन गाथा बताने लगा हूँ...मैं विनम्रतापूर्वक पूछना चाहूँगा,

मैं आपका समय तो नष्ट नहीं कर रहा हूँ ?"

"आप पूरी तरह अदालत का कीमती वक्त बर्बाद कर रहे हैं...।" उनकी बात सुनकर सरकारी वकील चिल्ला पड़ा- "ऐसा लगता है, आप अपनी प्रेम कहानी बताने जा रहे हैं। आप प्वाइंट पर बात नहीं कर रहे। योर ऑनर, अभियुक्त को मुद्दे की बात करने का आदेश दें।"

"मि० पब्लिक प्रोसीक्यूटर, आपका आब्जेक्शन अस्वीकार किया जाता है। प्रभात कुमार दो बार मेम्बर आफ पार्लियामेन्ट रह चुके हैं...।" बीच में बैठे जज ने कहने के बाद हल्की मुस्कान अपने चेहरे पर बिखेरी- "ये असाधारण अपराधी हैं... अदालत को लगता है कि पूरा देश उनके बारे में जानना चाहता है... कितना भी समय लगे... मि० प्रभात कुमार, आप अपनी बात कहना जारी रखें। अदालत इस देश, समाज के लिए आपकी बात पूरी तरह सुनना चाहेगी। आपको तब तक नहीं रोका जायेगा जब तक आप अपनी बात समाप्त नहीं कर देंगे।"

"थैंक्यू...थैंक्यू वैरी मच माई लॉर्ड... दरअसल मैं अपनी आत्मा की कहानी खोल खोलकर इसीलिए बता रहा हूँ कि मुझे लगता है कि मुझे ये बताना चाहिए।

योर ऑनर, सारिका बहुत बोल्ड लड़की थी। मुझे ये पहली बार तब पता चला जब रिजल्ट निकलने के दूसरे दिन वह मेरे घर आ पहुँची। एक चमकदार कार मेरे घर के आगे रुकी और जब एक खूबसूरत लड़की नाईन्टी सेवन्टी एट में अमिताभ की नायिकाओं वाले कपड़ो में उस कार से उतरी तो सर, पूरा मोहल्ला अपने घर से बाहर निकल आया। छोटे-छोटे बच्चे तो कार और सारिका को घेर कर ही खड़े हो गए। वह मेरे घर के खुले दरवाज़े के बाहर ही खड़ी हो गई...खुले रहते थे मेरे घर के दरवाज़े सर, क्योंकि बन्द रखने की कोई वजह ही नहीं थी हमारे घर में...ड्राइवर सारिका के बराबर आकर खड़ा हो गया था पर आवाज़ सारिका ने ही लगाई -

"प्रभात ... प्रभात...।"

मैं अन्दर चारपाई की ढ़ीली निवाड़ को अपने भाई के साथ जून की गर्मी की उस सुबह टाईट कर रहा था। मेरी बनियान पसीने से तर-बतर थी।

आवाज़ ने मेरे कानों को झनझना दिया। क्षण भर में मैं सब समझ गया। दौड़कर, मैने पैंट-शर्ट को शरीर पर डाला।

''क्या कर रहे थे तुम ?'' उसने मेरी आँखों में आँखे डाल दीं।

''निवाड़ टाइट कर रहा था।'' मैने भोलेपन से हाथ झड़ाये।

''ओह नाईस, मैंने डिस्टर्ब तो नहीं किया।''

''नहीं...नहीं, ऐसी कोई बात नहीं।''

''यू हैव गाट, ऐट्टी टू, कोंन्ग्रेट्स...दिस फॉर यू।'' ड्राइवर के हाथ से लेकर एक डिब्बा उसने मुझे पकड़ा दिया।

तभी मुहल्ले के अधनंगे बच्चे आकर हमारे अगल-बगल खड़े हो गए। वे हम दोनों को घूर रहे थे। मैंने डिब्बा हाथ में ले लिया।

''थैंक्स नहीं बोला ?'' वह खिलखिलाई।

''थैंक्यू...थैंक्यू।'' मैं हड़बड़ाया सा।

''बैठने को नहीं बोलोगे ?'' उसने एक और प्रश्न दागा।

''अरे भैया,...।'' तभी अचानक मेरी माँ आ गई और बोली-

''तू तो बेचारी को खड़ा ही रखियो का, जा को बैठाते काये नाहीं ?''

माँ ने तुरन्त आँगन के एक कोने में खटिया बिछा दी- ''ले बैठ जा बेटा।''

वह तुरन्त ही उस पर बैठ गई - ''थैक्स आँटी।''

ड्राइवर दरवाज़े पर और मैं उसके सामने खड़ा रहा। बच्चे उसी तरह मुँह ताक रहे थे।

''अरे तुम भी तो बैठो।'' उसने हाथ पकड़कर मुझे अपने बगल में खींचा तो मैं भड़भड़ा गया। एक बार माँ की ओर देखा तो वह मुस्कुरा रही थीं। मैं निश्चित रुप से झेंपा हुआ था।

''जा छोटा, बिस्कुट...नमकीन ले आ।'' माँ ने छोटे भाई को आदेश

दिया।

"अरे नहीं आँटी, इसकी ज़रुरत नहीं।"

"काहे नहीं, अपने घर कोई आता है तो स्वागत नाहीं करते।" माँ मुझसे अधिक बोल्ड थी।

वह कुछ नहीं बोली।

कुछ देर में छोटा नमकीन बिस्किट ले आया।

"तुम्हारे घर में ऑक्सीजन बहुत है प्रभात।" आँगन में नीम के पेड़ को देखते हुए उसने प्रशंसा की, पता नहीं ज़बरदस्ती कर रही थी शायद। बिना कहे एक बिस्किट उसने अपने मुँह में डाल लिया।

"इण्टर में तुम कहाँ पढ़ोगी ?" मैं कुछ नॉर्मल हुआ तो पहली बार ठीक से बोला।

"यहीं पढ़ूँगी, तुम्हारे साथ ...।" वह फिर खिलखिलाई- "मुझे कहीं डी०एम० बनने नहीं जाना।"

मुझे याद है ऐसा सुनते ही मैंने एक चैन की सांस ली थी।

"तुम्हारी निवाड़ टाईट हो गई न।" उसके स्वर में एकाएक शरारत आ गई।

"हाँ।" मैं सकुचाया।

"चलो मैं भी टाईट कर दूँ, अगर ना हुई हो।"

"नहीं...नहीं, रहने दो।" मैं बोला।

"बेटा, हम लोग तो गरीब लोग हैं।" माँ फिर बोल्ड हुई - "अपने काम खुद तो करने ही पड़िहें।"

"जी आँटी...।" उसने समर्थन किया- "अपने काम खुद ही करने चाहिए। मेरी मम्मी कहती हैं काम करने से हेल्थ अच्छी रहती है।"

माँ ने पलकें झपकाई।

बच्चे बोर होकर बाहर जाकर शोर मचा रहे थे। ड्राइवर कार में बैठकर जमुहाई ले रहा था।

* * * * *

योर ऑनर, दस साल पहले मैंने अपने परिवार के लिए दो गाड़ियाँ खरीद ली थीं। मेरे विचार से दोनों गाड़ियाँ लक्जरी थीं जिनमें सर्दी, गर्मी, बरसात सभी में आराम था। पर बाद में मेरे दोनों बच्चों ने मेरे समझाने के बाद भी विद्रोह कर दिया... बच्चों का कहना था कि हमारे घर में कम से कम एक मर्सिडीज और सभी के पास अलग-अलग लग्जरी गाड़ियाँ होना चाहिए। मैंने बच्चों को लाख समझाया, पर वे नहीं माने, और मुझे अपने बेटे और बेटी को अलग-अलग लग्जरी गाड़ियाँ दिलवाना पड़ी। ड्राइवर अलग-अलग इसके बिना उनका स्टेंटस डाउन हो रहा था। मेरी पत्नी ने गाड़ी की कोई माँग नहीं की पर ये सिफारिश ज़रुर की कि बच्चे कह रहे हैं तो दिला दो, इतना पैसा छाती पर लाद के थोड़े ही ले जायेंगे। उनकी ज़िद के आगे मुझे झुकना पड़ा था। पर, योर ऑनर, जब मैं इण्टरमीडिएट में आया तो मेरे पास न किताबों के पैसे थे, न कोचिंग के।

पर मेरे पास अच्छा विकल्प था...सारिका। उसने मेरी किताबें खरीदवा दीं और कोचिंग के पैसे भर दिए। माँ-पिताजी अब मेरी पढ़ाई के खर्चों के प्रति कुछ लापरवाह हो गए थे क्योंकि मैं अब जिदपूर्वक डिमांड नहीं करता था।

इण्टरमीडिएट में मैंने अपनी आर्थिक समस्याओं का एक और समाधान खोजा, समय निकालकर मैंने छोटी क्लास के बच्चों को ट्यूशन पढ़ाना शुरु कर दिया। और दो घण्टे के ट्यूशन से मुझे अपनी पढ़ाई की ज़रुरतों को पूरा करने के लिए काफी कुछ धन प्राप्त होने लगा।

सारिका लगातार मेरी मदद कर रही थी। कॉलेज के बाहर भी हमारी मुलाकातें बढ़ रही थीं। और जैसे-जैसे मुलाकातें बढ़ रही थीं, उसी अनुपात में हमारे बारे में कॉलेज के छात्रों में हमारी चर्चायें बढ़ रही थीं। उसने मुझसे कहा कि मैं डेली कस्बे के पूर्व में पहाड़ी पर स्थित माँ शारदा मन्दिर दर्शन

के लिए जाती हूँ, तुम भी आ जाया करो तो मैं भी वहाँ पहुँचने लगा। और पहाड़ी की एक चट्टान पर बैठकर हम तमाम बातें करते। बातों में कुछ आनन्द ही था कि मैं कभी-कभी अपने ट्यूशन भी छोड़ दिया करता था। चर्चों में दोस्तों, कॉलेज, पढ़ाई के साथ फिल्मों की बातें भी शामिल हो गईं। मुझे लगता है कि हम इसके आगे भी बात करना चाहते थे।

एक बार हम पास के शहर में फिल्म देखने भी गए। उसने अपने ड्राइवर से कह दिया कि वह किसी को न बताये कि वह किसके साथ कहाँ गई है। कई बार हम उसकी गाड़ी से बाहर शहर गए। खूब घूमते, खूब बातें करते, खाते-पीते, उसके माँ-पिता ने उसको बहुत स्वतंत्रता दी थी। हम दोनों उसका लाभ उठा रहे थे। जीवन उल्लासपूर्ण हो गया था मेरा। मेरे ऊपर सारिका बहुत पैसा खर्च करती। कॉलेज के बहुत से लड़के मुझसे ईर्ष्या करते पर सारिका के साथ ने मेरा आत्मविश्वास इस कदर बढ़ा दिया कि मैंने किसी की भी परवाह करना बन्द कर दिया।

एक दिन उसने कहा- "प्रभात तुम पढ़ लिखकर कोई आफीसर बन जाओ, मैं तुमसे शादी कर लूँगी।"

बात सुनकर मेरे शरीर में सनसनी दौड़ गई। मेरे होंठ सूख से गए, मैंने घबराहट में सिर्फ इतना कहा- "पता नहीं...।"

"तुम तो घबरा गए।" वह खिलखिलाई।

"मैने होंठो पर जीभ फेरी।"

"सच कह रही हूँ...।" उसके स्वर में आत्मविश्वास था- "मैं वाकई तुमसे शादी कर लूँगी।"

"अगर नहीं बन सका तो ?" अब मैं नार्मल हो गया।

"तब कुछ नहीं होगा।" वह उसी आत्मविश्वास से खिलखिलाई। मैं उसका चेहरा देखता रह गया।

योर ऑनर, इस प्रकार मेरा इण्टरमीडिएट चलता रहा। मैं और सारिका इस दौरान कई बार निकट आए, लेकिन बहुत निकट नहीं आये। कस्बे में कई अफवाहें उड़ी, कॉलेज में काफी चर्चा हुई हमारे रिश्तों की लेकिन सारिका

और मेरी मित्रता उसी प्रकार अटल रही। हमारे बारे में बातें सुनकर निशिकान्त सर का साफ्ट कार्नर जो मेरे बारे में था, मुझे कई बार लगा कि वह कुछ कम हुआ है हालांकि उन्होंने इस बारे में कभी स्पष्ट कुछ भी व्यक्त नहीं किया।

सर, इण्टरमीडिएट अंततः पूरा हो गया। सेवन्टी एट परसेण्ट मार्क्स से मैंने इस बार कॉलेज में तीसरा स्थान प्राप्त किया। सारिका एट्टी वन के साथ दूसरे और टॉपर के एट्टी थ्री परसेण्ट थे। बहुत अच्छे मार्क्स थे ये उस समय के अनुसार। मुझे खूब बधाईयाँ मिली, प्रशंसा मिली, पूरे कस्बे में मेरा नाम फैला। पिताजी और माताजी को भी सबने खूब सराहा। उनकी खुशी देखते ही बनती थी।

पूरा कॉलेज मेरी और सारिका की प्रशंसा कर रहा था...और..और सर चर्चा भी। इस चर्चा में टॉपर सौरभ का नाम गायब हो गया था। चर्चा थी.. .मेरी और सारिका के सम्बंधों की। सब लगभग ये मानने लगे थे कि मेरे और सारिका के बीच कुछ है...और सर... ये चर्चा मेरे जीवन का प्रथम टर्निंग प्वाइंट बन गई...ये चर्चा सारिका के मम्मी-पापा तक भी पहुँच ही गई।

एक समयं ऐसा आया जब सारिका लम्बे समय तक मेरे पास नहीं आई. .. मैं बेचैन था, तभी एक दिन वह एक स्थान पर मुझको मिली और बोली- "प्रभात...बड़ी गड़बड़ हो गई...मम्मी-पापा को हमारे बारे में शक हो गया है, उन्होंने मेरा कहीं आना-जाना बन्द कर दिया है। बड़ी मुश्किल से आज तुमसे मिल पा रही हूँ। मम्मी तुमसे मिलने को मना कर रही थीं। अब शायद ही मिल पाऊँगी। वो मुझे बुआ के पास लन्दन भेज रही हैं। मैंने बहुत मना किया लेकिन मान ही नहीं रहीं। मैं तुमसे मिलने की कोशिश करुँगी, तुम मुझसे मिलने की कोशिश मत करना। तुम खूब पढ़ना। कोई ज़रुरत हो तो जब मिलें तब बताना...।"

और फिर जल्दी-जल्दी वह चली गई।

मैं पागलों की तरह बहुत देर तक उस स्थान पर खड़ा रहा क्योंकि मुझे ओवरऑल अपनी हैसियत का अन्दाजा था।

* * * * *

सारिका लंदन चली गई। मेरे हाईस्कूल, इण्टरमीडिएट के अधिकांश सहपाठी दिल्ली, इलाहाबाद, कानपुर या फिर अन्य बड़े शहरों में मेडिकल, इंजीनियरिंग आदि की तैयारी के लिए चले गए। मैं कोचिंग संस्थानों की भारी भरकम फीस चुकाने की स्थिति में नहीं था, इसलिए निशिकान्त सर ने मुझे अपने ही टाऊन की कोचिंग ज्वाइन करने के लिए कहा और हौंसला बढ़ाया कि कॉम्पिटीशन में हमारे टाऊन के कोचिंग से भी छात्र सफल होते हैं, मुझे अपने टाऊन और शहरों के कोचिंग संस्थानों से सफल होने वाले छात्रों के प्रतिशत के अनुपात का अन्तर ज्ञात था। पर विवशता थी कि मैं जा ही नहीं सकता था।

मैंने कोचिंग के साथ बी०एससी० में भी एडमिशन ले लिया। अपनी पढ़ाई के खर्चे पूरे करने के लिए मेरे पास ट्यूशन पढ़ाने के अलावा अन्य कोई विकल्प न था। मैं हाईस्कूल, इण्टरमीडिएट या जिस किसी स्तर के छात्र को पढ़ाने में पैसे मिलते, उसे पढ़ाने लगा। पिताजी, माताजी अब शारीरिक रुप से शिथिल होने लगे, उम्र उन पर हावी होने लगी और वे अक्सर बीमार पड़ने लगे। ऐसे में परिवार के पालन-पोषण की जिम्मेदारी भी मेरे ऊपर आने लगी। मैं अधिकाधिक ट्यूशन पढ़ाने की कोशिश करने लगा। ऐसे में मेरे स्वयं का अध्ययन प्रभावित होने लगा। मैं मेडिकल लाइन में जाना चाहता था पर कॉम्पिटीशन में कट आफ मुझसे बहुत दूर रहा। बी०एससी० प्रथम वर्ष ज़रुर मैंने पास कर लिया, अच्छे कहे जाने वाले मार्क्स के साथ। दूसरे, तीसरे वर्ष भी वही स्थिति रही, इस प्रकार बी०एससी० पूरी हो गई।

बहन की शादी करने की चिन्ता पूरे परिवार को थी, भाई कुछ भी नहीं कर रहा था। मैं एम०एससी० करने सुदर्शनपुर आ गया। इस समय मेरी एक मात्र इच्छा यह बची थी कि किसी प्रकार कोई सरकारी नौकरी मिल जाये और हम सबका जीवन पार हो जाये। इसी बीच सुदर्शनपुर के जीवन ज्योति अस्पताल में मुझे पता लगा कि कर्मचारियों की ज़रुरत है। मैंने अपने स्तर से सोर्स लगाया और मुझे वहाँ नौकरी मिल गई।

माई लॉर्ड, परिस्थितियों की ऐसी मार पड़ी कि मैंने एम०एससी० की पढ़ाई बीच में ही छोड़ दी, कॉम्पिटीशन की तैयारी भी लगभग समाप्त हो

गई। मेरा सारा ध्यान अधिकाधिक पैसे कमाने पर केंन्द्रित हो गया। ट्यूशन और हॉस्पिटल की नौकरी, मेरी दिनचर्या इन्हीं के इर्द-गिर्द केंद्रित हो गई।

सारिका फिर कभी न मिली, न उसकी कोई खबर...बस बीच-बीच में पता चलता कि मेरा फलां सहपाठी डॉक्टरी कर रहा है, फलां इन्जीनियरिंग. ..फलां यह...फलां को यह सफलता...मैं जड़ सा होकर सब सुनता, इतना जड़ था मैं उस वक्त कि यह सोचकर ईर्ष्या तक न करता कि जो आई.आई. टी. में सफल हुआ उसके हाईस्कूल में मुझसे टेन परसेण्ट मार्क्स कम थे, या जो एम०बी०बी०एस० कर रहा है वह इण्टर में मुझे फिफ्टीन परसेण्ट कम था। शायद बेहद रसहीन था मेरा जीवन उस समय...एकदम शाक्ड था... जी हाँ सर, आज मैं सोचता कि कितना साँक्ड रहा होऊँगा मैं कि...कभी सारिका के बारे में सोचता भी न था...कितना खूबसूरत मासूम वक्त बिताया था मैंने उसके साथ... किसी प्यारी फिल्म स्टोरी की तरह, पर उस समय मैं उसे याद भी न करता था। अरली मार्निंग से लेट नाईट तक काम...काम... काम...।

* * * * *

अदालत में भारी खामोशी थी।

कोई खाँसता भी तो लगता बड़ी आवाज़ हुई है। प्रभात कुमार के चेहरे पर पहली बार दर्द उभर आया, शायद आँखे भी डबडबाईं जिन्हें बड़ी सफाई से उन्होंने माथे पर हाथ फेरकर फिर चश्मे के नीचे उँगलियाँ डालकर विलुप्त कर दिया।

"जीवन ज्योति हॉस्पिटल में स्टाफ की काफी कमी थी उस समय। और कर्मचारियों को आठ घण्टे जो भी काम बास देता था करना पड़ता था। पैसा ज़रुर अन्य अस्पतालों के कर्मचारियों से अधिक मिलता था। मुझे पैसे की ज़रुरत थी। मुझे पता था कि प्राइवेट जाब में इतना पैसा कहीं और नहीं मिलेगा।

नौ सौ रुपये...सर नौ सौ रुपये महीने मिलता था मुझ...और... और. ..लगता था नौकरी बहुत कीमती है। छूटनी नहीं चाहिए। मुझे बहुत अच्छी

तरह याद है, ट्यूशन से भी मैं तीन सौ रुपये महीने कमा लेता था। नौ सौ घर भेज देता, तीन सौ में मैं अपना खर्च चलाता था। पचास रुपये महीने में मैंने एक बाड़ा किराये पर लिया हुआ था, उसमें एक कच्ची झोंपड़ी थी, वह आवास मेरे लिए बिलकुल पर्याप्त था...और सर... सच बताऊँ... आज जेल से बहुत थोड़ा ही डर लगता है मुझे इसलिए ही सच-सच अपना कच्चा चिट्ठा खोल रहा हूँ...क्योंकि माई लॉर्ड, मैं सच बताऊँ...मेरे बाड़े और कच्चे कमरे से जेल बहुत आलीशान जगह है, यदि अपनापन हो। तो सर, जेल में मुझे तो अपनापन मिल ही जाता है, परमात्मा की कृपा से...इसलिए सोचता हूँ, सच के लिए जेल भी जाना पड़े तो कोई बुराई नहीं, वह भी मेरे लिए एक उपलब्धि होगी।

जीवन ज्योति हॉस्पिटल में बहुत से कर्मचारी थे। पर शायद मैं एकमात्र कर्मचारी था जो बॉस का हर आदेश हँसकर मानता था। ज़रुरत हो तो मैं रिसेप्शन पर काम कर देता था, बॉस कहता कि कमरों की सफाई का काम देखो तो वह भी खुशी-खुशी करवा देता, नर्स नही तो पेशेन्ट्स की देखभाल. ..जहाँ मुझे लगा दिया जाता मैं पूरी जिम्मेदारी से काम करता...क्योंकि... क्योंकि नौकरी मेरी ज़रुरत थी, मैं नहीं अफोर्ड कर सकता था कि मुझे गुस्से में नौकरी से निकाल दिया जाये...और सबसे बड़ी बात थी कि मैं हर काम करना भी चाहता था क्योंकि मुझे लगता था कि मैं बीमार लोगों की सेवा कर रहा हूँ, उन्हें सुख पहुँचा रहा हूँ।

डॉ०टी०पी० सिन्हा...तारकेश्वर प्रसाद सिन्हा...यहाँ बैठे बहुत से लोगों ने यह नाम सुना होगा।...अब इस दुनिया में नहीं हैं सिन्हा साहब... मैं आज फिर उन्हें नमन करते हुए श्रद्धांजलि अर्पित करता हूँ...क्योंकि उन्होंने ही मुझे सुप्रसिद्ध प्रभात कुमार बनाया। वे जीवन ज्योति अस्पताल के डायरेक्टर थे। सबसे बड़ी शख्सियत थे हॉस्पिटल की। जब उन्होंने देखा कि हर जगह, हर काम को करते मैं ही दिखाई देता हूँ और हर काम जिम्मेदारी से करता हूँ तो उनकी पारखी नज़रें शायद मेरे ऊपर पड़ीं। जिम्मेदारी के भाव के कारण वो जैसे ही हॉस्पिटल पहुँचते, मुझे तलब करते...और मैं हाजिर हो जाता उनकी खिदमत में। वो मेरे काम से इतना प्रभावित हुए कि हर महत्वपूर्ण काम मुझे सौंपने लगे। और मुझे बड़ी खुशी होती जब सबको छोड़कर जिम्मेदारी का काम वो मुझे सौंप देते...एक समय वो आया जब क्रिटिकल और महत्वपूर्ण

पेशेंट की देखरेख वो मुझे ही सौंपने लगे"।

"प्रभात, तुम्हारी एजूकेशन क्या है ?" एक दिन उन्होंने पूछा।

"बी०एस०सी० सर।" सिर झुकाये मैंने उत्तर दिया।

"आगे पढ़ाई क्यों नहीं की ?"

"सर परिवार की जिम्मेदारी है, माँ-पिता काम करने लायक नहीं हैं।" मैंने मौका पाकर संक्षिप्त में उन्हें अपनी जीवनी सुना दी।

सुनकर द्रवित हुए वे, बोले- "कोई बात नहीं, मन लगाकर काम करो, मैं तुम्हें डॉक्टरी सिखा दूँगा। तुम टेलेन्टेड हो, मेहनती हो, मुश्किल नहीं। तुम्हारा आर०एम०पी० रजिसट्रेशन करा दूँगा। तुम्हारी जिन्दगी अच्छे से गुजर जायेगी।"

"जी...।" मैंने उनके पैर छू लिये।

इसके बाद उनके आदेश पर मैं डॉक्टरी के छोटे-मोटे काम जैसे टेस्ट के लिए ब्लड निकालना, एक्स रे करना, इंजेक्शन लगाना आदि ... आदि करने लगा।

सिन्हा साहब मुझे रेगुलर ओ०पी०डी० में बैठाने लगे। वहाँ मैं उनके आदेशों का जहाँ पूरी जिम्मेदारी से पालन करता था, वहीं मुझे उनके डाइगनोस्ट करने का ढंग पता चलता तथा बीमारी की उचित दवा की जानकारी होती। उन्होंने स्वयं मुझे मेडिकल साइंस की कई किताबें पढ़ने को दीं।

एक समय वह आया अब सिन्हा साहब पेशेन्ट देखते, डाइगनोस्ट करते, बीमारी लिखते और पेशेन्ट के पर्चे पर दवाई मैं लिखता।

एक बार की बात मुझे याद है। डॉक्टर साहब ने पेशेन्ट को देखने के बाद कहा- "प्रभात दवाई में आइबूब्रोफेन... लिख देना।"

मैंने कुछ सोचा और कहा - "सर, ये बी०पी० के पेशेन्ट हैं, इन्हें ये दवा नहीं देनी चाहिए।"

"ओ.के. ...।" गम्भीरता से कुछ सोचते हुए उन्होंने मुझे बहुत गहरे से चश्मे के ऊपर से घूरा- "करेक्ट।"

माई लॉर्ड, कुछ समय बाद मुझे अजीब सी बेचैनी उत्पन्न होने लगी, किसी मरीज को देखता तो ऐसा लगता कि मैं पता लगा लूँ कि उसे बीमारी क्या है ? और लगता, कि काश मैं उसकी बीमारी का इलाज कर पाता, उसे आराम दे पाता। मेरी इच्छा इतनी तीव्र हुई कि मैं सोते जागते ये सोचता कि बीमारों का इलाज कैसे करुँ, मैं ऐसा क्या करुँ कि कोई बीमार ही न हो। अन्त में मैंने स्वयं ही निष्कर्ष निकाला कि चिकित्सा विज्ञान की किताबें पढ़कर मैं अधिक से अधिक ज्ञान प्राप्त कर बीमारों का बेहतर इलाज कर सकता हूँ। मेरे मन में ये था कि इस प्रकार मैं अपने परिवार के भरण-पोषण के लिए पर्याप्त पैसा भी कमा सकता हूँ।

सर, मैं हॉस्पिटल में आने वाले सभी डॉक्टर्स से अधिक से अधिक बात करता, बीमारियों और इलाज के बारे में, ताकि मुझे ज्यादा से ज्यादा जानकारी प्राप्त हो सके। इसके लिए मैं डॉक्टरों की खूब बात मानता, उनकी बहुत सेवा करता, उनके हुक्म का गुलाम बना रहता। इसके पीछे मेरी इच्छा थी कि डॉक्टर मुझे ज्यादा से ज्यादा डॉक्टरी का ज्ञान प्रदान करें। डॉक्टर मुझसे खुश भी रहते, बात भी करते और मेरे प्रश्नों का उत्तर देकर मेरी नालिज को भी बढ़ाते लेकिन कभी-कभी मेरे प्रश्नों की अधिकता के कारण झुँझला भी जाते।

एक डॉक्टर ने तो झुँझलाकर कई बार कहा- "प्रभात, डॉक्टर बनने की कोशिश मत करो, बहुत दिमाग खाते हो, इंजेक्शन लगाते रहो, हमने दस साल पढ़ाई में आँखें फोड़ी हैं, तपस्या की है।"

लेकिन सर, कहना होगा सिन्हा साहब ने कभी गुस्से में दिखने के बाद भी ऐसी बात नहीं की।

परन्तु जैसे चिकित्सा विज्ञान का ज्ञान प्राप्त करने की सनक पैदा हो गई थी मुझमें एनाटामी, फिजियोलाजी, बायोकेमिस्ट्री, फारेन्सिक मेडीसिन, पैथालाजी, माइक्रोबायोलाजी, फार्मेटोकालोजी, गायनी, पीडियाट्रिक्स, साइकियाट्री, डर्मेटोलाजी, सर्जरी, एनेस्थीसियोलाजी, ई.एन.टी., आफ्थाल्मोलाजी, आर्थेपेडिक्स आदि की ढेरों बुक्स मैंने इकट्ठी कर लीं, या तो डॉक्टर्स से माँगकर या जोड़ी गई पाई-पाई से खरीदकर।

मैं एक के बाद एक, नौकरी के बाद अपने कमरे में जाकर प्रायः खिचड़ी या तहरी बनाता और बिस्तर पर लेटकर घण्टों उन्हें पढ़ता रहता, चिन्तन

करता रहता। जो समझ न आता तो सिन्हा सर से दिन में एक-एक कर धीरे-धीरे पूछता ताकि कहीं नाराज न हो जायें...और ...सर...शायद कभी-कभी ही नाराज़ हुए वे...अक्सर मेरे पढ़ने को एप्रिशिएट ही करते। इससे मुझे ज्ञानार्जन की भूख बनी रहती।

सर, मैंने अपने पास उपलब्ध मेडीकल साइंस की एक-एक किताब की एक-एक लाइन को ध्यान से पढ़ा उसे मनन किया। दो-ढाई साल में मैंने इतनी सारी बुक्स पढ़ डालीं कि मैं डॉक्टरों से डायग्नोस्ट और मेडीसिन पर डिस्कस करने लगा।

डॉ०बी० भारद्वाज तो जब ओ०पी०डी० में बैठते तो आँखें बन्द कर लेते, मुझसे कहते... यार प्रभात, बहुत थका हूँ। पेशेन्ट को चेक अप करो तुम्हीं, मेडिसिन प्रिसक्रिप्शन कर दो। बस वो पेशेन्ट से दो चार बात करते, जो उनके विश्वास पर उन्हें चेक अप कराने के लिए आते...ताकि उन्हें ये न लगे कि डॉक्टर साहब तो उन्हें देख ही नहीं रहे...बाकी सारा काम मैं ही करता।

अकेले में मुझसे कहते...''प्रभात, तू तो मुझसे बड़ा डॉक्टर है...मेरी तो उमर हो गई... तेरा डाइग्नोस्ट और प्रेस्क्रिप्शन बड़ा अच्छा है ? मेरा काम अब तू ही कर।''

और सर, अपनी आदत के अनुसार, मैं उनकी सेवा करते हुए अपने को धन्य समझता।

जीवन ज्योति हॉस्पिटल के अलावा डॉ० भारद्वाज अपने घर में भी पेशेन्ट को देखते थे। वो मुझे वहाँ भी बुलाने लगे। उनका पिचहत्तर प्रतिशत काम मैं ही करता...और उनके पास आने वाले मरीजों की संख्या बढ़ रही थी... उनकी प्रसिध्दि बढ़ रही थी शाम के तीन घण्टे वह अपने घर पर मरीजों को देखते थे। इससे कई हजार रुपये प्रतिदिन उनकी आय थी। जब मैं जाने लगा तो उसका एक छोटा सा हिस्सा तीन हजार रुपये महीना वो मुझे देने लगे।

मेरी खुशी का ठिकाना न रहा। मेरी हैसियत के हिसाब से काफी पैसा मुझे मिलने लगा।

भारद्वाज साहब बहुत ज्ञानवान एम०डी० थे। जब मैं उनकी ओ०पी०डी०

सम्भालता, तब वे आँखें बन्द किए मुझे निर्देश देते रहते। मैं उनके निर्देशों का पालन करता...कभी कभी बीमारी पर डिस्कशन करता...उनसे बड़ी नालेज मिली मुझे।

पहले मैं दिन-रात जीवन ज्योति में लगा रहता था। लेकिन इस समय मैं सिर्फ दिन में ही इस अस्पताल में रहता, जब डॉ०टी०पी० सिन्हा होते। सिन्हा साहब... सब जानते हैं सर... सर्जरी के एक बहुत बड़े नाम थे। उनका वरदहस्त...मेरी कर्तव्यनिष्ठा के कारण ही सही मेरे ऊपर था...जीवन ज्योति में जब वह दाखिल होते और यदि मैं नहीं दिखता तो पूरा अस्पताल सिर पर उठा लेते...प्रभात कहाँ है ?... लेट क्यों हो गया...बहुत लापरवाह हो गया है आजकल ... और जैसे ही मैं पहुँच जाता...प्रभात, समय से आया करो... अस्पताल को, मरीजों को कितनी ज़रुरत है तुम्हारी, समझते नहीं हो क्या ? ... तुम्हारे भरोसे हूँ मैं।

सिन्हा साहब डाँटने की मुद्रा में कहते... लेकिन, मुझे प्यार की भाषा की तरह लगता...था भी कुछ ऐसा ही घर की जिम्मेदारियाँ पूरी करने के लिए जब भी मुझे पैसों की ज़रुरत होती, मैं सिन्हा साहब से कहता और वे पूरी करते। बहन की शादी, पिता की बीमारी सभी का खर्च सिन्हा साहब ने ही उठाया।

सिन्हा साहब अक्सर खुले हृदय से कहते, प्रभात बहुत कमाण्ड कर लिया है तुमने मेडिकल साइंस पर, प्लेन एम०बी०बी०एस० छोरा तो तुझे पा ही नहीं सकता और ये सच था, सर के हॉस्पिटल में काम करने वाले एम०बी०बी०एस० डॉक्टर्स अक्सर मुझसे ही पूछकर काम करते। इसी बीच सिन्हा साहब ने मेरा आर०एम०पी० का रजिस्ट्रेशन भी करवा दिया।

मेरा आर०एम०पी० सर्टिफिकेट हाथ में लिए तब वह बोले थे, "प्रभात, मेरा वश चलता कम से कम तो एम०बी०बी०एस०, एम०डी०, एम०एस० की डिग्रियाँ तो तेरे नाम लिख ही देता।"

सर, जीवन ज्योति ज्वाइन करने के छठे साल में मैं डॉ० भारद्वाज की प्राइवेट ओ०पी०डी० में प्रतिदिन तीन घण्टे गुजारता, हॉस्पिटल में डॉ० सिन्हा के साथ लगभग छ घण्टे, जिसमें उनके साथ ओ०टी० में सारा वक्त और तीन घण्टे के लिए मैंने स्वयं अपने घर के पास एक दुकान किराये पर ली

और अपनी स्वयं की प्राइवेट प्रैक्ट्रिस शुरु कर दी, इसमें भी बहुत से पेशेन्ट मुझसे ट्रीटमेन्ट के लिए आने लगे। लगभग छह हजार रुपये मुझे दोनों डॉक्टर्स के यहाँ से प्राप्त हो जाते और काफी रुपये मुझे अपनी प्राइवेट प्रैक्टिस से मिल जाते।

मेरी प्राइवेट प्रैक्टिस की पॉपुलारिटी तो बड़ी तेज़ी से बढ़ी उस समय सिर्फ बीस रुपये प्रति पेशेन्ट मैं लेता था...और ईश्वर की कृपा थी...मेरी प्रैक्टिस में इतने पेशेन्ट आने लगे जितने डॉ० भारद्वाज और डॉ० सिन्हा की ओ०पी०डी० में नहीं आते थे। समय की कमी हो गई मेरे पास। कई बार मैं सोचता कि जीवन ज्योति छोडूँ या डॉ० भारद्वाज को... लेकिन फिर लगता कि सब इन्हीं से प्राप्त हो रहा है, सो जुड़ा रहा। पैसे पर्याप्त आ रहे थे... घर वाले खुश थे...नाम और सम्मान मिलने लगा...बड़े-बड़े लोग मुझे बुलाने लगे... तभी मुझे लगने लगा कि अभी और भी ऊँचाइयों पर जाना हैं... खुशी की उमंगों से मेरा मन भरा रहता। इससे मुझे और भी मेहनत और काम करने की प्रेरणा मिल रही थी...हाँ सर, इतना ज़रुर उस समय नहीं सोचा था कि अपने जीवन ज्योति हॉस्पिटल...कॉलेज... लोकसभा...मर्सिडीज. ..गाड़ियाँ...नेशनल फेम तक पहुँच जाऊँगा...। आज सोचता हूँ तो रोमाँच से भर जाता हूँ।

मैंने गरीब मरीजों की खूब सेवा की, सैकड़ों लोगों से इलाज का एक पैसा नहीं लिया ... लेकिन सर...। एक बार फिर भावुक हुए प्रभात कुमार - ''लेकिन सर... ये कभी नहीं सोचा था उस वक्त कि जब मैं अपराधी बनके इस प्रकार अदालत में खड़ा होऊँगा, तब...बाहर भारी भीड़ 'प्रभात कुमार...ज़िन्दाबाद' के नारे भी लगायेगी...सच में सर।

योर ऑनर...लेकिन सफलता का सफर कुछ समय बाद ही बड़ा तकलीफदेह हो गया...मैं समझ रहा था कि सब कुछ अब इसी तरह चलेगा, मेरी खुशियाँ बढ़ती जायेंगी लेकिन आज...जीवन के लम्बे अनुभव के बाद मैं यह दावे के साथ कह सकता हूँ कि आम आदमी के लिए सफलता भी बड़ी खतरनाक होती है...जब भी आम आदमी सफलता की सीढ़ियाँ चढ़े...उसे एक बात मन में रखनी चाहिए कि...खतरा उसके आसन्न हो सकता है। क्योंकि...बिग बास की सफलता पर सभी तालियाँ बजाते हैं लेकिन 'छोटू' की सफलता पर लोगों को प्रथम बार ईर्ष्या ही होती है।

मेरे साथ भी ऐसा ही हुआ था आदरणीय...इसके पहले...सारिका... बाद में मरीज की मृत्यु, साजिश...सुदर्शनपुर छोड़ना।

सुदर्शनपुर और आसपास का इलाका...सर...सभी जानते हैं, बहुत पथरीला है, पानी में कैल्शियम की मात्रा काफी अधिक है, इसलिए पथरी के मरीजों की संख्या यहाँ बहुत ज्यादा होती है, घर-घर में प्रायः एक पथरी का मरीज हो ही जाता है। गरीबी तो यहाँ है ही। आज भी अस्पतालों में आपको पथरी के मरीज कमर दबाते, कराहते मिल जायेंगे। जीवन ज्योति में भी हमेशा पथरी के मरीज बड़ी संख्या में आते थे। डॉ० सिन्हा के पास जब कोई ऐसा मरीज आता तो उनका एक ही कहना होता था...सर्जरी कराओ... इसका और कोई इलाज नहीं और जब मरीज का दर्द सहनशक्ति के बाहर हो जाता तो ऑपरेशन टेबल पर लेट जाना उसकी विवशता हो जाती।... मैंने देखा गरीब मरीज कर्ज लेकर पथरी की सर्जरी कराते थे...अक्सर वे डॉ० सिन्हा से कहते साहब, पत्नी के गहने गिरवी रख कर पैसे का इन्तजाम किया है.. साहब, जमीन बेची है...कुछ पैसे कम कर लो...इतना ही हो पाया साहब, उधार कर लो...लेकिन, यहाँ मैं यह ज़रुर कहूँगा...सिन्हा साहब, मेरे प्रति तो मुझे बहुत उदार रहे पर मरीजों के मामले में वे पूर्णतः अनुदार थे। शायद ही किसी मरीज की फीस उन्होंने कम की हो।

मुझसे सिन्हा साहब स्पष्ट कहते थे...‘‘प्रभात, ये तो भुक्खड़ इलाका है, हम अगर पैसे कम लेंगे तो किस-किस से लेंगे ? घोड़ा घास से दोस्ती करेगा तो खायेगा क्या? सब इन्तजाम कर लेते हैं...पैसे पूरे चाहिए, हमारे भी तो खर्चे हैं।’’

मैंने कई बार पेशेन्ट पर दया आने पर उनसे पैसा कम करने का निवेदन किया पर एक भी बार उन्होंने ये बात नहीं मानी। वे कहते थे- ‘‘सब इन्तजाम कर लायेंगे। इलाज के लिए सब इन्तज़ाम कर लेते हैं।’’

उनका कहना सही भी था मरीज कहीं से भी पैसे की व्यवस्था करके सर्जरी कराते थे।

माई लॉर्ड...सच बात तो ये है कि अभी देश आज़ाद नहीं हुआ...किसी ने ठीक कहा था- देश आजाद नहीं हुआ सिर्फ ट्रान्सफर ऑफ पावर हुआ है। गोरे अंग्रेजों की जगह काले अंग्रेजों का शासन हो गया है। तभी आजादी

के इतने वर्षों के बाद भी सरकार जनता के स्वास्थ्य की व्यवस्था भी नहीं कर पाई। सुदर्शनपुर में मेडीकल कॉलेज भी है लेकिन, गरीब भी वहाँ इलाज कराने नहीं जाना चाहता,...क्यों...ये सभी जानते हैं, तभी तो जनता प्राइवेट अस्पतालों में अपना घर-मकान बेचकर भी इलाज कराने पर विवश है।

सर, मैं मरीजों के बेहतर और कम खर्चे में इलाज के लिए इतना बेचैन हो गया था कि विभिन्न रोगों के इलाज के लिए आयुर्वेदिक, होम्योपैथिक और अन्य विधियों से उपचार के लिए कोशिश में लगा रहता था। इसके लिए मैं किताबें ढूंढता रहता था, मरीजों के इलाज के लिए मैंने सुश्रुत और चरक की किताबों के अनुवाद को पढ़ा, वाग्भट को पढ़ा। होम्योपैथी की किताबों को पढ़ा, साधू, महात्माओं से सत्संग किए, दादी-माओं से बात की, सपेरों, जनजातीय तांत्रिकों के साथ समय बिताया...उन सबसे विभिन्न बीमारियों के इलाज के लिए उनकी चिकित्सीय परम्पराओं का प्रयोग किया...और सर... बड़े ही चमत्कारिक परिणाम मुझे प्राप्त हुए...कुछ बीमारियों का इलाज तो जादू की तरह करने लगा मैं।

हाँ...तो...सर... मैं भटक गया था...जो बताना चाहता था...पथरी के मरीज बड़ी संख्या में आते थे...एक दिन की बात...एक मरीज आया... उसके साथ उसकी पत्नी थी...उम्र होगी कोई पचास वर्ष...दो बार पहले भी आ चुका था...मैं उसका चेहरा पहचान रहा था...पिछली बार डॉ० सिन्हा ने कहा था - "तुमको पथरी बड़ी है...दस एम.एम. की है, ऑपरेशन कराना पड़ेगा। बहुत दिन हो गया है, गुर्दे में पथरी पड़े-पड़े। गुर्दा सिकुड़ रहा है, खराब हो रहा है...पथरी नहीं निकलवाई तो गुर्दे खराब हो जायेंगे...फिर कोई उपाय नहीं बचेगा बचाने का।"

"हुजूर।" मरीज ने दीनहीन होकर हाथ जोड़े।

"पथरी निकलवाना पड़ेगी... ऑपरेशन होगा...जल्दी कराओ, देर कर रहे हो।"

"कितना खर्च आयेगा सरकार।" उसने फिर हाथ जोड़े।

"पाँच हजार से कम नहीं लगेगा...पहले भी तुम्हें बताया था...देर कर रहे हो।"

"साहब इतना पैसा नहीं हो पा रहा...।" अबकी पत्नी ने हाथ जोड़े।

"भाई, हम क्या कर सकते हैं। हमने तो तुमको कम बताया है, और डॉक्टर तो इससे ज्यादा लेते हैं...इन्तजाम करो।"

"साब, हमारे पास तीन हजार हो पाये हैं।" पेशेन्ट ने पैर पकड़ लिये।

"ना...ना...।" सिन्हा साहब ने पैर पीछे खींचे- "इससे कम नहीं हो पायेंगे।"

मैं पास ही बैठा था, मेरा हृदय करुणा से भर उठा।

पति-पत्नी दोनों अस्पताल के बाहर चिन्तित बैठे थे...कुछ विचार- विमर्श कर रहे थे। मरीज रह-रहकर दर्द से अपनी कमर दबा रहा था। सिन्हा साहब ओ०पी०डी० करके चले गए थे। मुझे दो घण्टे अस्पताल में और रुकना था. ..मैं उनके पास गया...और, बैठ गया जमीन पर उनके पास... मैंने उनसे बताया कि आप लोग यदि सर्जरी नहीं करा पा रहे हो तो ये होम्योपैथिक दवा खाओ। कहकर मैंने पहले से कागज पर लिख रखा नुस्खा जिसमें बरबरेस वल्गारिस दवा प्रमुख थी उन्हें पकड़ा दी। मुझे पता था कि वह नुस्खा उसकी छह मि०मी० के स्टोन को तोड़ने के लिए पर्याप्त था। मुझे पता था कि आठ-नौ एम०एम० तक के स्टोन के लिए बरबरेस बल्गारिस, हाइड्रेन्जिया अर्बोरीसेन्स, लाइकोपोडियम क्लेवेटम दवायें बहुत प्रभावी हैं।

सर, मैंने उन्हें दवा बता दी और वे जो सर्जरी कराने का मूड बना रहे थे, वे उम्मीद की किरण लिए चले गए। ऐसा और भी कई मरीजों के साथ हुआ। यदि मुझे लगता कि सर्जरी की आवश्यकता नहीं है, दवाओं से ही पेशेन्ट ठीक हो सकता है तो गरीबों को मैं बताने से नहीं चूकता...जबकि मैं जानता था कि इससे डॉ० सिन्हा को नुकसान होगा। मुझे ये भी पता था कि यदि ये डॉ० सिन्हा को पता चल गया कि बहुत से पेशेन्ट मेरे कारण सर्जरी नहीं कराये तो मेरी शामत आ सकती है...पर, सर, क्या करूँ... गरीबी का दंश बुरी तरह से झेला था मैंने...गरीबी का हर पहलू देखा था...किसी बेबस को देखकर आज भी मेरा दिल रो पड़ता है...सर, सच कह रहा है ये प्रभात कुमार...फाँसी चढ़ा दीजिए मुझे...आजीवन कारावास दे दीजिए मुझे ... कोई परवाह नहीं...बिलकुल परवाह नहीं...दो जोड़ी कपड़े, एक बेडशीट, एक

चादर, एक कम्बल में जीना जानता हूँ मैं...और खाना... सर, मैं जानता हूँ कि संघर्ष के दिनों में सुबह के दस बजे रोटी के साथ चटनी और शाम को छह बजे रोटी के साथ एक सब्जी, यदि दिन में मात्र इतना ही खाया जाये तो फाइव स्टार होटल के किसी भी टेस्टी खाने से अधिक खाना खा लेगा कोई भी। इसके अलावा यदि एक पाव दूध पी लिया तो इतने पोषक तत्व शरीर में पहुँच जाते हैं कि संतुलित भोजन की अन्य व्याख्यायें फेल हो जाती हैं। सर, बहुत कम लोग जानते हैं कि सौ ग्राम गेहूँ में दस ग्राम प्रोटीन, भरपूर विटामिन और खनिज लवण होते हैं। आधुनिक शोध के अनुसार गेहूँ दुनिया का सबसे टेस्टियेस्ट और हेल्दियेस्ट फूड है। तो सर, मैं बताना चाह रहा था कि डॉ० सिन्हा की कोशिश होती थी कि मरीज सर्जरी करा ले...मैं ये भी आज कह दूँगा कि डॉ० सिन्हा की वजह से ही गरीब प्रभात कुमार.. .नेशनल पर्सेनालिटी प्रभात कुमार बना...बहुत कुछ दिया उन्होंने मुझे पर... पर, सर...पैसे की भूख बहुत थी उन्हें...पैसे की ज़रुरत बहुत थी उन्हें... पेशेन्ट... के रोग दवाइयों से ठीक हो सकते थे...इसके बावजूद, सर्जरी के लिए फोर्स करते थे वे मरीजों को...और...और जब मुझे ज्ञान हो गया... मैं मरीजों को दवाओं से ठीक होने के नुस्खे बताने लगा...इससे उनसे सर्जरी कराने वालों की संख्या कम होने लगी...और काफी समय बाद ... जो जीवन ज्योति के डॉक्टर, कर्मचारी मेरे बढ़ते प्रभाव से नाखुश थे...उन्होंने प्रमाण सहित उनको ये बताया कि किस प्रकार प्रभात, उनके मरीजों को बहकाता है. ..सर्जरी से दूर करता है... ये सच भी था...और अन्ततः ये बात उन्हें पता भी चल गई।

“प्रभात कुमार”....................“ज़िन्दाबाद..।”

“प्रभात कुमार”....................“ज़िन्दाबाद..।”

“प्रभात कुमार”....................“ज़िन्दाबाद..।” अचानक से अदालत के बाहर से आवाज़ें आने लगीं।

प्रभात कुमार अदालत में बोलते जा रहे थे, लेकिन बाहर आवाज़ें इतनी तीव्र थीं कि प्रभात कुमार की आवाज़ साफ सुनाई नहीं पड़ रही थी।

बल तो तीनों जजों के माथों पर थे लेकिन एक के चेहरे पर गुस्सा साफ दिखाई दिया।

"सर, माफ कीजिए"- प्रभात कुमार तीनों से मुखातिब हुए- "मैं ना तो नेतागीरी कर रहा हूँ ... न अदालत को प्रभावित करने की कोशिश कर रहा हूँ...ये मेरे समर्थक निश्चित रुप से होंगे ... मैं इन्हें नमन भी करता हूँ। लेकिन हमारे देश में कानून का शासन है... मैं इन्हें सपोर्ट नहीं करता... सर, मैं इन्हें चुप कराने की अनुमति चाहता हूँ...मैं आपको अपना सत्य बता रहा हूँ...इसमें बाधा पड़ रही है...मैं इन्हें चुप कराने की अनुमति चाहता हूँ...।"

"कैसे चुप करायेंगे इन्हें...ये सब आपके गुर्गे लगते हैं... बाहर भी फोर्स तैनात है, इसके बाद भी ये मान नहीं रहे हैं।" एक जज ने कहा, स्वर आक्रोश से भरा था।

"सर, मैं भीड़ से निवेदन करुँगा। वे मेरे शुभचिन्तक हैं, प्लीज उन्हें गुर्गे मत कहिए...गुर्गों की ज़रुरत कभी मुझे नहीं पड़ी।"

"अनुमति प्रदान की जाती है।" बीच वाले जज ने कहा। उनके इशारे पर कटघरे से बाहर निकले प्रभात कुमार, पुलिस ने उनके इर्द-गिर्द सुरक्षा घेरा बना लिया। वह अदालत कक्ष से निकलकर जैसे ही भीड़ के सामने प्रकट हुए।

"प्रभात कुमार"....................."ज़िन्दाबाद..।"

"प्रभात कुमार"....................."ज़िन्दाबाद..।" भीड़ और ज़ोर से नारे लगाती हुई उनकी ओर लपकी ।

"रुक जाओ भाइयो... रुक जाओ...।" पुलिस के माइक से चिल्लाये प्रभात कुमार -- "रुक जाइये... वहीं अपने स्थान पर ...वहीं रुक जाइये. .. आपसे एक निवेदन करना है।"

एकाएक भीड़ में खामोशी छा गई। भीड़ अपने स्थान पर रुक गई। बाहर रिपोर्टर्स के फ्लैश चमकने लगे।

"भाइयो...बहनो...आपसे हाथ जोड़कर एक निवेदन करना है...आप यहाँ आकर मेरे प्रति समर्पण प्रकट कर रहे हैं...मुझे सम्बल प्रदान कर रहे हैं, इसके लिए बहुत-बहुत धन्यवाद...लेकिन क्या आप चाहते हैं कि हमारे विद्वान न्यायाधीश मुझ पर क्रोधित हों...आप लोगों के शोरगुल से अदालत

की कार्यवाही में बाधा पड़ रही है। अदालत ने अपना कीमती समय मुझे अपनी बात कहने के लिए दिया है। आपके शोरगुल की वजह से परेशानी हो रही है। आप लगातार अपना समय मेरे समर्थन में यहाँ दे रहे हैं, इसके लिए पुनः धन्यवाद, परन्तु मैं कहना चाहता हूँ कि अदालत न्यायपूर्वक, सदभावना पूर्वक मेरी बात सुन रही है। क्या आप चाहते हैं कि अदालत परेशान हो ?''

''प्रभात कुमार''..................''ज़िन्दाबाद..।''

तभी पीछे से भीड़ से आवाज़ आई।

''नहीं...।'' फिर विनम्रतापूर्वक बोले प्रभात कुमार- ''आप लोग कृपया कोई नारा न लगायें...इसकी कोई ज़रुरत नहीं है, यदि आप चाहते हैं कि मुझे परेशानी न हो तो कृपया अब बिलकुल भी किसी प्रकार की कोई आवाज़ नहीं आनी चाहिए। आप हाथ उठाकर वायदा कीजिए कि अब कोई आवाज़ नहीं आयेंगी...वायदा कीजिये हाथ उठाकर...।''

भीड़ से अनगिनत हाथ ऊपर उठे।

''धन्यवाद, भाइयो...।'' मुस्कुराये प्रभात कुमार- ''मेरा तो निवेदन है आपसे कि आप लोग अपने घर जायें...अदालत की कार्यवाही चल रही है.. .जो भी फैसला होगा सिर माथे पर- मैं चाहे आपके बीच रहूँ या जेल में, आपके लिए काम करता रहूँगा। आपके सुख-दुख में सम्मिलित रहूँगा...और निवेदन है पुनः आप लोगों से कि अपने घर जायें... अपना समय नष्ट न करें। और यदि यहीं रुकना है, तो शान्ति बनाये रखें...ठीक है...।'' भीड़ ने फिर हाथ ऊपर उठा दिए...आश्चर्य कि एक भी आवाज़ नहीं निकली।

''धन्यवाद...धन्यवाद...।'' प्रभात कुमार ने माइक पकड़े-पकड़े दोनों हाथ सिर तक लाकर जोड़े।

* * * * *

''योर ऑनर...।'' कटघरे में आकर प्रभात कुमार अपनी बात को आगे बढ़ाने लगे- ''डॉ० सिन्हा ने एक दिन मुझे अपने चैम्बर में बुलाया, गुस्से में दिख रहे थे वे।''

"प्रभात, ऐसी उम्मीद नहीं थी तुमसे।" उन्होंने आँखे मेरे चेहरे पर गड़ाईं।

"जी ?" मैंने नासमझी के अंदाज में उनकी ओर देखा।

"तुम पेशेन्ट को सर्जरी करवाने से भड़काते हो ?" उनका क्रोध बढ़ा।

"नही ंतो सर।" मैं कुछ-कुछ उनकी बात समझ रहा था।

"झूठ बोलते हो, शर्म नहीं आती।" एकाएक उनका स्वर तीव्र हो गया।

"सर, मैंने किसी को नहीं भड़काया।" अपने ऊपर नियंत्रण रखते हुए दृढ़ता से कहा मैंने।

"कितने प्रमाण हैं मेरे पास, इसका अन्दाजा तुम नहीं लगा सकते मि० प्रभात...। इस हॉस्पिटल में और भी बहुत से शुभचिन्तक हैं मेरे, सभी ने मुझे बताया है कि तुम पेशेन्ट को यहाँ सर्जरी करने से मना करते हो और कुछ कम पैसे लेकर किसी अन्य जगह खुद सर्जरी करते हो, तुम पलीता लगा रहे हो इस हॉस्पिटल को, तुम्हारी वजह से कितना नुकसान हो गया है हमें...।"

"सर...सर - मैंने अपनी बात रखनी चाही।"

"हमने ही तुम्हें सब सिखाया...सर्जरी तक सिखाई तुमको...आऊट आफ ला जाकर...अगर एक कम्प्लेंट कर दूँ जेल चले जाओगे...।" मेरी बात सुने बिना चीखने से लगे डॉ० सिन्हा- "सारी डॉक्टरी निकल जायेगी...मेरे यहाँ झाड़ू लगाते थे तुम... क्या औकात थी तुम्हारी...मैंने तुम्हें कहाँ से कहाँ पहुँचा दिया... अपने बराबर का स्थान दिया...।"

"सर, यहाँ से कहीं और ले जाकर मैंने किसी पेशेन्ट की सर्जरी नहीं की। लोगों ने झूठ भड़काया है आपको...।" मैंने अपनी बात कहनी चाही।

"किसी ने झूठ नहीं बोला प्रभात...।" तभी एक एम० बी०बी०एस० डॉक्टर जो लम्बे समय से जीवन ज्योति में काम कर रहे थे और मेरे आने के बाद मेरे बढ़ते प्रभाव के कारण जिनका रुतबा जीवन ज्योति में कम हो गया था, अचानक चैम्बर में आ गए और कहने लगे- "मैंने अपने कानों से सुना है, तुम मरीजों को सर्जरी कराने से मना करते हो...।"

“...क्यों मना करता था, ये नहीं बतायेंगे आप? अब मैंने हिम्मत संजोई और डॉक्टर की आँखों में आँखे डाल दीं।”

“तो तुम स्वीकार करते हो कि तुम मरीजों को सर्जरी से मना करते थे?” फिर चीखे डॉ० सिन्हा।

”सर...सर...।” मैंने बताना चाहा।

“तुम स्वीकार करते हो ?” - डॉ० सिन्हा का पूर्ववत स्वर।

“हाँ सर...लेकिन...।”

“निकल जाओ हॉस्पिटल से...फिर कभी मुँह मत दिखाना अपना, वर्ना मुझसे बुरा कोई न होगा, दफ़ा हो जाओ यहाँ से...।” गुस्से में खड़े हो गए डॉ० सिन्हा।

मैं थर-थर काँपने लगा। उनका ऐसा रूप पहले कभी न देखा था।

“सर...मेरे भगवान हैं आप...मेरी बात तो सुन लीजिए।” मैंने झुककर पैर पकड़ लिए उनके।

“शट अप...।” बुरी तरह दहाड़े डॉ० सिन्हा, एक क्षण को मुझे लगा जैसे गुस्से की अधिकता के कारण काँप उठे हों सिन्हा साहब- “नमक हराम, खटाक...।”

“आ...आ...ह”...उनका पैर पहले पीछे उनकी कुर्सी से लगा फिर मेरे पेट से टकराया।

डॉ० सिन्हा के पीछे उनकी कुर्सी गिरी और आगे तेज चीख के साथ मैं। उनके जूते की नोक मेरे लीवर वाले हिस्से पर लगी और मैं असहनीय दर्द से गिरकर फड़फड़ाने लगा। फिर पता नहीं मुझे क्या हुआ, मैं अचेत हो गया था।

* * * * *

जब मेरी चेतना लौटी तो मैंने अपने को हॉस्पिटल में एक रुम के बिस्तर पर पाया। दो नर्स और एक डॉक्टर वहाँ थे।

"ठीक लग रहा है प्रभात ?" एक नर्स ने कोमल स्वर में पूछा। जबाव में मुस्कुरा दिया मैं।

"चिन्ता की कोई बात नहीं है, ज्यादा चोट नहीं लगी आपको।" डॉक्टर ने सहानुभूतिपूर्ण स्वर में बताया।

मैं फिर मुस्कुराया। चेतना लौटने के बाद मैं पिछला घटनाक्रम याद कर रहा था।

"अभी क्या टाइम है नर्स ?" - मैंने पूछा।

"पाँच बज रहे हैं...शाम होने वाली है।" उसने बताया।

"मैं पाँच घण्टे बेहोश रहा ?" - मैंने मलिन आवाज़ में पूछा।

"हाँ सर।" दूसरी नर्स ने कहा, वह हाल में हॉस्पिटल में आई थी, मेरा रिगार्ड करती थी।

"आपके साथ सर ने बहुत गलत किया, बहुत दुख है मुझे।" डॉक्टर ने संवेदना प्रकट की।

"आप लोग परेशान न हों, मेरी नियति ही ऐसी है।"

"प्रभात, बहुत देर बेहोश रहे तुम, यह नार्मल नहीं है।" नर्स काफी सीनियर थी, मेरी कुछ शुभचिन्तक भी थी, उसने चिन्ता व्यक्त की।

"नर्स...।" मैं बोला- "अपनी जिन्दगी की बहुत परवाह कभी नहीं रही मुझे। बहुत चोट खाई है जीवन में ...लेकिन ये चोट...याद रहेगी...हालांकि ये क्या, कोई भी ऐसी चोट मार नहीं पायेंगी मुझे...क्योंकि...।" मैं हँसा- "जिन पेशेन्ट्स को मैंने सर्जरी से भगाया है, उनके लिए ईश्वर मुझे जिन्दा रखेगा।"

"प्रभात...माई डियर...यू आर ग्रेट, आय सेल्यूट यू ...।" नर्स के आँसू निकल पड़े - "लेकिन तुम अपने एब्डोमेन का अल्ट्रांसाउण्ड करा लो।"

"हाँ नर्स।" मैंने बिस्तर पर उठकर बैठने की कोशिश की।

"नो, प्रभात नो..., अभी लेटे रहो, उठने की क्या ज़रुरत है, रेस्ट करो।" नर्स ने मेरा हाथ पकड़ लिया तो मैं उठ न सका।

"रेस्ट करने से मैं बीमार हो जाता हूँ नर्स।" मैं हँसा, और फिर उठ बैठा।

"अरे, क्यों उठ रहे हो ?" वह पुनः मेरी ओर लपकी।

"नहीं नर्स।" मैंने हाथ के संकेत से उसको रोका- "मैं ठीक हूँ।" कहकर मैं खड़ा हो गया फर्श पर।

नर्स ने मेरा हाथ कोहनी के ऊपर पकड़ लिया, जैसे मैं गिर पड़ूँगा।

"नर्स...।" मैंने उसका हाथ अपने हाथ में ले लिया- "मैं जा रहा हूँ, अब फिर कभी नहीं आऊँगा। सिन्हा सर नहीं चाहते मैं यहाँ रहूँ।"

"प्रभात, सर बोल कर गए थे प्रभात की देखभाल करना, जब तुम बेहोश थे, तुम्हें लेकर वो खुद रुम में आये थे, बहुत देर रुके थे, वारिड थे।"

"बहुत प्रेम दिया है उन्होंने मुझे, उनसे बहुत सीखा मैंने, मैं आज जो भी हूँ उनकी वजह से हूँ। आप सबने भी बहुत प्रेम दिया है मुझे। आपको याद होगा, यहाँ झाड़ू भी लगाई है मैंने, रिसेप्शन भी निपटाया है, ब्लड भी लिया है...और सर्जरी, ओ०पी०डी० भी की है...पन्द्रह घण्टे लगातार काम करने के बाद भी आह नहीं भरी कभी...लेकिन अब कुछ ऐसे लोग भी हो गए हैं जिन्हें मैं बिलकुल पसन्द नहीं... लेकिन उससे क्या, अब मैं सिन्हा सर को ही पसन्द नहीं...नौकर हूँ, मालिक नहीं चाहता तो कैसे रहूँ...?"

"प्रभात, सर तुम्हें सबसे ज्यादा चाहते हैं, पता नहीं कैसे ऐसा हो गया?"

"मैं जा रहा हूँ नर्स...सिन्हा सर से मेरा चरण स्पर्श बोलना स्टाफ से कहना कि जो गलतियाँ मैंने की हों उन्हें माफ करना... सभी को नमस्ते कहना...और नर्स, आपका छोटा भाई हूँ मैं- कहते हुए पैर छू लिए मैंने उसके- मुझे आशीर्वाद देती रहना... कहा मैंने तो वह गले लग गई मेरे।" जब मेन गेट से आगे निकल गया मैं तो वो चिल्लाई- "एब्डोमेन का अल्ट्रासाउण्ड करा लेना प्रभात।"

"हाँ।" मुस्कुराते हुए सिर हिलाकर, एक सामने खड़े आटो की ओर बढ़ गया मैं।

* * * * *

वह रात मेरे जीवन की शायद सबसे तनावपूर्ण रात थी। सर, मैं अभी कुछ दिन पहले सोच रहा था, इस अदालत में आने के पूर्व मैंने अपने बचपन से लेकर अब तक के जीवन के पन्नों को अपने मस्तिष्क पटल पर पलटा था, तो पाया कि जिस दिन मुझे सज़ा हुई, उस रात को भी मैं इतना बेचैन नहीं हुआ था, जितना जीवन ज्योति छोड़ने वाली रात में था।

डॉ० सिन्हा, जीवन ज्योति ने मुझे अस्तित्व प्रदान किया था। मैं जो कुछ भी था, उन्हीं की वजह से था। एक भावनात्मक लगाव मुझे अन्दर से तोड़ रहा था, थोड़ा डर भी सता रहा था कि डॉक्टर सिन्हा के बिना क्या मैं कुछ कर पाऊँगा, उन्हीं की ताकत से तो मैं प्राइवेट प्रैक्टिस कर रहा था। कई बार मैंने सोचा, जाकर माफी माँग लूँ सिन्हा सर से, उनसे विनती करुँ कि सर, जैसा आप कहेंगे, वैसा करुँगा, मुझे अपने से दूर मत करो, अपनी छत्रछाया में रखिये...लेकिन अगले ही क्षण विचार आता, सिन्हा सर कुछ क्रूर भी हैं, दुष्ट हैं, गरीब मरीजों का खून चूसते हैं, उनकी मजबूरी का फायदा उठाते हैं, यदि मैं उनके पास वापिस गया तो उनके शोषण का हथियार बनकर रहना पड़ेगा। नहीं...मुझे उनके पास वापिस नहीं जाना चाहिए, मुझे पर्याप्त नालेज है, मरीजों का इलाज करने की, उनकी सेवा करने की...हाँ, और मुझे लगता, मेरी अन्तरात्मा कहती- प्रभात, तुम अलग काम करो...तुम मरीजों का बेहतर इलाज कर सकते हो...तुम्हें सिन्हा से दूर रहकर प्रैक्टिस करनी चाहिए... सिन्हा ने तुम्हें जो दिया, उसके बदले तुमने भी उनके लिए काम किया, खूब काम किया, कोई कसर नहीं छोड़ी...।

ये विचार मेरे मन में दृढ़ होता तो मैं सोचता... कहाँ प्रैक्ट्रिस करुँ ?. .. सुदर्शनपुर के अपने क्लीनिक में ? इस पर भी विचार अन्तरात्मा में खलबली मचाते... सुदर्शनपुर में या हलदाना में... अपने कस्बे में... मेरे कस्बे में अच्छे डॉक्टर की बहुत कमी है...कोई सर्जन नहीं है वहाँ...एक एम०डी० और एक एम०बी०बी०एस० हैं...सरकारी अस्पताल के... कोई नालेज अपडेट नहीं उनकी, टायफाइड और पीलिया में ही हाथ खड़े कर देते हैं...सुदर्शनपुर के लिए रिफर कर देते हैं, मरीजों को...और बेचारे मरीज

सुदर्शनपुर में लुटेरे अस्पतालों का ग्रास बन जाते हैं। जमीन-जायदाद बेच देते हैं, इलाज कराने के लिए... मुझे हलदाना जाना चाहिए...एक क्लीनिक खोलकर मरीजों का इलाज शुरु करना चाहिए...।

पूरी रात विचार मेरे दिमाग में मेरे शरीर की तरह करवट बदलते रहे. .. लेकिन जब भोर में नींद लगी तो उसके पहले एक विचार मेरे मन में दृढ़ हो चुका था।

* * * * *

सुबह आदतन साढ़े पाँच बजे मेरी नींद खुल गई। मैंने सुरेश को बुलाया। वह मेरे क्लीनिक में मेरा असिस्टेन्ट था, मेरे गाँव हलदाना का रहने वाला था। सात बजे नहा धोकर जैसे ही मैंने चाय पी ही थी कि वह आ गया।

''सुरेश...।'' मैंने उससे कहा- ''आज हमें सुदर्शनपुर छोड़ना है। अब हम यहाँ नहीं रहेंगे। हलदाना चलकर प्रैक्टिस करेंगे...।''

''क्या...?'' उसका मुँह खुला रह गया।

''हाँ, आज सब सामान समेटना है। कल गाड़ी करके निकल चलेंगे।'' मेरी आवाज़ गम्भीर थी।

''क्यों भैया...अचानक, पहले तो कभी आपने ऐसा नहीं कहा।'' उसका आश्चर्यचकित होना स्वाभाविक था।

''सुरेश, सिन्हा सर ने मुझे जीवन ज्योति से निकाल दिया है...तो अब यहाँ रहने का क्या मतलब ? हलदाना में काम करेंगे। वहाँ गरीबों का इलाज करेंगे, लोगों की सेवा करेंगे तो जिन्दगी चलाने के लिए पर्याप्त पैसा तो मिल ही जायेगा।''

''जी।'' वह सिर झुकाकर बैठा रहा।

''हलदाना में अच्छे डॉक्टर भी नहीं हैं, गरीब मरीज सुदर्शनपुर भागते हैं, यहाँ उनको लूटा जाता है। हम उनके लिए कुछ अच्छा करने की कोशिश करेंगे।''

"जी।" वह अनमना बना रहा।

"हमारी ज़रुरत हलदाना के गरीबों को ज्यादा है। घर-घर जाकर हम मुफ्त में लोगों का इलाज करेंगे। जो पैसा मिल जायेगा, उसी से अपना गुजारा करेंगे। सोचो सुरेश, जब हम बहुत कम पैसों में गरीबों का इलाज करेंगे तो लोग हमारी कितनी जय-जयकार करेंगे... अरे पूजा होगी हमारी...।" सुरेश को अनमना देखकर मैंने उसमें जोश और ख़ुशी भरने की कोशिश की- "और सुरेश, हमें जाना तो था ही। कब तक यहाँ अकेले पड़े रहते। कुछ दिन बाद जाते...चलो ठीक हुआ, डॉ० सिन्हा ने निकाल दिया। अब जल्दी से अपना काम शुरु हो जायेगा।"

"भैया, वहाँ अपना खर्चा पानी चल जायेगा ?" उसने अपने लिए अति महत्वपूर्ण प्रश्न किया, वह बेचारा कुछ कमाने के लिए ही मेरे पास सुदर्शनपुर में पड़ा था। मेरे जैसे गरीब परिवार का था।

"अरे बिलकुल चल जायेगा सुरेश, हम निःस्वार्थ भाव से लोगों का इलाज करेंगे तो भी बदले में हमें इतना तो मिल ही जायेगा...और तुम चिन्ता मत करो मैं पैसा बाद में लूँगा पहले तुम्हारी ज़रुरत पूरी करुँगा।" मैंने उसे भरोसा दिलाया।

वह चुपचाप मेरे हाथ की ओर घूरता रहा जो बार-बार मेरे पेट के उस हिस्से को सहला रहा था जहाँ डॉ० सिन्हा की चोट पड़ी थी।

मैंने मुस्कुराकर उसके भरोसे को पक्का करने की कोशिश की।

* * * * *

मैं हलदाना आ गया।

मैं चाहता था कि क्लीनिक खोलने के लिए मुझे कम से कम तीन सौ वर्ग फुट की कोई दुकान या मकान ठीक-ठाक जगह पर मिल जाये, जिसमें मैं दो बैड भी डाल सकूँ ताकि मरीज को लिटा कर उसकी देख-रेख की जा सके। परन्तु इतने भवन के लिए जो किराया मुझसे मंगाया जा रहा था, वह देना मेरे लिए सम्भव उस समय नहीं था। विवश होकर मैंने बस स्टैण्ड इलाके

में सबसे अन्तिम छोर पर, जिसके काफी पहले ही खुलने वाली दुकानों की श्रंखला खत्म हो जाती थी, वहाँ एक छोटी सी दुकान जो काफी समय से इसलिए खाली थी कि उसमें जो भी दुकान खोलता था, कालान्तर में वह घाटे की स्थिति में ही बन्द होती थी क्योंकि वहाँ एकान्त में कोई ग्राहक ही नहीं आता था। इस प्रकार वह दुकान वर्षो से खाली थी। दुकान का मालिक अब उसे अपनी डैड प्रापर्टी समझने लगा था क्योंकि उसमें पूँजी फँसाने के बाद भी कोई आमदनी उसे नहीं मिल रही थी और उसने दुकान की देखभाल करना बिलकुल बन्द कर दिया था। जब मैने उस दुकान को देखा तो उसके शटर में जंग के कारण छेद हो गए थे, एक ताला खुला पड़ा था। बाहर एक बरामदा था जिसमें गाय, बकरियों, सुअरों की गन्दगी पड़ी थी।

जब दुकान मालिक ने हमें दिखाने के लिए शटर का दरवाज़ा खोला तो उसका हैंडिल भी हाथ में आ गया था। शटर इतना जाम हो गया था कि उसे उठाने में मुझे, सुरेश तथा मालिक तीनों को अपना बल प्रयोग करना पड़ा। दुकान के भीतर की हालत तो और भी खराब थी। प्लास्टर भी झड़ रहा था, पुताई तो नदारत थी। और तो और मकड़ियों, छिपकलियों आदि कीड़ों ने अति सुरक्षित स्थान जानकर उसमें अपना स्थाई निवास बना लिया था।

किराया पूछने पर मकान मालिक ने कहा- "भैया, घर के डॉक्टर हो, जो देना हो दे देना, अपन कुछ भी नहीं कहते। हमारा इलाज ही कर देना यही बहुत है।"

इतना सुनते ही मैंने निश्चित कर लिया कि मेरा हलदाना का 'जीवन ज्योति' अब यही मकड़खाना होगा।

* * * * *

मेरा क्लीनिक खुल गया।

नाम रखा वही 'जीवन ज्योति क्लीनिक'।

एक छोटा सा उद्घाटन समारोह आयोजित किया प्रथम दिवस।

इसमें मेरे साथ बचपन में पढ़ने वाले सहपाठी, शिक्षक एवं कस्बे के अधिकांश गणमान्य नागरिकों को आमंत्रित किया।

हवन के बाद बूँदी के वितरण के साथ जीवन ज्योति का शुभारम्भ हो गया।

मैं और सुरेश सुबह से शाम तक क्लीनिक में बैठने लगे।

शुरु में मेरे पेशेन्ट मेरी गरीब बस्ती के लोग थे। सर्दी, जुकाम, बुखार वाले अधिकांशतः। वे सब इस उम्मीद से मेरे पास आते कि कम पैसों में उनका इलाज हो जायेगा। सभी मजदूर थे। ठीक से खाने को तो उनके पास पैसा था नहीं। ऐसे में कोई फीस तो उनसे मिलना दूर, ऊपर से जिनके पास मेरे प्रेस्क्रिप्सन के अनुसार दवाईयाँ खरीदने की क्षमता नहीं होती उन्हें अपने पास से दवाईयाँ देना पड़ती। ऐसे में उन लोगों के साथ मैं माइनस में जा रहा था परन्तु सुदर्शनपुर में कुछ पैसा मैंने इकठ्ठा कर लिया था इसलिए उस समय मैं यह सोचकर धीरज रख रहा था कि आगे स्थिति बदलेगी।

मगर एक महीना...दो महीने...तीन महीने तक बीत गए लेकिन मेरे पास ऐसे पेशेन्ट नहीं आये जो अपनी बीमारी पर कुछ धन खर्च कर सकते। दरअसल जो लोग बीमारी पर पैसे खर्च करने की स्थिति में थे वे कस्बे के पहले से स्थापित डॉक्टरों के पास चले जाते थे। उनकी नजर में मैं भगवन्ता धोबी का बेटा था जो शहर में बड़े अस्पताल में चपरासीगिरी करके इंजेक्शन और बोतल चढ़ाना सीखकर डॉक्टर बन गया था। जो कि 'नीम हकीम खतरे जान' था।

कुछ पैसा इस प्रकार आया कि जब कोई पेशेन्ट शहर के किसी डॉक्टर से ट्रीटमेन्ट लेकर आता और उसे नियमित रुप से इंजेक्शन या ड्रिप लग. वाना होती तो अन्य डॉक्टरों-कम्पाउण्डरों की अनुपलब्धता की स्थिति में मुझे कान्टेक्ट करता कि मैं इंजेक्शन या ड्रिप लगा दूँ...तो इसे भी मैंने एक अवसर माना...मजबूरन ही सही क्योंकि इससे कुछ पारिश्रमिक मिल जाता सेवा प्रदान करने का, और फिलहाल यह भी हमारी ज़रुरत थी... कुछ लोग तो हँसकर पैसे भी कई बार टाल देते कि घर के डॉक्टर हो भैया अपने भगवन्ता के बेटे हो...भगवन्ता तो हमारे आदमी हैं। बहुत दिनों हमारे लिए काम किया...मैं सोचता चलो कम से कम इतना तो परिवर्तन हुआ कि इन्होंने ये नहीं कहा कि भगवन्ता हमारे यहाँ काम करता था, तुम्हें पैसा देना अच्छा नहीं लगता. ..और...उनके द्वारा प्रसाद के रुप में दिए गए एक लड्डू या पेड़े अथवा एक

चाय ही मेरा पारिश्रमिक होती।

* * * * *

मैं और सुरेश, दोनों ने यह नियम बनाया कि जो भी पेशेन्ट हमारे यहाँ आते, वक्त मिलने पर उनके घर जाकर शाम को उनका हालचाल जानना। इससे दो तीन फायदे मुझे हुए, एक तो ये कि उनके घर जाते तो चाय पीने को मिल जाती, दूसरे गप्प-सड़ाका हो जाता। तीसरे, फोकट के मरीजों की संख्या क्लीनिक में बढ़ने लगी।

ये फोकट के मरीज जो कि अधिकांशतः मजबूरन फोकट के थे...जब पहली डोज में आराम पा जाते तो अपने आसपास बड़ा गुणगान करते मेरे इलाज का।

इनमें से कुछ ऐसे भी होते थे जो कस्बे के स्थापित डॉक्टरों की दवाएँ से रिलीफ न पाते तो मेरे पास आ जाते और मेरे इलाज से ठीक होकर मेरा गुणगान करते...और इलाज के पैसे उन्होंने मुझे दिए नहीं होते...पर इतना ज़रुर कहते डॉ० प्रभात ने कुछ नहीं लिया...पचास रुपये में ठीक कर दिया। और मैं क्या करता था...छुपाना नहीं चाहूँगा...डॉ० सिन्हा, डॉ० भारद्वाज ब्रिलियेन्ट सर्जन और फिजिशियन थे। देश-विदेश की मेडिकल कॉन्फ्रेंस अटेण्ड करते रहते थे। न्यू रिसर्च से अपडेट रहते थे। उनकी प्रेरणा से मुझे भी नित हो रहे नये शोधों को पढ़ने की आदत हो गई थी...तो पेशेन्ट के इलाज के लिए मैं नई दवाओं का सहारा लेता...और पेशेन्ट जादू की तरह ठीक हो जाते। यद्यपि मैं जानता था शुरुआत में मरीज को हैवी डोज नहीं देने चाहिए। लाइट ड्रग्स में रिकवरी की कोशिश करना चाहिए...पर अपनी प्रैक्टिस का प्रभाव ज़माने के लिए उस समय मुझे यही उचित लगता था।

शुरुआत में तो मेरे द्वारा प्रेस्क्राइब्ड मेडीसिन हलदाना के मेडीकल स्टोर पर मिलती ही नहीं थी। दुकानदार पेशेन्ट से पूछते थे कि किसने लिखीं ? और मेरा नाम इस प्रकार मेडीकल स्टोर वालों के मुँह पर भी चढ़ रहा था। मरीज वहाँ न मिलने वाली दवायें बाहर से मँगाते ... और बाद में कुछ महीनों बाद ऐसा भी समय आ गया जब मेडीकल स्टोर वाले मेरे क्लीनिक में

आकर पूछने लगे कि डॉक्टर साहब बताइये कौन-सी मेडीसिन कितनी मँगाकर रख लें।

इस प्रकार चौथा महीना बीता। अभी तक मैंने जितना जीवन ज्योति क्लीनिक से कमाया था उससे अधिक गँवा दिया था। घर के ज़रुरी खर्चे मैं टाल रहा था और अपनी प्रैक्टिस स्थापित करने की कोशिश कर रहा था। अभी तक मैंने सुरेश को उसका मन्थली पारिश्रमिक देने की कोशिश की तो उसने मना कर दिया, कि भैया कमाई तो कुछ हुई नहीं, मुझे कुछ मत दो, काम चल जायेगा। मैंने भी फोर्स नहीं किया...मजबूरी थी। लेकिन इस महीने उसके हाथ में उसकी तनख्वाह थमा दी।

"भैया...।" उसने संकोच में हाथ खींचे।

"नहीं... ले लो, तीन महीने से तुमने नहीं लिए...तुम्हारा खर्च कैसे चलेगा। अभी मेरे पास हैं, ले लो।" और मैंने जबरन पैसे उसके हाथ में जकड़ दिए।

अनमने से उसने जेब में डाल लिए।

ये पैसे मेरी सुदर्शनपुर की बचत और घर के ज़रुरी खर्चों से काटे हुए थे। लेकिन मैं जानता था कि सुरेश को उनकी सख्त ज़रुरत है। ये बात भी मेरे लिए राहत की थी कि दुकान मालिक परिवार की बीमारी की स्थिति में इलाज के लिए मेरे पास आया और दुकान का किराया इलाज ही में चुकता मान लिया गया। उसे शायद इसी बात का संतोष हो गया कि मुफ्त में उसका इलाज हो गया... दुकान तो उसकी वैसे भी जीव जन्तुओं का अड्डा थी। बाद में भी उसने कभी आकर मेरे उस कठिन वक्त में किराया नहीं मँगाया, जो मैंने उसे दे दिया उसने ले लिया। मेरा वह दुकान मालिक भी निम्न मध्यमवर्गीय व्यक्ति था जिसने किसी प्रकार पैसे की जुगाड़ करके इस इच्छा से दुकान बनवाई थी कि कुछ मासिक आय भी किराये से होती रहेगी... लेकिन उसकी इच्छा पहले पूर्ण नहीं हो पाई थी। सर, आज भी उसकी आर्थिक स्थिति वही है, बच्चे उसके नहीं बढ़ पाये...और...और आज वह है तो अब दुकान किराये पर न होने के बाद भी मैं पुराने दिन याद कर उसे प्रतिमाह तीन हजार रुपये महीने की पेंशन दे रहा हूँ।...खैर। सर, हलदाना में उस वक्त दो डॉक्टर काफी मशहूर थे। नाम नहीं लूँगा उनका...एक एम०डी० थे और

एक एम०बी०बी०एस० दोनों ने अपने-अपने अस्पताल खोल रखे थे।

एम०बी०बी०एस० साहब स्वाभाविक रुप से एम०डी० साहब से सस्ते डॉक्टर थे। कस्बे के रईस सीधे एम०डी० के पास जाते थे और पैसे की बचत सोचने वाले एम०बी०बी० एस० के पास, और जब एम०बी०बी०एस० साहब के इलाज से आराम न होता तो पेशेन्ट एम०डी० के पास जाता था और दोनों सीढ़ियाँ पार करने के बाद लोग सुदर्शनपुर का रुख करने को मजबूर होते। वर्षों से यही चल रहा था।

लगभग साल भर बाद की बात थी। मैं शहर के डॉक्टर के एक पेशेन्ट की कम्पाउण्डरी करने गया था। मैंने पेशेन्ट को ड्रिप लगाई और बैठकर पेशेन्ट को वॉच कर रहा था। उस समय तक कस्बे में कुछ लोग मेरे इलाज की तारीफ करने वाले हो गए थे। मुझे उस घर में आया जानकर बगल के घर से एक लड़का आया और मुझसे कहने लगा- "डॉक्टर साहब मेरे पिताजी को पीलिया हो गया है, एम०डी० साहब... जी सर, जैसा कि मैंने आपसे निवेदन किया है, मैं उन डॉक्टर साहब को आइडन्टिफाई नहीं करुँगा इसलिए उनको एम०डी० साहब के नाम से ही सम्बोधित करुँगा, तो उस लड़के ने कहा- "एम०डी० साहब का इलाज चल रहा है, लेकिन कोई आराम नहीं मिल रहा। अब तो पिताजी कुछ भी खाते हैं तो उल्टी हो जाती है। आप जरा देख लीजिये।"

"ठीक है।" कहकर उठते हुए मैंने एक नजर ड्रिप पर फिर मरीज के उस हिस्से पर डाली जहाँ नीडिल लगी थी- "चलो।"

वह मुझे अपने घर में लेकर गया।

मैंने उसके पिता को देखा- आँख, नाखून से लेकर शरीर तक पीला पड़ रहा था।

"क्या दवा दे रहे हो ? पर्चा दिखाओ।" मैंने कहा तो उसने बगल के आले से उठाकर दवाईयाँ और पर्चा मेरे सामने रख दिए।

मैंने टेस्ट रिपोट्र्स, प्रेस्क्रिप्शन, दवाईयाँ देखीं।

"हैपाटाइटिस बी लग रहा है।"- मैंने कहा- "दवाईयाँ सिम्पल पीलिया की चल रही हैं, वो भी दस साल पुराना प्रेस्क्रिप्शन है।"

"जी...तो...।" वह कुछ घबराया।

"घबराओ मत, ठीक हो जायेंगे। तुम आज ये टेस्ट करा लो। शाम को मुझे रिपोर्ट दिखाओ।"

"डॉक्टर, साहब आप कहें तो शहर ले जायें...।"

पेशेन्ट की पत्नी हाथ जोड़ते हुए बोली- "गरीब आदमी हैं,नहीं तो अब तक शहर ले जाते, जो पन्द्रईया हो गया, ऐसे ही पड़े-पड़े, पेट में दाना नहीं ठहरता।"

"नहीं माँ जी, आप परेशान ना हों, ये यहीं ठीक हो जायेंगे। शहर जाओगी तो हजारों रुपये खर्च हो जायेंगे। वही इलाज हम यहाँ कर देंगे। बस आज चेकअप कराकर, शाम को रिपोर्ट दिखाओ। देर न करना।

"ठीक है साब...।" लड़के ने सिर हिलाया।

* * * * *

शाम को वह लड़का जिसका नाम अशोक था, मेरे क्लीनिक पर रिपोर्ट्स लेकर आ गया।

मैंने देखीं। मेरा अनुमान सही था। उसके पिताजी को हेपेटाइटिस बी० था। कुछ बढ़ भी गया था।

मैंने अशोक को प्रेस्क्रिप्शन दिया और उसी शाम से इलाज शुरु कर दिया।

दो दिन में ही पेशेन्ट की हालत में सुधार होना शुरु हो गया। इस प्रकार का इलाज मेरे लिए सामान्य बात थी।

डॉ० भारद्वाज लीवर की बीमारियों के इलाज में मास्टर थे और उनके साथ मैंने इस प्रकार के सैकड़ों पेशेन्ट को स्वस्थ किया था।

जब तीसरे दिन मैं अशोक के पिता को देखने गया तो पहले से ही वहाँ एक अधेड़ बैठा हुआ था।

अशोक ने बताया कि वह उसका पड़ोसी है और दस दिनों से बुखार से पीड़ित है। उसने बताया कि डॉ० एम०बी०बी०एस० उसका इलाज कर रहे हैं। एक दिन आराम लगता है, अगले दिन फिर बुखार आ जाता है। डॉक्टर साहब तीन बार दवाईयाँ बदल चुके हैं, कोई आराम नहीं हो रहा, डॉक्टर साहब कहते हैं, इलाज चलाते रहो धीरे-धीरे आराम हो जायेगा, एकदम से थोड़ी आराम मिल जाता है।

मैंने उसकी दवाईयाँ, पर्चे मँगाये। मैंने देखा कि एम०बी०बी०एस० सर ने कोई ब्लड टेस्ट नहीं कराया था और पहले पाँच दिन वायरल फीवर का ट्रीटमेन्ट दिया इसके बाद से मलेरिया का दे रहे थे।

मैंने पेशेन्ट को एक पेपर में लिखकर दिया और कहा ये टेस्ट करा लो। इसके बाद क्लीनिक किसी को भेज देना, मैं दवा लिख दूँगा। दो दिन में ठीक हो जाओगे।

''ये दो दिन में ठीक हो जायेंगे डॉ०साहब।'' अशोक ने आश्चर्य से मेरा चेहरा देखा।

''और क्या ?'' मैंने मुस्कुराकर कहा- ''टायफाइड लगता है, कोई खास बात नहीं है।''

''डॉक्टर साहब, मुझे तो लग रहा था कि शहर जाना पड़ेगा, इलाज के लिए लेकिन अब लग रहा कि मैं ठीक हो जाऊँगा यहीं।'' अधेड़ पेशेन्ट ने हाथ जोड़ दिये।

''नहीं दादा, कहीं नहीं जाना पड़ेगा। यहीं ठीक हो जाओगे।'' मैंने उसके कन्धे पर हाथ रख विश्वास दिलाया।

''जी साहब...।'' दीनता से हाथ जोड़ते हुए उसने कहा - ''कितना खर्च लगेगा बाबू जी ?''

मैंने ऊपर से नीचे तक उसको देखा फिर कहा- ''दादा, दवाईयाँ लिख दूँगा। बाजार से ले लेना। ठीक हो जाओ तो जो तुम देना चाहो दे देना।''

जबाव में उसने दोनों हाथ नीचे कर सिर झुका दिया।

* * * * *

माई लॉर्ड...पहला वर्ष तो हलदाना में प्रैक्टिस शुरु करने के बाद तमाम आशंकाओं, तनावों और कम्पाउण्डरी करते गुजरा। इस दौरान मैंने सुदर्शनपुर में अपनी खून-पसीने की कमाई का आधे से अधिक धन हलदाना में चिकित्सीय सेवा के नाम कुर्बान कर दिया। सुरेश ने उतने में संतोष किया जितना उसे दे दिया। लेकिन दूसरा वर्ष पूरा होते-होते यह स्थिति आ गई कि काम की अधिकता के कारण मुझे सुरेश के लिए भी एक असिस्टेंट लगाना पड़ा। अपनी कम्पाउण्डरी के काम को जो अभी भी मिलना जारी था, को पूरा करने के लिए एक और कम्पाउण्डर नियुक्त करना पड़ा। पेशेन्ट से न्यूनतम पैसा लेने के बाद भी सभी खर्चे काटकर मुझे पर्याप्त पैसा बचने लगा। गरीब पेशेन्ट के अलावा अब कस्बे के सभ्रान्त कहे जाने वाले नागरिक भी मेरे पास ट्रीटमेन्ट के लिए आने लगे।

मेरी लोकप्रियता धीरे-धीरे बढ़ रही थी। इसका कारण एम०डी० और एम०बी० बी०एस० साहब द्वारा वर्षो पुराने घिसे पिटे तरीके से इलाज करना और मरीजों का पैसा खींचना था। जब पेशेन्ट उनसे ठीक न होता तो वे पेशेन्ट को शहरों के किसी बड़े हॉस्पिटल को रिफर कर देते। उस हॉस्पिटल से भी उनका कमीशन फिक्स रहता था। और मैंने जीवन ज्योति सुदर्शनपुर और डॉ०टी०पी० सिन्हा को ज़रुर छोड़ दिया था परन्तु डॉ० भारद्वाज के सम्पर्क में मैं लगातार बना हुआ था। कभी-कभी मैं उन्हें फोन लगाकर उनसे आशीर्वाद माँगता था तो वो कहते कि प्रभात वापिस मेरे पास आ जाओ या कोई परेशानी हो तो बताना...ये बात मुझे बहुत सम्बल प्रदान करती...कई बार हलदाना में पेशेन्ट के लिए मैंने उनसे सलाह माँगी तो बराबर सलाह के रुप में उनका सहयोग मुझे प्राप्त होता रहा उन्होंने मुझसे कई बार कहा भी कि कोई पेशेन्ट अगर बिगड़ जाये तो मेरे पास भेज देना। मैं समझता था कि ये कहने से उनका आशय यही था कि पेशेन्ट भेजोगे तो तुम्हें सभी की तरह कमीशन भी प्रदान किया जायेगा।

परन्तु ईश्वर कृपा थी कि दो वर्ष तक तो मुझे ज़रुरत ही नहीं पड़ी कि कोई पेशेन्ट मेरे इलाज से स्वस्थ न हुआ हो और मुझे उसे किसी बड़े हॉस्पिटल के लिए रिफर करना पड़ा हो।

सर, पाइल्स वर्तमान में एक प्रमुख रोग बनकर उभरा है। कई पाइल्स के पेशेन्ट उस समय मेरे पास आये। एक पेशेन्ट मेरे पास आया, नाम याद है मुझे उसका...शशिभूषण...नाम था उसका। सरकारी कर्मचारी था। पाइल्स की बीमारी नई-नई उसको हुई। एम०डी० साहब के पास गया। उन्होंने एक दो महीने दवा दी लेकिन दर्द में आराम न मिलने के कारण उसे सर्जरी करवाने की सलाह दी और शहर के किसी सर्जन को रिफर कर दिया।

सर्जरी के नाम से जान तो सभी की सूख ही जाती है, कोई भी सर्जरी से बचना चाहता है। शशिभूषण ने किसी से मेरी तारीफ सुनी होगी। तो एक दिन वह मेरे पास आ गया।

उसने अपनी समस्या बताई- ''डॉक्टर साहब, तीन-चार महीने से मस्सा निकल आया है। बड़ा दर्द होता है। एम०डी०साहब का दो महीने इलाज कराया। उन्होंने सीरप दिए, दवा दी, पहले तो कुछ आराम हुआ, बाद में कोई आराम नहीं मिला। ऑपरेशन को बोल रहे हैं।

मैंने उसकी समस्या को समझा, फिर बताया- पाइल्स ऐसी बीमारी है जो प्रायः स्टूल हार्ड होने पर उभर आती है। फिलहाल सर्जरी ही उसका दीर्घगामी इलाज है। लेकिन बिना सर्जरी के भी जीवन भर बीमारी के साथ जिया जा सकता है और सर्जरी भी कोई परमानेन्ट इलाज नहीं, सर्जरी के बाद भी यदि स्टूल हार्ड हुआ तो फिर मस्से पनप सकते हैं। यदि तुम बिना सर्जरी के जीवन जीने का दृढ़ निश्चय कर लो तो सर्जरी की ज़रुरत नहीं। तुम्हें सिर्फ इतना करना है कि ऐसा खान पान दिनचर्या रखों कि स्टूल हार्ड न हो। दवाईयाँ मैं दूँगा जिससे तुम्हारे मस्से की सूजन कम हो जायेगी, लेकिन फिर स्टूल को साफ्ट रखना अन्यथा फिर सूजन आ जायेगी।

वह बोला - "डॉक्टर साहब, ऑपरेशन से बड़ा डर लगता है, आप जो कहोगे मैं करुँगा।" मैंने उसको कुछ ऐलोपैथिक दवाएँ दीं। साथ में एक आयुर्वेदिक नुस्खा बताया कि नारियल की जटा को जलाकर तीन ग्राम पाँच दिन मट्ठा (छाछ) के साथ सेवन करो खाने में गरिष्ठ भोजन, बिलकुल मत करो। सलाद, फल आदि खाओ। ऐसा खाना लो कि स्टूल टाइट न हो।

शशिकान्त ने मेरी सलाह का पालन किया। और वह स्वस्थ हो गया। वह पढ़ा लिखा व्यक्ति था, जब वह ठीक हो गया तो उसने चारों ओर मेरा

गुणगान किया। एम०डी० साहब की क्रिटिसाइज भी बहुत की कि एम०डी० साहब तो उसकी कटवा देते।

इससे मेरी प्रसिद्धि, नाम तो बढ़ा लेकिन जब शशिकान्त की बात

एम०डी० साहब के कानों में पहुँची तो स्वाभाविक रुप से उन्हें बहुत बुरी लगी। इस प्रकार एक बड़ा आदमी मेरा विरोधी भी बनने लगा, बिना मेरे किसी दोष के।

एक और पाइल्स का ही केस आया। दरअसल लाईफ स्टाइल में परिवर्तन और भोजन, पानी में हानिकारक रसायनों के मिश्रण से आज इंसान में जो बीमारियाँ पनप रही हैं, पाइल्स उनमें प्रमुख है। एक पेशेन्ट मेरे पास आया और बोला- "सर, बहुत परेशान हूँ जिन्दगी से, गरीब आदमी हूँ और बीमारी मार डाल रही है। बवासीर हो गया है। एम०बी० बी०एस० साहब का इलाज करा रहा हूँ। चार साल हो गया है। हजारों रुपये खर्च हो गए। हर महीने एम०बी०बी०एस० साहब लगभग चार पाँच सौ रुपये लेते हैं, दवाईयों के बल पर ही जी पा रहा हूँ। दवाईयाँ नहीं खाता तो दर्द जान ले लेता है। कब तक इतना रुपया दवाईयों पर खर्च करुँ, दो खेत बेच दिए इलाज कराने में। साहब, आपका बड़ा नाम सुना है, आप ही बचाइये।"

सुनकर मैं द्रवित हो गया। चेक अप किया मैंने उसका तीन मस्से थे।

मैंने उसे बताया- तीन मस्से हैं, सर्जरी कराना बेहतर होगा। दवाओं से ज्यादा आराम नहीं रहेगा। वह बोला- "ऑपरेशन में तो डॉक्टर साहब, छह-सात हजार खर्च होगा? शहर जाना पड़ेगा।"

"परेशान मत होओ।" मैंने उसे धीरज बंधाया- "सर्जरी मैं कर दूँगा, शहर जाने की ज़रुरत नहीं। हजार रुपये में काम हो जायेगा। मुझे जो देना हो दे देना।

"हजार रुपये में ऑपरेशन हो जायेगा साहब।" उसने आश्चर्य से मेरी ओर देखा।

"हो जायेगा...लेकिन मुझे भी कुछ दे देना...नहीं तो ये अस्पताल कैसे चलेगा ?"

“साहब, ठीक से तो हो जायेगा ?” उसके साथ आये व्यक्ति ने प्रश्न किया।

“बेफिक्र रहिए।” मैंने विश्वास दिलाया- “बहुत से ऐसे मरीजों को ठीक किया है मैंने।”

पेशेन्ट ने हाथ जोड़ दिए।

दूसरे ही दिन मैंने वह सर्जरी कर दी। मरीज ठीक हो गया। मुझे याद है उसने हजार रुपये दवाओं के अलावा मुझे पाँच सौ रुपये ठीक होने पर, पन्द्रह दिन बाद आकर खुश होकर दिए थे। यद्यपि गरीब था वह लेकिन इतने कम बजट में ठीक होने के कारण उसकी खुशी का ठिकाना न था।

* * * * *

“माई लॉर्ड...।” प्रभात कुमार की बात को काटकर एकाएक लम्बे समय से चुप विपक्षी वकील खड़ा होकर चीख पड़ा- “अदालत का बहुत समय जाया हो रहा है। मुजरिम अनावश्यक तरीके से कीमती समय जानबूझकर बर्बाद कर रहा है। अपनी कहानी को बढ़ा-चढ़ाकर प्रस्तुत कर अदालत को भावनात्मक रुप से ब्लैकमेल करने की कोशिश की जा रही है।”

“आब्जेक्शन योर ऑनर...।” अबकी प्रभात कुमार का वकील उठ खड़ा हुआ- “हमारे काबिल मित्र अदालत की अवमानना कर रहे हैं। अदालत ने स्वयं प्रभात कुमार की बात विस्तार से सुनने की इच्छा प्रकट की है और ये कह रहे हैं, अदालत को ब्लैकमेल किया जा रहा है।”

“आब्जेक्शन ओवररूल्ड...।” एक जज ने सख्त स्वर में कहा-“पब्लिक प्रासीक्यूटर, क्यों भूल रहे हैं कि कोर्ट ने प्रभात कुमार को विस्तार से सुनना चाहा है, कोर्ट की कार्यवाही में आप बाधा डाल रहे हैं।”

“सॉरी माई लॉर्ड...सारी।” पब्लिक प्रासीक्यूटर को सिर झुकाना पड़ा।

“आप अपनी बात जारी रखिये प्रभात कुमार।” जज ने आदेश दिया।

“जी योर ऑनर...।” प्रभात कुमार के साथ उनके वकील का सिर भी

झुका- ''सर, मैं एक निवेदन करना चाहता हूँ।''

प्रभात कुमार ने कहा तो सिर नीचे झुकाये अदालत में बैठे लोगों ने निगाहें उन पर टिका दीं।

''सर...।'' प्रभात कुमार आगे बोले- ''सर, मुझे दो-तीन दिन का समय दिया जाये...मैं अपने को अस्वस्थ महसूस कर रहा हूँ। कुछ विश्राम के उपरान्त मैं अपनी बात कहना चाहता हूँ। मेरे ऊपर यह कृपा की जाये।'' कहते हुए दोनों हाथ जोड़ दिए प्रभात कुमार ने।

कुछ क्षणों तक अदालत में सन्नाटा रहा।

बात-बात पर विरोध करने वाले पब्लिक प्रासीक्यूटर आँखे बन्द किए रहे।

''कोर्ट एडजर्न्ड फार फाइव डेज...।'' मध्य में बैठे जज ने प्रभात कुमार का निवेदन पूरी तरह स्वीकार किया।

* * * * *

''पापा आपको क्या हो गया ? सारा कच्च चिट्ठा अपना अदालत में खोले जा रहे हैं...?'' अनित्य आश्चर्यचकित भी था और परेशान भी।

''पापा, आप जानते हैं कि आर०एम०पी० डॉक्टर सर्जरी कर ही नहीं सकता, इट इज क्वाइट इल्लीगल, फिर भी आप स्वीकार किए जा रहे हैं कि आपने कई सर्जरी कीं। इससे आप बड़ी मुसीबत में फँस सकते हैं।'' बेटी दिव्या ने प्यार से समझाने वाले अन्दाज में प्रभात कुमार का कन्धा पकड़ा।

''सर, पता नहीं आप क्या सोचकर अदालत में बयान दे रहे हैं ? मुझे डर लग रहा है।'' उमाशंकर ने अपने दिल की बात कह डाली।

प्रभात कुमार ने थके अन्दाज में दोनों पैर सोफे के ऊपर उठा कर रख लिए। चेहरे को दोनों हाथों की हथेलियों से रगड़ा, एक उड़ती नजर चिन्ताग्रस्त बैठी अपनी पत्नी पर डाली फिर अपनी सदाबहार मुस्कान के साथ बोले- ''कितना सिखाया तुम लोगों को...जीत हमेशा सत्य की होती है। यदि तुम्हारी

आत्मा कहती है कि तुम सही हो तो तुम अपना काम करते रहो... बाधायें आयेंगी और उन्हें अन्ततः जाना पड़ेगा...क्योंकि बाधाओं का सत्य से कोई नाता नहीं होता।"

"पापा...कलयुग है ये, सत्य को परेशान होते भी हमने देखा है।" बेटा बोला।

"कुछ समय के लिए।" फिर मुस्कुराये वे।

"आपके बयानों से आपको सज़ा हो जायेगी।" फिर बोला बेटा।

"कोई बात नहीं, सज़ा ही होगी फाँसी नहीं। संघर्ष का इतिहास और आदत है मेरी।"

"जेल में आप कैसे रहोगे पापा, कैसे-कैसे गन्दे लोग होते हैं वहाँ... अपराधी...सर्द, गर्म, बरसात कैसे काटोगे, हमें ये चिन्ता खाये जा रही है...।" दिव्या बोली। "इसका मतलब तुम लोगों ने सोच लिया है कि सज़ा तय है।" फिर हँसे प्रभात कुमार।

"पापा...हमारा क्या होगा...यदि आपको सज़ा हुई।" कहकर बेटी लिपट गई।

पत्नी की आँखों से आँसुओं की बूंदे काफी देर से गिर रही थीं। देखकर बेटे ने माँ को गले से लगा लिया।

"माँ...आप परेशान मत हो...हम हैं न आपके लिए।" बेटे ने माँ का हाथ पकड़कर कहा तो सरिता सिसकने लगी।

"देखो...तुम लोग मुझे कमज़ोर मत करो...।" प्रभात कुमार ने बेटी को गले से लगाते हुए समझाने वाले स्वर में कहा- "तुम सब के पास सब कुछ है। मेरे अलावा तनाव का कोई कारण तुम्हारे पास नहीं। मैंने जो तुम सबको सिखाया है, वैसे चलते रहो... मेरा विश्वास है... अखण्ड विश्वास है, जीवन में कोई परेशानी तुम्हें नहीं घेरेगी, यदि परेशानी आयेगी तो उसे कुछ समय में जाना पड़ेगा।...और तुम लोगों की चिन्ता है मुझे... तुम्हारी क्या सभी की चिन्ता है...मैं अपनी कहानी सही सही पूरी तरह इसलिए बता रहा हूँ ताकि दुनिया को पता चले कि गरीब की तरक्की के रास्ते में कौन-कौन

सी बाधायें होती हैं। सिस्टम की खामियों को बताना चाहता हूँ मैं कि कैसे एक गरीब छात्र जो पढ़कर, आगे बढ़कर, समाज के लिए योगदान करना चाहता है, उसे व्यवस्था में पिसकर किस प्रकार अनेक दंश झेलना पड़ते हैं। मैं बताना चाहता हूँ कि वंचित वर्ग के लोगों के सामने कितनी कठिन परिस्थितियाँ होती हैं। आगे बढ़ने की उनकी इच्छा होती है, क्षमता होती है फिर भी उनकी इच्छायें किस प्रकार दम तोड़ती हैं इस व्यवस्था में और किसी प्रकार जब वे अपने शरीर का एक-एक कतरा, खून की एक-एक बूँद अपनी तरक्की और समाज के कल्याण के लिए लगाते हैं तो किस प्रकार सिस्टम उनके लिए घातक बन जाता है।''

''लेकिन पापा...इससे आपको कोई फायदा नहीं होगा...आप कानून के फंदे में फंस जायेंगे।'' बेटा जानता था कि प्रभात कुमार अदालत में जो बोल रहे हैं उसका परिणाम क्या होगा।

''बेटा, मेरे लिए मेरे व्यक्तिगत लाभ के लगभग बराबर एक लाभ और भी रहा है वह है समाज के दबे-कुचले लोगों का लाभ। मुझे जितनी खुशी अपने फायदे में होती है उतनी ही खुशी किसी गरीब के चेहरे पर खुशी देखकर होती है। मेरी इसी भावना ने मुझे झोपड़ी से उठाकर महलों तक पहुँचाया है।...अनित्य, अगर मेरी ये भावना न होती तो प्रभात कुमार, नेशनल पर्सेनालिटी न होता, अरबों का मालिक न होता... और...और अनित्य लक्जरी कार में बैठता तो क्या ? उसे देख भी न पाता...बेटा तुम्हारी उम्र में मेरे पास मोटर साइकिल भी न थी। बेटा...तुम जाड़ों में भी ए०सी० चलाते हो और मेरे पास गर्मियों में चलाने के लिये इलेक्ट्रिक फैन नहीं हुआ करता था...।''

''पापा...।'' लड़की ने प्रभात कुमार को भावुक देखा तो उनका हाथ पकड़ लिया।

''कोई बात नहीं बेटा।'' प्रभात कुमार ने लड़की के कन्धे पर हाथ रखा-

''मैं तो कुछ भावुक तुम लोगों के कारण हो जाता हूँ। अब तो मुझे जीवन में कोई परेशानी लगती ही नहीं। सच बताऊँ...सज़ा का कोई डर ही नहीं मुझे। इसीलिए तो इतना खुलकर बोल रहा हूँ...मैं तो बस इतना चाहता हूँ कि अदालत मेरी पूरी कहानी सुन ले और वह अदालत के रिकॉर्ड में दर्ज

हो जाये। अपने बयान को पूरे देश में पहुँचाना चाहता हूँ। मैं बताना चाहता हूँ गरीब किस प्रकार प्रतिभाशाली होने के बाद भी, व्यवस्था का शिकार बनकर घुट-घुटकर जी रहा है। अदालत के माध्यम से मेरी बात देश के जन-जन तक पहुँचेगी। और...और यह भी समाज के लिए देश के लिए, मेरा योगदान होगा।''

''उमाशंकर...।'' अभी तक एक ओर दृष्टि गड़ाए बोलते जा रहे प्रभात कुमार ने चेहरा घुमाया - ''कॉलेज के क्या हाल हैं, प्रिंसिपल साहब से सम्पर्क किया ?

''सर...पिछले हफ्ते मैं कॉलेज गया था।''- उमाशंकर ने हाथों को सोफे के हत्थों से हटाकर अपनी जाँघों पर रख लिया, पीठ सोफे की पुश्त से हटाया- ''प्रिंसिपल साहब कह रहे थे, स्टूडेण्ट्स की फीस बढ़ाने की ज़रुरत है, कॉलेज के खर्चे पूरे करना कठिन हो रहा है, बताइये क्या करें ?

''नहीं...बिलकुल नहीं...।'' दृढ़ता से बोले प्रभात कुमार- ''तुम जानते हो उमाशंकर हमारा कॉलेज गरीब बच्चों के लिए है। अगर फीस बढ़ा देंगे तो हमारा उद्देश्य ही खत्म हो जायेगा। मैंने तुमसे जहाँगीरपुर के एम०पी० आफताब आलम से निधि देने के लिए बात करने को कहा था...की तुमने ?''

''सर, तीन बार बात की।''

''क्या कहते हैं ?''

''हर बार टाल देते हैं सर।''

''मुझसे एक बार बात हुई थी...।'' बताया प्रभात कुमार ने- ''कह रहे थे प्रभात जी, आपके कॉलेज को कुछ देने की इच्छा है, बड़ी प्रशंसा कर रहे थे कॉलेज की ?'' प्रश्नवाचक और सोचनीय हो गया उनका स्वर।

''सर, तब आप एम०पी० थे, देश में आपका नाम अखबारों के मुख्य पृष्ठ पर छप रहा था।'' कड़वा हुआ उमाशंकर का स्वर।

''हूँ...।'' प्रभात कुमार - ''कोई बात नहीं अन्य जनप्रतिनिधियों से सम्पर्क करो। मेरी बात कराओ। कॉलेज के लिए मैं निवेदन करुँगा।''

''क्या अस्पताल से कुछ पैसा निकालकर कॉलेज को नहीं दे सकते

अनित्य?"

प्रश्न सुनकर अनित्य ने सिर उठाया- "पापा, आपने मरीजों के इलाज की फीस इतनी कम करवा रखी है कि आप जानते हैं कि कोई बहुत नहीं बचता। घर भी तो देखना है।"

उसकी बात सुनकर मुस्कुराये प्रभात कुमार - "मालूम है मुझे...घर खर्च में कटौती करो। कॉलेज को ज़रुरत का पैसा पहुँचाओ।"

"पापा, हम ज्यादा खर्च नहीं करते।" बेटी की आवाज़ में शिकायत का पुट आया।

"मुझे पता है...।" मुस्कुराते रहे प्रभात कुमार - "कुछ भी करो। कॉलेज के बच्चों की फीस नहीं बढ़ेगी, टीचर्स की सेलरी नहीं घटेगी। कॉलेज के कोई भी खर्चे नहीं रुकेंगे। इट इज माई आर्डर। ज्यादा ज़रुरत हो तो राजधानी वाली जमीन बेचकर उसके पैसे की एफ०डी० करा दो। उससे खर्च चलता रहेगा।"

"क्या कह रहे हो आप ?" पत्नी के स्वर में विद्रोह उभरा।

"ठीक कह रहा हूँ मैं, किसी को मेरी बात समझ में नहीं आ रही क्या?"

अचानक तल्ख हुआ उनका स्वर, ये तल्खी बहुत कम अवसरों पर आती थी, ये सब जानते थे।

और इसीलिए प्रतिवाद करने की हिम्मत किसी की नहीं पड़ी।

"देखिये उमाशंकर जी, अनित्य जी।" अपने नीचे के होंठ से ऊपर के होंठ को सख्ती से दबाया प्रभात कुमार ने - "हमें अस्पताल में गरीबों का ध्यान रखने के बाद इतना पैसा बचत में आया है कि उससे कॉलेज के खर्चे आसानी से निकले हैं। पिछले कुछ समय से मैं मैनेजमेन्ट नहीं कर पा रहा हूँ। तुम लोग काम देख रहे हो। अगर जो चलता रहा वह अब नहीं चलता है तो तुम लोगों को ज़िम्मेदार मानूँगा मैं...ध्यान रखना मैं कुछ मामलों में माफ भी आसानी से नहीं करता...।"

"जी...जी...।" दोनों अनित्य और उमाशंकर के होंठ फड़फड़ाये। "मेरी

बात समझ गए न सभी ?" उन्होंने सभी की आँखों में बारी-बारी से आँखें डालीं।

सभी ने आँखे झुका लीं।

* * * * *

"उमाशंकर ये कैसे होर्डिंग लगे हैं, रोको ज़रा ?" कार द्वारा घर से हॉस्पिटल जा रहे प्रभात कुमार ने रोड पर लगे दो तीन होर्डिंग देखकर तेजी से कहा।

उनकी आवाज़ की व्यग्रता को सुनकर ड्राइवर ने तेजी से ब्रेक लगाये।

झटका खाते हुए मर्सिडीज रुक गई।

"सर, नरसिंह देव की जनसभा है कल, उसी की होर्डिंग हैं।" ड्राइवर के बगल की सीट पर बैठे उमाशंकर ने सिर पीछे सीट की ओर घुमाया।

"हूँ...।" विचारणीय मुद्रा में सिर हिलाया प्रभात कुमार ने।

"सर, ये लगातार आपके खिलाफ ज़हर उगल रहा है। अब ये सोच रहा है, अच्छा मौका है, सुदर्शनपुर सीट जीतने का। आपके रहते तो जीत नहीं सका कभी। बहुत हरामखोर आदमी है, जीत गया तो लूट लेगा पूरे क्षेत्र को।"

"इसकी जनसभा कितने बजे है कल, बारह बजे से... रामलीला ग्राउण्ड पर..." निर्णायक सा स्वर प्रभात कुमार का-"एक काम करो उमाशंकर दस बजे हैं अभी, सब काम हो सकता है। कल मेरी जनसभा भी होगी... ऐलान करा दो...गली-गली लाउड स्पीकर से अनाउन्स करा दो... पूरे क्षेत्र के अपने लोगों को तुरन्त फोन लगाओ...सूचित करो।"

"क्या...?" आश्चर्य से बोला उमाशंकर- "कल आप जनसभा करेंगे?"

"हाँ...।" होंठ भींचे प्रभात कुमार ने।

"कल हम परीक्षण करेंगे, कि जिन्दगी में यदि समाज के लिए कुछ करते हैं तो समाज याद रखता है या नहीं ?"

“जी...जी...।” उमाशंकर अभी भी चकित था।

“अनिश्चितता की स्थिति में मत रहो उमाशंकर हम नहीं चाहते कि एक

धूर्त अपराधी प्रवृत्ति का आदमी सुदर्शनपुर का सांसद बने। लम्बे समय से ये मेरी अनुपस्थिति में लोगों को बेवकूफ बनाकर अपना जनाधार बढ़ा रहा है। मुझे लग रहा है कि भोली भाली जनता को मूर्ख बनाकर ये जीत जायेगा। इसको रोकने की ताकत सुदर्शनपुर में अन्य किसी की नहीं है...।”

“तो...क्या...किस प्रकार करें सर ?” -उमाशंकर।

“रामलीला ग्राउण्ड के दूसरी ओर सड़क पार कर जो क्रिकेट मैदान है, उस पर हमारी जनसभा का ऐलान करा दो, तेजी से सब व्यवस्था करो, खास-खास सभी लोगों की मीटिंग अगले एक घण्टे में बुला लो। अपनी टीम से कहो कि सोशल मीडिया पर हमारी कल की जनसभा को वायरल करें।”

“सर।” जितनी तत्परता से बोल रहे थे प्रभात कुमार उससे अधिक तत्परता थी उमाशंकर के स्वर में।

अस्पताल आ गया। ड्राइवर ने मर्सिडीज मेन गेट के बाहर खड़ी कर दी। उमाशंकर तेजी से बाहर निकलकर प्रभात कुमार का दरवाज़ा खोलने के लिए लपका, परन्तु प्रभात कुमार उससे पहले ही दरवाज़ा खोलकर बाहर खड़े हो गए।

उनको देखकर वहाँ खड़े लोग सावधान की स्थिति में आ गए।

प्रभात कुमार ने सभी पर एक उचटती दृष्टि डालने के बाद बिल्डिंग पर ऊपर की ओर देखा।

वहाँ बड़े-बड़े अक्षरों में लिखा था- जीवन ज्योति हॉस्पिटल।

उन्होंने गेट के अन्दर की ओर कदम बढ़ा दिए।

* * * * *

“मेरे बच्चे को बचा लो डॉक्टर साहब...मेरे बच्चे को बचा लो...।” वह महिला गिड़गिड़ाई, हाथ जोड़ दिए उसने।

“मैंने तुमसे कहा है, कम से कम दस हजार का खर्च आयेगा, इसकी किडनी का ऑपरेशन करना पड़ेगा। स्टोन के कारण किडनी खराब हो रही है।” डॉक्टर ने सामान्य भाव से कहा।

“हम बहुत गरीब हैं डॉक्टर साहब, इतना पैसा नहीं है हमारे पास..।” वह रुँआसी हो गई।

“देखिये मैडम, हमारे हॉस्पिटल में सबसे कम पैसे लगते हैं, हम पहले से ही कम पैसा लेते हैं, लेकिन इतना तो तुमको खर्च करना ही पड़ेगा। पैसे का इन्तजाम कर लो...हम ऑपरेशन कर देंगे।” डॉक्टर का स्वर समझाने वाला था।

“साहब पैसा नहीं है हमारे पास, अपना जेवर सब बेच दिया साहब, चार हजार रुपया है, सबसे मँगा लिया, रिश्तेदारों से...कोई नहीं दे रहा... हम मजदूर हैं...उधार कर लीजिये बाद में दे देंगे...।” महिला ने डॉक्टर से पैर पकड़ लिए- “साहब बहुत दर्द रहता है हमारे बेटे को...देखो कैसे तड़प रहा है...।” महिला ने कुर्सी पर दर्द से कराह रहे बेटे की ओर इशारा किया-

“इसके पहले हम मर जायेंगे साहब ... बड़ा नाम सुना है इस अस्पताल का...कम पैसों में इलाज हो जाता है यहाँ...यहाँ के साहब बहुत अच्छे हैं...।”

“बहन जी...।” डॉक्टर बोला, पीछे हटकर पैर छुड़ाये उसने- “हम ज्यादा पैसा कहाँ ले रहे, लेकिन इतना तो खर्च करना ही पड़ेगा आपको... पैसे का इन्तजाम करके आ जाइये।” डॉक्टर ने कहा और फर्श पर हाथ जोड़कर बैठी महिला को छोड़कर आगे बढ़ एक कमरे में प्रवेश कर गया।

“क्या बात है ?” तभी एक आवाज़ उभरी। फर्श पर बैठी असहाय महिला ने दृष्टि उठाई।

“क्या परेशानी है आपको ?” इस आवाज़ वाले व्यक्ति से महिला की दृष्टि टकराई।

महिला उठी ? थरथराते हुए, नाउम्मीदी में हाथ जोड़े उसने, मुँह से निकला- “मेरा बच्चा...।” फिर तर-तर आँसू टपक पड़े उसके।

प्रभात कुमार ने उसके थरथराते हाथ पकड़ लिए- "क्या हुआ बहन ?" कहकर ज़ोर से उसके हाथ पकड़ लिए। वह सिसकने लगी।

"उमाशंकर...।" आवाज़ तेज थी प्रभात कुमार की- "डॉ० तलवार को बुलाओ...इनको भी लेकर आओ।"

"सर।" उमाशंकर एकदम सीधा हो गया।

कुछ ही देर बाद प्रभात कुमार अपने पन्द्रह बाई पन्द्रह के आफिस में रिवाल्विंग चेयर पर विराजमान थे।

डॉ० तलवार ठीक उनके बाद रखी विशाल टेबिल के बाद सामने बैठे थे। बगल में वह महिला अपने बच्चे के साथ बैठी थी। उमाशंकर खड़ा था।

महिला प्रभात कुमार को अपनी परेशानी बता चुकी थी।

"डॉक्टर साहब।" बेहद गम्भीर स्वर था प्रभात कुमार का- "आप जानते हैं यह अस्पताल क्यों खोला मैंने ?"

"जी ... सर।" डॉ० तलवार का स्वर आत्मविश्वास से परिपूर्ण था। "कष्ट हो रहा है यह देखकर कि हमारे हॉस्पिटल में आने वाले पेशेन्ट कितने दुखी हो रहे हैं ?"

"सर हमने इलाज के न्यूनतम रेट फिक्स किए हैं।"- डॉ० तलवार।

"हम पेशेन्ट और उनकी ज़रुरतें भी ध्यान में रखते हैं ?" -प्रभात कुमार।

"जी...।" थोड़ा सिर झुकाया डॉ० तलवार ने।

"तो क्या हमारा हॉस्पिटल इस बात को भूल गया है ?"

"नहीं ... सर...।"

"क्या बात करते हैं डॉक्टर तलवार...।" एकाएक फट पड़े प्रभात कुमार- "मैं स्वयं देख रहा हूँ...एक महिला हाथ जोड़कर स्वास्थ्य की भीख माँग रही है और आपका डॉक्टर पत्थर दिल बनकर बिना साल्यूशन के चला जाता है...आपका मैनेजमेन्ट मेरी इच्छाओं के विपरीत चल रहा है।"

“सर...।” डॉ० तलवार ने सिर झुका लिया।

“इनको...।” प्रभात कुमार ने महिला की ओर संकेत किया- “इनके बच्चे का पूरा इलाज कीजिए...बिना कोई फीस लिए...बच्चे का इलाज अब आपकी जिम्मेदारी है...।”

“जी सर...।” -डॉ० तलवार ने सिर झुकाये ही कहा।

“उमाशंकर, इनको ले जाकर इलाज कराओ।” आदेश दिया।

“जी...आप मेरे साथ चलिए बहन जी।” उमाशंकर ने महिला से कहा। महिला ने डबडबाई आँखों से हाथ जोड़कर प्रभात कुमार को प्रणाम किया तो प्रभात कुमार ने भी हाथ जोड़ दिए।

वह उमाशंकर के साथ कमरे के बाहर निकल गई।

“डॉ० तलवार...।” उनके जाते ही अति गम्भीर हो गया प्रभात कुमार का स्वर - “मुझे ये कहते हुए तकलीफ हो रही है कि आपके कुछ डॉक्टर निश्चित रुप से कुछ संवेदनाहीन हो गए हैं।”

“सर...।” कहते हुए सतर्क से हुए डॉ० तलवार- “पिछले वर्ष हमारा हॉस्पिटल इस स्थिति में आ गया था कि एम्प्लॉईज की सेलरी देना कठिन हो गया था...तब अनित्य भैया ने कहा था कि स्ट्रिक्ट रुल बना दो कि किसी का भी इलाज एक मिनिमम अमाउण्ट लिए बिना नहीं किया जायेगा...तब सभी डॉक्टर्स, एम्प्लॉईज की मीटिंग में सभी को यह आर्डर दिया गया था... तभी से ऐसा चल रहा है।”

“लेकिन मैंने तो उससे पहले कहा था कि पैसे के अभाव में किसी का इलाज नहीं रुकना चाहिए।” - प्रभात कुमार।

“जी...।” डॉ० तलवार।

“तो उसका क्या ?” डॉ० तलवार चुप।

“तो क्या ? बताइये।” प्रभात कुमार का स्वर शान्त था।

“सर, हॉस्पिटल कैसे चलेगा ?”

“चले या बन्द हो जाये...।” एकाएक आये गुस्से में टेबिल पर हाथ

पटक दिया प्रभात कुमार ने- "ये हॉस्पिटल मैंने खड़ा किया है, ये मेरा साम्राज्य है, यहाँ वह होगा जो मैं चाहूँगा...डॉ० तलवार ये अनित्य ने नहीं बनाया...उसकी खुशकिस्मती है कि वह मेरा बेटा है और ... इतना ही बहुत है, उसके लिए...आगे से मेरे ऑर्डर को ओवरलुक करके कोई काम नहीं होगा...।"

"जी...जी...।" डॉ० तलवार।

"डॉ० तलवार...।" गम्भीर स्वर हो गया प्रभात कुमार का- "हमने अपने डॉक्टर्स, एम्प्लॉईज स्टाफ सभी बहुत सेलेक्टेड अपाइन्ट किए हैं। अपाइन्टमेन्ट के समय सभी से बताया गया था कि जीवन ज्योति हॉस्पिटल सिर्फ एक हॉस्पिटल ही नहीं है। सोशल सर्विस का एक माध्यम भी है।

यहाँ नौकरी का मतलब सिर्फ नौकरी नहीं, समाज सेवा भी है। उन्हें बताया गया है कि उनकी सेलरी किसी से कम नहीं होगी लेकिन ज़रुरत पड़ने पर समाज के लिए कम भी हो सकती है।...मुझे लगता है कि हमारा पूरा स्टाफ बहुत भला है। इनमें से अधिकांश लोग कुछ त्याग करने से पीछे नहीं हटेंगे।...कृपया इन सभी बातों को ध्यान में रखिये...और...और, मेरा आदेश भी है और निवेदन भी कि इस हॉस्पिटल को इस प्रकार चलाइये कि कोई गरीब बीमार खाली हाथ न जाये...हमारे पास ब्रिलियेन्ट डॉक्टर्स भी हैं, कुछ मरीज ऐसे भी होते हैं जो ज्यादा दे सकते हैं, उन्हें प्रेरित करके कुछ डोनेट करने को बोलिए...ये कुछ एक्सट्रा वर्क होगा हमारे स्टाफ का लेकिन रिजल्ट ज़रुर आयेगा। हिन्दुस्तान में दानदाताओं की कमी नहीं...हॉस्पिटल को इसी प्रकार चलाइये...मैंने इसी प्रकार चलाया है...अनित्य अभी अनुभवहीन है, ज़माने के संघर्ष से उसका वास्ता नहीं पड़ा...।"

"जी सर...जी...। मैं समझ गया, अब ऐसा ही होगा।" एकाएक दृढ़तापूर्वक खड़े हो गए डॉ० तलवार।

प्रभात कुमार के होंठो पर सन्तोष भरी मुस्कान तैर गई।

* * * * *

भाइयों-बहनों, विशाल मंच पर नरसिंह देव का सम्बोधन जारी था- "आपने

पिछले चुनावों में जिस प्रत्याशी को जिताया, उसने आपको क्या दिया ? क्या आपकी बेरोजगारी कम हुई...?''

''नहीं।'' भारी भीड़ में एक कोने से आवाज़ आई।

''क्या आप की गरीबी कम हुई ?''

''नहीं।'' वहीं से आवाज़ आई।

''क्या अस्पताल में डॉक्टर आपका ठीक से इलाज करते हैं ?'' पहले से अधिक जोश भरा नरसिंह देव का प्रश्न।

''नहीं।'' भीड़ ने हाथ उठाये।

''क्या बिजली कटौती से आपको निजात मिली, क्या लो वोल्टेज ठीक हुआ।''

''नहीं...नहीं...।''

''ऐसा कौन सा काम हुआ है...।'' दहाड़ निकली नरसिंह देव के मुँह से- ''जिससे आपकी जिन्दगी बेहतर हुई ?...मैं जानता हूँ आपमें से कोई

ये नहीं कह सकता कि आपका जीवन स्तर पहले के मुकाबले सुधरा है. .. क्या ऑफिसों में भ्रष्टाचार रुक गया है, क्या किसानों को बैंक से लोन लेने में कमीशन नहीं देना पड़ रहा ? क्या व्यापारी अपने इंस्पेक्टर से परेशान नहीं ?

''नरसिंह देव''...................''ज़िन्दाबाद''।

''नरसिंह देव''...................''ज़िन्दाबाद।''

''किसान मजदूर पार्टी''............''ज़िन्दाबाद।''

''किसान मजदूर पार्टी''............''ज़िन्दाबाद।''

एक छोर पर भीड़ ने नारे लगाये।

''भाइयो ... भाइयो...बहनों...मैं जानता हूँ... सब जानता हूँ, कुछ नहीं बदला...कोई बदलाव नहीं आया आपके जीवन में...बदलाव आया है तो उसकी तिजोरियों में जिसे आपने वोट दिया। कभी साइकिल मोटर साइकिल

पर चलने वाला आदमी, जिस पर आपने विश्वास करके अपना कीमती वोट दिया...वह आज एक करोड़ की मर्सीडीज पर चलता है। उसके परिवार के बच्चे पचास लाख की कार से इसलिए नीचे नहीं उतरते कि कहीं उनके जूतों में धूल न लग जाये...।''

''अपना नेता कैसा हो ?''...''नरसिंह देव जैसा हो।''

''अपना नेता कैसा हो ?''...''नरसिंह देव जैसा हो।''

''नरसिंह देव''....................''ज़िन्दाबाद..।''

''नरसिंह देव''....................''ज़िन्दाबाद..।'' उसी छोर पर भीड़ पुनः जोश में आई।

''भाइयो...बहनों...।'' नरसिंह देव का स्वर और भी जोशीला हो गया-

''वर्षों से सुदर्शनपुर की जनता को बेवकूफ बनाया जा रहा है...उसके साथ छल किया जा रहा है...।''

नरसिंह देव भीड़ और उसका उत्साह देखकर लगातार जोश में भरकर बोलते जा रहे थे।

* * * * *

ठीक बारह बजकर तीस मिनट।

रामलीला ग्राउण्ड, जिस स्थान पर नरसिंह देव की सभा चल रही थी, के दूसरी ओर सड़क पार स्थित क्रिकेट मैदान पर एकाएक हलचल बढ़ने लगी।

एक के बाद एक कई कारें धूल उड़ाते हुए वहाँ बनाये गये मंच के पास रुकीं।

मंच पहले से तैयार था। कुछ लोग भी पहले से वहाँ थे। उनमें एक उमाशंकर सिंह भी था। जो करीब एक घण्टे से वहाँ था और विभिन्न कामों में व्यस्त था। उसका सहयोग अन्य लोग कर रहे थे।

गाड़ियों से उतरकर लोग उमाशंकर के इर्द-गिर्द एकत्रित होने लगे। उमाशंकर ने निर्देश देने वाले भाव से उनसे कुछ कहा और हलचल और बढ़ी।

तभी क्रिकेट ग्राउण्ड पर बने मंच का लाउडस्पीकर ज़ोर-ज़ोर से बज उठा...

'है प्रीत जहाँ की रीत सदा..

है प्रीत जहाँ की रीत सदा..

मैं उसके गीत सुनाता हूँ..

भारत का रहने वाला हूँ..

भारत के गीत सुनाता हूँ..।'

गीत चारों दिशाओं में गुंजायमान हो गया। साउंड सिस्टम इतना शानदार था कि आवाज़ सड़क पार नरसिंह देव की जनसभा तक पहुँचने लगी।

नरसिंह देव का जोशीला भाषण अभी भी जारी था।

लेकिन...सड़क पार से आ रही गीत की आवाज़ जनसभा पर अपना असर छोड़ने लगी। लोग मुड़-मुड़ कर सड़क पार प्रभात कुमार के मंच की ओर देख रहे थे। जिस पर हलचल बढ़ती जा रही थी।

नरसिंह देव की सभा में भी हलचल मचने लगी। भीड़ की सघनता, विरलता में परिवर्तित होने लगी। लोग फैलने लगे। भीड़ जो अभी तक शांत थी। उसमें कोलाहल उत्पन्न होने लगा।

"भाइयो-बहनो...।" बढ़ते कोलाहल को जैसे भाँपा नरसिंह देव ने- "आप लोग वर्षो से छले जा रहे हैं। हमारे क्षेत्र में विकास की धारा न बहे. .. आप लोगों को मूर्ख बनाया जा सके, यह प्रयास अभी भी जारी है। आपको मेरे करीब आने से रोकने के लिए विरोधियों ने कितना बड़ा षड्यंत्र किया है। आज जब आप मुझे सम्बल प्रदान कर विकास के लिए समर्पित होना चाहते हैं, तब ... तब देखिये, ये साजिश देखिये...इसी समय इन लोगों ने अपनी जनसभा रखी है...।"

'नरसिंह देव''...................''ज़िन्दाबाद..।''

''नरसिंह देव''...................''ज़िन्दाबाद..।''

''किसान मजदूर पार्टी''...''ज़िन्दाबाद।''...''ज़िन्दाबाद..।''

नरसिंह देव के कार्यकर्ताओं ने अवसर की आवश्यकता को भाँपा और भीड़ में उत्साह के संचार की कोशिश की।

''भाइयों-बहनो...।'' नरसिंह देव ने अपनी आवाज़ को और भी जोशीला स्वर प्रदान किया- ''मैं जानता हूँ, इतने वर्षों में अपने साथ किए गए विश्वासघात को आप समझ चुके हैं...आप विश्वासघातियों की मंशा को सफल नहीं होने देंगे...।''

लेकिन भीड़ में लोग निकल...निकलकर सड़क पार क्रिकेट ग्राउण्ड पर बने मंच की ओर बढ़ते जा रहे थे। कोलाहल तीव्र हो रहा था और भीड़ में अधिकांश चेहरे मुड़-मुड़कर सड़क पार मंच की ओर देखे जा रहे थे।

नरसिंह देव का बोलना जारी था।

* * * * *

सड़क पार कर धीमी गति से चलती हुई मर्सिडीज ने क्रिकेट ग्राउण्ड में प्रवेश किया।

कुछ फीट चलने के बाद गाड़ी रुकी।

मैदान में काफी भीड़ एकत्रित हो चुकी थी। चिरपरिचित मर्सीडीज रुकते देख भीड़ में से कुछ लोग उसकी ओर लपके।

दरवाज़ा खुला...बाहर निकले प्रभात कुमार।

यह उनका चिरपरिचित अन्दाज था, भीड़ के बीच रुक जाना।

''प्रभात कुमार''...................''ज़िन्दाबाद''...''ज़िन्दाबाद..।''

''प्रभात कुमार''...................''ज़िन्दाबाद''...''ज़िन्दाबाद..।''

"प्रभात कुमार"..................."ज़िन्दाबाद"..."ज़िन्दाबाद..।"

ये आवाज़े मंच से नहीं उस भीड़ से आ रही थी, जो उनकी ओर लपक पड़ी थी।

महिलाओं, पुरुषों ने उनको घेर लिया।

कुछ लोग उनसे हाथ मिला रहे थे...कुछ लोग हाथ जोड़ रहे थे...कुछ गले मिल रहे थे। भीड़ का घेरा इतना तंग हो गया कि प्रभात कुमार अपने स्थान पर ही खड़े होकर रह गए।

उनको परेशानी में देखकर भीड़ से ही कुछ लोगों ने उनके चारों ओर घेरा डाल दिया।

"अरे भाई, सांसद जी को आगे तो बढ़ने दो।" एक चिल्लाया।

"भाइयो, आप लोग आगे नहीं बढ़ने देंगे तो भइया मंच तक कैसे पहुँचेंगे?" दूसरा चिल्लाया।

"भइया के लिए रास्ता छोड़ो, आप तो उनसे कभी भी बंगले पर मिल सकते हो... रास्ता छोड़ो।" अन्य कोई जो घेरा बनाये था चिल्लाया।

"अरे भाई आज मिल ही लेने दो...।" प्रभात कुमार के चेहरे पर चिरपरिचित मुस्कान थी– "पता नहीं कब मैं जेल चला जाऊँ और हमारे लोग हमसे मिल ही न पायें।"

"सर, पहले मंच पर चलकर अपनी बात कह तो दीजिये फिर पूरा दिन पड़ा है, मिलते रहिए।" अब दौड़कर उमाशंकर वहाँ आया था, कोलाहल के बीच वह चिल्लाया।

भीड़ थम गई, रास्ता मिलने लगा।

"बेटा...बेटा...भैया...।" तभी भीड़ में से एक तेज आवाज़ किसी महिला की सुनाई दी। समर्थकों द्वारा भीड़ को काटकर बनाए रास्ते पर एकाएक प्रभात कुमार के कदम ठिठके। दृष्टि उठाकर उन्होंने उस ओर देखा।

एक वृद्ध महिला दोनों हाथ फैलाकर प्रभात कुमार को पुकारकर उनकी ओर बढ़ने की कोशिश कर रही थी। लेकिन कुछ समर्थकों ने उसको रोक

रखा था।

"अम्मा...।" प्रभात कुमार की दृष्टि उस पर पड़ी। उनका तेज स्वर उभरा।

"बेटा...।" वह आँखों में आँखे मिलते ही फिर खुशी से चिल्लाई।

"अम्मा को आने दो।" आगे पढ़ते प्रभात कुमार के कदम पूर्णतः रुक गए।

भीड़ में एकाएक सन्नाटा सा छा गया।

समर्थकों ने वृद्धा का अवरुद्ध मार्ग खोल दिया।

वृद्धा प्रभात कुमार की ओर दौड़ी।

प्रभात कुमार उसकी ओर बढ़े।

"बेटा...बेटा। तुमसे कब से मिलना चाहत थी मैं...तुम मिल ही नहीं रहे थे। दुश्मनों का नाश हो बेटा...तुम्हारे साथ कितना गलत किया...।" वृद्धा सामने आकर हाथ जोड़कर बोलने लगी।

"नहीं माँ...।" प्रभात कुमार ने वृद्धा के जुड़े हाथ अपनी दोनों हथेलियों में भर लिए- "माँ, मैं सदा तुम्हारे पास रहूँगा। दुश्मन कुछ नहीं बिगाड़ पायेगा...तुम ठीक हो अम्मा, कोई परेशानी तो नहीं ?"

"अरे बेटा, परेशानी ही परेशानी है। पेंशन बन्द हो गई हमारी, तुम न थे तो कोई सुनता नहीं। माँग...माँग कर पेट भर रही हूँ।" वृद्धा सिसक पड़ी।

"तुम्हारी पेंशन लग जायेगी माँ, लग जायेगी... उमाशंकर...।" चिल्लाये प्रभात कुमार- "अम्मा की पेंशन लगाने के लिए एस०डी०एम० को बोलो... और जब तक पेंशन नहीं लगती तब तक इनके खाने-पीने का पूरा बंदोबस्त करो।"

"जी सर...जी।" पास में प्रकट हुआ उमाशंकर।

"अम्मा...।" सख्त स्वर में बोले प्रभात कुमार

"तुम्हें कोई परेशानी हो तो यदि मैं जेल में भी रहूँ तो मुझसे आकर बताना। वहीं से तुम्हारी तकलीफ दूर होगी। मुझे तकलीफ होगी लेकिन तुझे नहीं होगी...ठीक अम्मा।" कहकर प्रभात कुमार ने उसके कन्धे पर अपना हाथ रखा।

"जुग-जुग जियो।" बुढ़िया फफक पड़ी।

"माँ, तुम मेरे पास आ जाया करो।" उमाशंकर सिंह ने उससे कहा।

"ठीक माँ...।" प्रभात कुमार ने एक बार फिर उसके कन्धे पर हाथ रखा और आगे बढ़ गए।

"प्रभात कुमार" ...."ज़िन्दाबाद..।"

"प्रभात कुमार" ...."ज़िन्दाबाद..।"

अब भीड़ और भी अधिक बढ़ गई थी।

"सभी को मेरा नमस्कार...।" प्रभात कुमार ने मंच से बोलना प्रारम्भ किया- "भाइयो-बहनों, शायद अन्तिम बार मैं आज आपसे बात कर रहा हूँ. ..।"

"प्रभात कुमार"..................."ज़िन्दाबाद..।"

"प्रभात कुमार"..................."ज़िन्दाबाद..।"

लगातार बढ़ रही भीड़ ने नारे लगाये।

"भाईयो-बहनो, अन्तिम बार मैं इसलिए कह रहा हूँ कि मुझे पता नहीं अदालत मुझे क्या सज़ा देगी। मेरा सारा मामला आप में से अधिकांश लोग जानते हैं। मैंने मन, वचन और कर्म से इन्सानियत का धर्म निभाया है। मेरे ऊपर आरोप है कि मैंने कानून के विरुद्ध, बिना मेडीकल की डिग्री के मरीजों का इलाज किया, ऑपरेशन किए...आरोप सिद्ध होने पर भारतीय दण्ड विधान के अनुसार मेरी सज़ा तय है और...और ये आरोप मैंने स्वीकार कर लिए हैं...मुझसे बहुत से मेर शुभ चिन्तकों ने सुझाव दिया कि मैं आरोप स्वीकार न करुँ...लेकिन ... मैं आपको बताना चाहता हूँ कि... मुझे लगता है कि मैंने बिना डिग्री के इलाज करके लोगों का भला किया है...गरीबों की सेवा

की है, उनके चेहरों पर मुस्कान लौटाई है...ऐसा सोचकर मुझे लगता है कि मैंने सही किया...प्राकृतिक न्याय की व्यवस्था के अनुसार वह कोई भी कार्य जो मनुष्य को सुख प्रदान करे, उसका कल्याण करे, सही है... और ये मानते हुए मुझे लगता है कि मैंने सही किया...इसलिए जब मैंने सही किया तो मैं उससे इन्कार क्यों करूँ ? हमारे देश की न्यायपालिका को यदि ये लगता है कि मैंने गलत किया तो ठीक है...मैं दण्डित होना पसन्द करूँगा...लेकिन तब भी मुझे संतोष रहेगा कि मेरा दण्डित होना इस देश की बुद्धिजीवियों के मन में कुछ प्रश्न खड़े करेगा, कुछ बेचैनी पैदा करेगा...ऐसा मेरा विश्वास है।''

''देश का नेता कैसा हो ?''...''प्रभात कुमार जैसा हो।''

''देश का नेता कैसा हो ?''...''प्रभात कुमार जैसा हो।''

''प्रभात कुमार''....................''ज़िन्दाबाद।''

''प्रभात कुमार''....................''ज़िन्दाबाद।''

''भारत माता की''......................''जय।''

''भारत माता की''......................''जय।''

अचानक भीड़ का एक रेला नरसिंह देव की सभा स्थल से प्रभात कुमार के सभा स्थल की ओर बढ़ा।

देखते-देखते नरसिंह देव का सभास्थल लगभग खाली हो गया। सभास्थल पर उपलब्ध अस्सी प्रतिशत भीड़ प्रभात कुमार के मंच की ओर मुड़ गई। दोनों मंचों के बीच सड़क कुछ समय के लिए जाम हो गई। दोनों ओर ट्रैफिक रुक गया।

''मित्रों...भाइयो...बहनो...।'' नरसिंह देव भीड़ को प्रभात कुमार के सभास्थल की ओर जाते देख चीखा- ''गैर कानूनी तरीके से पूँजीपति बने एक व्यक्ति की साजिश है ये...आपको एक बार फिर धोखा देने की कोशिश की जा रही है...धनबल के उपयोग से मेरे जैसे आपके सेवक के खिलाफ साजिश की जा रही है ताकि आप मुझसे दूर हो जायें...लेकिन क्षेत्र की जनता सब जानती है...ये साजिश सफल नहीं होगी...।'' अपनी बीस प्रतिशत बची भीड़ के बीच नरसिंह देव अपना गुबार निकाल रहे थे।

उधार प्रभात कुमार के सभास्थल की ओर बढ़ रही भीड़ लगातार चीख रही थी, जी हाँ बोल नहीं रही थी चीख रही थी, जैसे उसमें एकाएक उत्तेजना पैदा हो गई हो-

''प्रभात कुमार''..................''ज़िन्दाबाद..।''

''भारत माता की''.....................''जय..।''

''देश का नेता कैसा हो ?''...।

नारेबाजी करती भीड़, जोश में चीख-चीखकर प्रभात कुमार के सभास्थल की ओर बढ़ रही भीड़ ने कुछ मिनटों के लिए प्रभात कुमार का बोलना बन्द करवा दिया।

प्रभात कुमार मंच पर चुपचाप खड़े हो गए।

मंच पर उपस्थित उमाशंकर, अनित्य एवं अन्य लोगों को समझ नहीं आ रहा था कि कोलाहल और तीव्र हलचल के बीच क्या करें ?

''मुझे प्यार करने वाले प्यारे लोगो...।'' जब कोलाहल और हलचल काफी देर तक न रुकी तो प्रभात कुमार ने माइक हाथ में पकड़कर बोलना शुरु कर दिया ''ज्यादा कुछ आप सबसे नहीं कहना है मुझे, आपका अधिक समय नहीं नष्ट करना है मुझे...बस एक संक्षिप्त बात कहनी है आपसे... कृप्या कुछ मिनटों के लिए शान्त होकर मेरी बात सुन लें, अति कृपा होगी.. .।'' कहकर कुछ क्षणों के लिए चुप हुए प्रभात कुमार, तो पलों में चुप्पी छा गई, अनियंत्रित लगती उस भीड़ में जो जहाँ था वहीं खड़ा हो गया। लोग वास्तव में उनकी बात सुनना चाहते थे। अपूर्व सन्नाटा देखकर उनके चेहरे पर मुस्कान उभरी, फिर बोलना शुरु किया- ''भाइयो, सिर्फ ये कहना है, मेरे उपलब्ध न होने पर आप अपनी किसी भी समस्या के समाधान के लिए उमाशंकर, अनित्य या दोनों उपलब्ध नहीं है तो मेरी पत्नी, मेरी बेटी से ज़रुर मिलिए...मैने उनसे निवेदन किया है कि जिस प्रकार मैं आपके लिए काम करता था, वे भी करें। मुझे पूरा विश्वास है कि मेरे न होने पर ये चारों लोग आपका उतना ही ख्याल रखेंगे, जितना रखने की कोशिश मैंने की है...।''

''भैया आपको कुछ नहीं होगा...हम आपके साथ हैं।'' सन्नाटे की भीड़ में कोई बीच से चीखा।

"हम आपके साथ हैं....................।"

"हम आपके साथ हैं....................।"

"हम आपके साथ हैं....................।"

भीड़ पागलों की तरह साथ होने का वायदा करने लगी।

प्रभात कुमार ने मुस्कुराकर शान्त होने के लिए हाथ उठाया।

"मुझे पता है आप मेरे साथ हैं...।" उन्होंने फिर कहना शुरु किया।

"नरसिंह देव"....................."मुर्दाबाद..।"

"नरसिंह देव"....................."मुर्दाबाद..।"

"हमारा नेता कैसा हो ?".........."प्रभात कुमार जैसा हो।"

"हमारा नेता...।"

भीड़ फिर नारे लगाने लगी।

"नहीं भाइयों नहीं, हमें किसी की निन्दा नहीं करनी है, हमें अपना काम करना है। कृपया किसी का विरोध इस प्रकार मेरी सभा में न करें... ।" गम्भीर हुए प्रभात कुमार- "बस एक बार फिर से ये कहना है कि समस्या समाधान के लिए आप इन चार लोगों से मिलिए। स्वास्थ्य की समस्या हो तो अस्पताल है आपके लिए हमेशा की तरह, बच्चों को ज़रुर पढ़ाइये, उसी से आपका उद्धार होगा। अपना कॉलेज भी है इसके लिए। और...और एक अंतिम बात, अपना कीमती वोट हमेशा बहुत सोच समझकर दीजिए। ऐसे नेता को दीजिए जो वास्तव में आपका कल्याण करने की इच्छा रखता हो, अब विदा। शान्तिपूर्वक अपने घर जाइये...धन्यवाद।"

कहकर प्रभात कुमार माइक से दूर हट गये। भीड़ पुनः नारे लगाने लगी।

* * * * *

"हलदाना में प्रैक्टिस करते-करते पाँच साल कब गुजर गए मुझे पता ही न चला...।" एक बार पुनः अदालत में अपनी बात कह रहे थे प्रभात कुमार-

"माई लॉर्ड, दरअसल पता तो जीवन के पचास साल भी नहीं चले...।" मुस्कुराये फिर आगे बोले- "पाँचवे साल के बीतते-बीतते मेरा जीवन ज्योति क्लीनिक अब जीवन ज्योति हॉस्पिटल हो गया। जी...मैने क्लीनिक बदलकर उसे हॉस्पिटल कर दिया। क्लीनिक के निकट ही एक तीस बाई बीस का प्लाट खरीदकर मैने आठ-दस बैड के अस्पताल का भवन बनवा दिया और अस्पताल उसमें शिफ्ट कर लिया।"

"हलदाना तो क्या दूर-दूर से मरीज मेरे पास आने लगे थे। मेडिकल साइंस की रिसर्च से मैं लगातार अपने को अपडेट करता रहता था, यही कारण था मेरे पास आने वाले मरीज अधिकांशतः स्वस्थ होकर ही वापिस लौटते थे। निम्नतम फीस लेकर इलाज करने के बाद भी मेरे पास पर्याप्त आय हो रही थीं मैने दो एम०बी०बी०एस० युवा डॉक्टरों को भी नौकरी पर रख लिया। मेरी पूरी कोशिश रहती थी कि पैसे में अभाव में कोई इलाज से वंचित न रह जाये। निर्धन मरीजो का मैं शुरु से ही निःशुल्क इलाज भी कर रहा था। मेरे कारण आस पास के क्षेत्र के डॉक्टरों की दुकानें लगभग बन्द हो गई। हमारे एम०डी० साहब और एम०बी०बी०एस० साहब की दुकानदारी पर भारी फर्क पड़ा।

माई लॉर्ड, मेरा एक पेशेन्ट था सत्यप्रकाश। वह काफी समय से अपने परिवार का इलाज मुझसे करा रहा था। मेरे इलाज का सम्भवतः वह हलदाना में सबसे बड़ा प्रशंसक था। उसका बेटा अस्थमा का पेशेंट था। मेरे हलदाना आने के पूर्व वह एम०बी०बी० एस० और एम०डी० साहब से इलाज करवाता था। बहुत गरीब था। तीन बेटी और दो बेटों का भरा-पूरा परिवार चलाने का भार उसके ऊपर था, जबकि कमाई के लिए एक मात्र साधन उसका रोडवेज बस स्टैण्ड के सुभाष चौराहे पर एक गुमठी थी, जिसमें चाय-पकौड़े बेचकर गुज़ारा करता था वह। सत्यप्रकाश हर साल जी तोड़ मेहनत करके जो जोड़ता वह उसके बेटे की बीमारी में खर्च हो जाता। सालों से यह सिल. सिला चल रहा था। एम०बी०बी०एस० और एम०डी० साहब इलाज के नाम पर उसकी खूब लुटाई कर रहे थे। किसी ने जब उसको मेरे बारे में बताया तो वह बच्चे को लेकर मेरे पास आया। आते ही मेरे मना करते-करते पैर छू लिए उसने। हाथ जोड़कर नीचे बैठ गया वह, बोला- "डॉक्टर साहब, बड़ी उम्मीद से आया हूँ। पहले तो दवाईयों से ठीक हो जाता था, अब दो महीने

से दवाई खा रहा है, ठीक ही नहीं हो रहा। सब पैसा खतम हो गया। कुछ कर्जा लिया था, वह भी खतम हो गया। शहर जाने का पैसा नहीं बचा। इसकी वजह से दुकानदारी भी ठीक से नहीं कर पा रहा हूँ। साहब हमारे बच्चे को ठीक कर दो। लोगों ने बताया है कि आप बहुत अच्छा इलाज करते हो... ।''

उसकी पत्नी एक कोने में खड़ी थी।

''ठीक हो जायेगा, चिन्ता मत करो।'' मैंने उसे धीरज बँधाया।

''मैंने बच्चे का चेक-अप किया। सर्दी, जुकाम और साँस लेने की दिक्कत थी उसे। लगातार बीमारी ने उसे दुर्बल कर दिया था।

उसने बताया कि बदलते मौसम में बच्चे को वह समस्या हो जाती है। मैं समझ गया कि इसे एलर्जी की वजह से समस्या हो रही है। इसी प्रकार के बहुत से मरीजों को मैंने देखा था। डॉक्टर इसको सामान्य अस्थमा समझकर ढ़ेरों दवाईयाँ और इनहेलर्स मरीजों को दे देते हैं। इससे कुछ आराम तो मिलता है पर यह सही इलाज नहीं है। एलर्जी के कारण होने वाले अस्थमा में मात्र एक एलर्जी की टेबलेट पर्याप्त है। ऐसे मरीजों को जैसे ही दिक्कत महसूस हो मरीज को एक गोली एलर्जी की लेना शुरु कर देना चाहिए।

मैंने देखा बच्चे को खाँसी आ रही थी। उसके फेफड़ो में बलगम जमा हो गया था। हैवी एंटीबायोटिक्स से वह जम गया था। मैंने उसे वाष्प लेने और

एक एलर्जी की टेबलेट लेने की सलाह दी। दो दिन में ही बच्चे को आराम मिल गया।

उसके बाद तो सत्यप्रकाश मेरा फैन हो गया। दिन रात मेरे गुण गाने लगा। मेरे पास बहुत से अपनी जान पहचान वाले मरीज लाने लगा। वह मेरा प्रचार तंत्र बन गया। एक तरह से वह मेरा भक्त बन गया। जब भी उसे समय मिलता वह मेरे हॉस्पिटल में आ जाता। यदि मैं खाली होता तो मुझसे गप्पें लड़ाता रहता। वह मुझसे जुकाम, बुखार की गोलियाँ ले जाता ओर बीमारों को बाँट देता। सोशल वर्क करने में उसे मजा आता था। वह चाय की गुमठी चलाता था इसलिए उसके पास कस्बे के बहुत से लोग प्रतिदिन

आते थे। बातूनी होने के कारण कस्बे के विभिन्न प्रकरणों से वह अवगत रहता था। मुझे भी मजा आता जब दुनिया भर की खबरें आकर वह मुझे सुनाता। बाद में जब मुझे यह पता चला कि सत्यप्रकाश हलदाना में किए जाने वाले अवैधानिक कार्यो की शिकायत करने में आगे रहता है तब मैंने उसे कुछ अधिक महत्व देना प्रारम्भ कर दिया। दरअसल बुराईयों से लड़ने की प्रारम्भ से ही मेरी इच्छा थी। उसने बताया कि बहुत सी शिकायतें उसने अवैध कार्य करने वाले लोगों की कर रखी है। भूमाफिया और गुण्डे, दबंग विशेश रुप से उसके निशाने पर रहते थे। सत्यप्रकाश बहुत ही साहसी आदमी था। लोगों की शिकायतें करने के कारण दबंग उसके ऊपर बहुत दबाव बनाते थे, लेकिन वह कभी नहीं झुका था, इस कारण हलदाना के बहुत से लोग उसे बहुत पसन्द करते थे। मैंने भी उसका सहयोग करना शुरु कर दिया। मुझे लगता था कि कम से कम कुछ कचरा साफ करने की कोशिश तो कर रहा है वह। उसकी वजह से मेरे हॉस्पिटल में मरीजों की संख्या भी बहुत बढ़ी। मैं कभी-कभी उसका आर्थिक सहयोग करने लगा। मेरे पास भी अब अस्पताल की कमाई का भरपूर पैसा आने लगा था। इसके बाद तो सत्यप्रकाश को और भी प्रोत्साहन मिला। उसने गैर कानूनी काम करने वाले लोगों की शिकायत करने के काम में और भी तेजी प्रदान कर दी। इसी क्रम में उसने एम०बी०बी०एस० साहब के इलाज से एक व्यक्ति की मृत्यु होने और हलदाना नगर पालिका के तत्कालीन चेयरमैन के घोटाले की भी शिकायत कर दी।

सत्यप्रकाश से मेरा सम्पर्क हुए काफी समय बीत चुका था और अब तक यह बात हलदाना में फैल चुकी थी कि वह मेरा आदमी है और मेरा हाथ उसके ऊपर है। ऐसी स्थिति में यह कुछ अधिक अस्वाभाविक नहीं था कि चेयनमैन और एम०बी०बी०एस० साहब ये सोचते कि उनकी शिकायतों में मेरा भी समर्थन सम्मिलित है। यद्यपि सत्यप्रकाश एक दशक से शिकायतों का योद्धा था। एक सत्य यह भी था कि समाजसेवा के लिए मैं उसे प्रोत्साहित करता रहता था। अब उसने प्रतिदिन शाम को मेरे अस्पताल में आना प्रारम्भ कर दिया। उसके साथ उसके एक दो चेले भी आ जाते। मेरी पहचान के अन्य लोग भी आ जाते। फिर घण्टे, डेढ़-घण्टे दुनिया भर की गपशप चलती।

एम०बी०बी०एस० साहब की शिकायत की बात जब उसने मुझे बताई तब मैंने उसे महत्व न देते हुए कहा था कि डॉक्टर भगवान नहीं होता। हर

डॉक्टर अपनी ओर से मरीज को स्वस्थ करने की कोशिश करता है, और ये बात जितने हलके में मैंने उससे कही थी उतने ही हलके में उसने मेरे संकेत को नजरअंदाज कर दिया था।

चेयरमैन की शिकायत पर ज़रुर मैंने हँसकर कहा था- ''ठीक है सत्यप्रकाश कचरा साफ करते रहो।'' मुझे याद है, यह सुनकर वह काफी खुश हुआ था।

एक दिन शाम को जब हमारा नियमित दरबार लगा हुआ था। तभी बाहर शोरगुल सुनाई दिया। फिर कुछ लोग धड़धड़ाते हुए अस्पताल के अन्दर चले आये। मैंने देखा उन तीन-चार लोगों में चेयरमैन नरसिंह देव का भाई भी था।

''क्या बात है ?'' मैंने पूंछा।

''डॉक्टर साहब, मुझे जानते हो...।'' भाई ने अपना सीना ठोका।

''जानता हूँ गजराज भाई...।'' मैंने कहा- ''बैठो क्या हो गया ?'' यद्यपि मैं उनके इस प्रकार वहाँ आने का कारण समझ रहा था।

''डॉक्टर साहब...।'' उसका स्वर ऊँचा था - ''मैं तुमको समझाने आया हूँ। इस साँप को बहुत दूध पिला रहे हो...।'' उसने सत्यप्रकाश की ओर इशारा किया- ''ये साँप है...साँप, अपने बाप का भी नहीं। इससे मिलकर हमारे भाई के खिलाफ बहुत दिन से साजिश कर रहे हो तुम...।''

''जबान सँभाल के बात कर गजराज...।'' सत्यप्रकाश तैश में खड़ा हो गया।

''तुम चुप रहो सत्यप्रकाश...।'' मैंने आगे बढ़कर सत्यप्रकाश को पीछे किया- ''गजराज भाई...।'' मैंने मुलायम आवाज़ में कहा- ''आप लोगों को गलतफहमी हो गई है...।''

''हमको मत पढ़ाओ डॉक्टर...।'' उसका रुप और भी उग्र हुआ- ''. ..मैं तुम्हें खबरदार करने आया हूँ, इस साँप को अपने पास बिठाना बन्द कर दो। पूरे हलदाना के संभ्रांत लोगों को परेशान किए हुए है। सब जानते हैं तुम इसका सहयोग कर रहे हो। इसको तो हम ठीक कर देंगे। तुम पढ़े

लिखे आदमी हो। इसके साथ तुम अपनी दुर्गती न करा लेना। अपनी डॉक्टरी से काम रखो, नेतागिरी मत करो...।''

''सुन गजराज..।'' सत्यप्रकाश पीछे से चीखा- ''मैं औकात जानता हूँ तेरी, तू बड़ा लाडसाब मत बन। बहुत देखे है तेरे जैसे चिरकुट...और सुन डॉक्टर साहब का कोई मतलब शिकायत से नहीं है, जो तू ये सोचता है तो गलत है, मैंने की है शिकायत।'' उसने सीना ठोका- ''मेरा बिगाड़ लेना जो बिगाड़ सको। समाज के दुश्मन हो तुम लोग। कमीशन खा के दिमाग बढ़ गए...जेल भिजवाऊँगा तुम सबको..।''

''मैंने बता दिया है डॉक्टर...।'' गजराज मेरी ओर उन्मुख हुआ - ''इस साँप से सम्बन्ध खत्म कर दो, जो दाना-पानी इसको डालते हो बन्द कर दो। ये तो नंगा है, इससे तो हम जल्दी निपट लेंगे। तुम सुधर जाओ... डॉक्टर हो...जानते हैं हम, लेकिन अपनी औकात मत भूलो...धु ...वि ... आ।''

अन्तिम शब्द ने मेरे सारे शरीर में एक उत्तेजना पैदा कर दी...ऐसी उत्तेजना अचानक पैदा कर दी जा शायद पहले कभी पैदा नहीं हुई थी...गुस्से में अंग-अंग काँप उठा मेरा।

''क्या करोगे तुम मेरा...?'' आवेश में अचानक मैं गजराज की ओर बढ़ गया।

''अपनी औकात भूल रहा है तू डॉक्टर।'' उँगली उठाकर चीखा गजराज।

धड़ाक...।'' अनायास बेकाबू क्रोध में मेरा दाँया पैर उठा और उसके दोनों पैरों के जोड़ पर टकराया।

''आह...।'' एक चीख के साथ वह नीचे गिर गया। मुझे पता था कि चोट कहाँ करना है और वह सटीक पड़ी।

मेरी लम्बाई छह फुट से दो इंच कम है माई लॉर्ड, और मुझे धमकाने आने वालों की हैल्थ-हाईट मुझसे कम थी और उन्हें ये भी पता नहीं था कि भगवन्ता सुन्दरी का बेटा अब हर तरह से सक्षम हो गया है, और अपनी सक्षमता पर तब तक मुझे काफी भरोसा हो गया था।

मेरे प्रहार करते ही सत्यप्रकाश और मेरे स्टाफ के कई लोग गजराज और उसके साथ आये लोगों पर पिल पड़े।

सभी जमीन पर फैल गए। मैंने पुलिस को फोन कर दिया। पुलिस उन सभी को पकड़कर ले गई।

* * * * *

नरसिंह देव नगरपालिका हलदाना के चेयरमैन थे। माई लॉर्ड, हलदाना का बच्चा बच्चा नरसिंह देव का इतिहास और भूगोल जानता है। इनके दादा हलदाना रियासत के राजा हुआ करते थे। स्वतंत्रता के बाद भी इस परिवार के पास इतनी जमीन थी कि आज का आधा हलदाना इनकी ही जमीन पर बसा हुआ है। लेकिन अय्याश चरित्र, मँहगे शौक और नाकारापन के कारण इस परिवार ने अपनी अधिकांश सम्पत्ति खो दी थी। इसके बावजूद यह परिवार आज तक अपने राजा होने की मानसिकता से बाहर नहीं निकल पाया है। इनकी दबंगई कायम है और कमाल है कि स्वतंत्रता के इतने वर्षो के बाद भी बहुत से लोग इन्हें राजा कहते हैं और इनके आगे नतमस्तक होते हैं।

माई लॉर्ड, जितनी आग मुझे गजराज सिंह द्वारा जातीय अपमान बोधक शब्द से नहीं लगी थी शायद उससे अधिक आग नरसिंह देव को इस बात से लगी कि निम्न जाति के लोगों ने ठाकुर नरसिंह देव के भाई के साथ हाथापाई की। सायं की घटना छोटे से हलदाना में आग की तरह फैल गई थी। नरसिंह देव पुराने राजा तो थे ही। राजनीतिक व्यक्ति भी थे। विधायक, सांसद, नेताओं के साथ मेलजोल बैठना स्वाभाविक ही था। दूसरी ओर मैं सत्यप्रकाश और मेरे दो-चार कर्मचारी अति सामान्य नागरिक थे। पुलिस पर जब विधायक, साँसद का दबाव पड़ा तो यद्यपि इंस्पेक्टर समझ रहा था कि हकीकत क्या है लेकिन उसने हम सबको भी गिरफ्तार कर लिया। हमने लाख कहा कि इंस्पेक्टर दूसरा पक्ष ही झगड़े की नीयत से हमारे पास आया था। परन्तु राजनीतिक दबाव पड़ते ही पुलिस की भाषा बदल गई और कहने लगी कि आप भी दोशी हैं। वो तो भला था, उस इंस्पेक्टर ने नरसिंह देव का हम पर गम्भीर धारायें लगाने का दबाव नहीं माना और दोनों पक्षों पर साधारण

लड़ाई भिड़ाई का केस दर्ज कर दिया।

हम सबको कोर्ट से ज़मानत कराना पड़ी। इस घटना के बाद नरसिंह देव अचानक बेहद आक्रामक हो गए। सत्यप्रकाश पिछले दस वर्षो से सुभाष चौराहे पर स्थित इण्टर कॉलेज के बगल में दीवार से सटाकर अपनी गुमठी रखे हुए था। गुमठी के आगे उसने तख्त, कुर्सियाँ आदि रखकर दुकान बनाई हुई थी। उसकी दुकान स्वच्छ और स्वादिष्ट चाय, पकौड़े के लिए प्रसिद्ध थी। दुकान इतना अन्दर थी कि यातायात में उससे कोई बाधा नहीं पड़ती थी। परन्तु 'राजा' नरसिंह देव ने पालिका कर्मियों को आदेश सुनाया ओर दुकान को अतिक्रमण बताते हुए कुछ ही घण्टों में सत्यप्रकाश की दुकान का नामोनिशान सुभाष चौराहे से मिटा दिया गया। सत्यप्रकाश उस दिन कस्बे से बाहर गया हुआ था। उसकी पत्नी ने लाख विरोध किया परन्तु उसकी एक न चली। पालिकाकर्मी उसकी दुकान के सारे सामान को भी भरकर ले गए।

उस दिन सत्यप्रकाश मेरे पास आया तो अत्यधिक उदास था। आँखों में सदैव रहने वाली आत्मविश्वास की चमक गायब थी। मैं मरीज देख रहा था। मैंने उसे बैठने का संकेत किया। उसे देखकर एक-दो लोग उसके निकट पहुँच गए। वह उनसे बात करने लगा। वह बात कर रहा था लेकिन प्रतिदिन की तरह उसके चेहरे पर मुस्कुराहट नहीं थी। मैं उसकी बेचैनी समझ रहा था। जल्दी मैंने मरीज निपटाये।

"डॉक्टर साहब, डी०एम० साहब के पास गए थे हम, सब बताया उनको कि हमारी दुकान में कुछ गुण्डों ने तोड़फोड़ की और दिनदहाड़े दबंगई से सब सामान ले गए। गजराज सिंह और नरसिंह देव दोनों वहाँ मौजूद थे, यह भी डी०एम० से कहा। डी०एम० साहब ने जाँच एस०डी०एम० को सौंपी। एक शिकायत एस०पी० को भी दे दी।"

"अच्छा, क्या तुमने ये सोचा कि जाँच के समय जब नरसिंहदेव कहेगा कि उसने तो अतिक्रमण हटाया है, कोई दबंगई नहीं की, तब तुम क्या कहोगे ?" मैंने मन में कौंध रहा प्रश्न किया।

"डॉक्टर साहब, शहर में कहीं और अतिक्रमण हटाने के नाम पर कुछ हुआ है क्या, क्या हमने अकेले अतिक्रमण किया था। सब जानते हैं हमारी दुकान बिलकुल कोने में थी। कितनी दुकानें, ठेला, गुमठी रोड पर रखीं हैं।

अतिक्रमण हटाना था तो उनको क्यों न हटाया, सिर्फ हमारा ही क्यों हटाया ? कोई नोटिस भी तो देती नगर पालिका कि हमने अतिक्रमण किया हुआ है।''

''हूँ।'' मैं उसका आशय समझ रहा था।

''अरे डॉक्टर साहब चेयरमैन की सज़ा न कराई तो कुछ न किया। उसने अतिक्रमण नहीं हटाया है। मेरी दुकान को लुटवाया है...।'' मँझे हुए वकील की तरह बोल रहा था वह- ''और डी०एम० साहब जानते हैं मुझे कि समाज के लिए काम करता हूँ मैं, बहुत सी शिकायतें की हैं मैंने चेयरमैन की डी०एम० से। डी०एम० साहब खुद कह रहे थे कि बदले की कार्यवाही लगती है। लूट की जाँच कर लें एस०डी०एम० साहब फिर दोबारा उसी जगह पर दुकान बनाऊँगा।''

वह जोश में बोलने की कोशिश तो रहा था पर एक बेचैनी उसके चेहरे पर दिखाई पड़ रही थी।

''सत्यप्रकाश, कितना नुकसान हो गया होगा तुम्हारा ?'' मैंने उसकी बेचैनी का कारण समझने की कोशिश की।

''डॉक्टर साहब, यहीं कोई पच्चीस तीस हजार का सामान होगा।'' उसने अपने सिर पर हाथ फेरकर खुद को जैसे सांत्वना देने की कोशिश की।

मेरे होंठ मिंच गए। मैं समझ सकता था कि इतने रुपये की क्या कीमत थी उसके लिए।

''आमदनी तो तुम्हारी बन्द हो गई, खर्चा कैसे चल रहा है ?'' ये पूछना ठीक नहीं लग रहा था फिर भी उस समय मुझे यह जानना मुझे उचित लगा।

''बस ऐसे ही चल रहा है।'' उसने पुनः सिर पर हाथ फेरा।

''कोई बात नहीं सत्यप्रकाश...।'' मेरा स्वर दृढ़ हो गया ''पैसे की चिन्ता मत करो। ये लो रुपये...।'' मैंने निकालकर दस हजार रुपये उसे पकड़ा दिए - ''तुम्हारा जितना नुकसान हुआ है। उसकी सारी पूर्ति मैं करूँगा। तुमको वहीं दुकान बनाना हो तो वहीं बनाओ, नहीं तो कोई कायदे की दुकान किराये पर ले लो। उसके लिए एडवान्स देना पड़े तो मुझसे ले लेना। और जब जितने रुपये की ज़रुरत हो, मँगा लेना, संकोच मत करना। नरसिंह देव

से डरने की ज़रुरत नहीं। हम उसे उसकी औकात याद दिला देंगे कि अब रजवाड़े नहीं रहे, देश स्वतंत्र है, कानून का शासन है।''

''डॉक्टर साहब, आप सचमुच भगवान हो हमारे लिए...।'' सत्यप्रकाश मेरे पैरों की ओर झुका - ''आप देवता हो, आप हमारे साथ हो, तो अब किसी बात की चिन्ता नहीं...।'' उसके चेहरे की चमक एकाएक लौट आई - ''नरसिंह देव की राजनीति मिटा न दी तो अपने बाप का नहीं। ससुरे को जेल पहुँचा के रहूँगा।''

* * * * *

अपने बीमार बच्चे को लेकर जब सत्यप्रकाश पहली बार मेरे पास आया था और जिस दीनता से उसने अपने बच्चे के इलाज के लिए मुझसे निवेदन किया था, कोई कल्पना भी नहीं कर सकता था कि उसका स्वभाव इसके ठीक विपरीत ज़िद्दी और साहसी भी हो सकता है।

मुझसे दस हज़ार रुपये प्राप्त होने के तीसरे-चौथे दिवस से ही उसने उसी स्थान पर पुनः अपनी गुमठी स्थापित करना शुरु कर दी।

बेहद दबंग तरीके से उसने कुछ लकड़ियों के मोटे-मोटे डन्डे लाकर खुद ही भूमि में गाड़कर शेड बनाना शुरु कर दिया। इस काम के लिए उसे मजदूर नहीं मिले थे इसलिए वह और उसकी पत्नी दोनों स्वयं काम कर रहे थे।

अपने निर्माण स्थल के पीछे कॉलेज की दीवार पर उसने एक बैनर टांग रखा था, जिस पर लिखा था-

हलदाना के दबंग अपराधियों को चुनौती-

सत्यप्रकाश की दुकान यहीं लगेगी।

लूटने वाले जेल जाएंगे,

भारत माता की...जय..।

जब वह अपनी गुमठी का पुनर्निर्माण कर रहा था तब अपना समर्थन व्यक्त करने के लिए मैं भी अपने लोगों के साथ वहाँ जाकर खड़ा हुआ।

एस०डी०एम० मामले की जाँच कर गए थे और लोगों में खबर फैल रही थी कि सत्यप्रकाश की गुमठी को गलत तरीके से ढहाया गया है, डी०एम० चेयरमैन से नाराज़ हैं। सत्यप्रकाश की ईमानदारी से हलदाना में बहुत से लोग उसके प्रशंसक थे। मैं जब उसके निर्माण स्थल पर खड़ा हुआ तो मैं आश्चर्यचकित हो गया। मेरे वहाँ पहुँचते ही एक के बाद एक, थोड़ी देर में सैकड़ों लोग वहाँ एकत्रित हो गए। कुछ लोग कुर्सियाँ ले आये। सभी एक स्वर से चेयरमैन की कार्यवाही की निन्दा कर रहे थे।

''डॉक्टर साहब...।'' सत्यप्रकाश ने बताया- ''कल मैं डी०एम० साहब के पास गया था। शाम को देर से लौटा इसीलिए रात में आपके पास नहीं आ पाया। डी०एम० साहब ने उनके खिलाफ लूटपाट, मारपीट की एफ० आई०आर० करने के लिए एस०पी० साहब से कहा।''

''किसकी एफ०आई०आर० ?'' मैंने पूरी बात जाननी चाही।

''वही, चेयरमैन, गजराज की।'' उसने दिशा संकेत किया।

''अब देखो चेयरमैन अन्दर जायेगा।'' सत्यप्रकाश ने चटकारा लिया-

''हमने जे भी कहा कि साहब हमारी दुकान टूट गई, अब बच्चा कैसे पालेंगे ? अपनी दुकान बना लें का ?''

''तो ?''

''वे कह रहे थे, तुम वहीं अपनी दुकान बना लो... इसीलिए तो बना रहे हैं। अब कर ले नरसिंह देव दम हो तो कुछ भी।'' उसकी आँखों में तीव्र चमक थी।

''डॉक्टर साहब...।'' भीड़ में एक आदमी आगे बढ़कर बोला- ''हम लोग अगर होते तो चेयरमैन के आदमियों को मार के भगा देते, मार लाठी बिछा देते ससुरों को।''

''चेयरमैन को तो जेल जाना ही चाहिए साहब, बहुत लुटेरा नेता है, पूरा हलदाना खा लिया।'' एक अन्य व्यक्ति बोला।

''नेता तो सत्यप्रकाश जैसा होना चाहिए, सबका भ्रष्टाचार खोल रहा है, बिना डर के पूरी ईमानदारी से।'' एक व्यक्ति ने सत्यप्रकाश की पीठ ठोकी

तो उसकी मुस्कान अधिक गहरी हो गई।

"अरे भाई...।" अब मैं बोला- "आप लोग इतने भले आदमी हैं, सत्यप्रकाश को इतना चाहते हो, एक दो दिन लगकर उसकी दुकान फिर से बनवा दो, अच्छे काम के लिए श्रमदान कर दो। वो अकेला काम कर रहा है, कुछ हलका हो जायेगा उसका बोझ।" कहकर मैंने भीड़ में लोगों की ओर देखा। मैं सोच रहा था कि यदि कुछ लोग सत्यप्रकाश के साथ लग जायेंगे तो भीड़ दिखने से नरसिंह देव का मनोबल कम होगा।

"ठीक है, साब हमको आज कोई काम नही हम करवाते हैं सत्यप्रकाश के साथ उसका काम।" एक आदमी ने हाथ उठाया।

"सत्यप्रकाश, मैं भी आ रहा, घर में सब्जी देके। फिर जो बताओगे कर दूँगा।" दूसरा आगे बढ़ा।

"अरे भैया, हमको ज़रुरत नहीं...।" हँसकर सत्यप्रकाश ने हाथ जोड़े- "हम दोनों लोग अपना काम कर लेंगे।"

"नहीं डॉक्टर साहब ने ठीक कहा, हमें एक दूसरे की मदद करना चाहिए... हम तो ज़बरदस्ती तुम्हारा काम करेंगे।" पहले वाला व्यक्ति भी ज़ोर से हँसा।

जब तक मैं वहाँ खड़ा रहा भीड़ बढ़ती रही।

* * * * *

'सत्य परेशान हो सकता है लेकिन पराजित नहीं' यह कहावत पूर्णतः सिद्ध हुई। नरसिंह देव का सोचना था कि चेयरमैन पद का रुतबा, दबंगई, राजनीतिक पहुँच के द्वारा वह सत्यप्रकाश को ठिकाने लगा देगा, यही सोचकर उसने उसकी दुकान को अतिक्रमण के नाम पर नष्ट किया था। लेकिन उस समय उसकी सारी सोच धरी रह गई जब जिलाधिकारी ने सीधे हस्ताक्षेप करते हुए गुमठी हटाने वालों के खिलाफ रुचि दिखाई। दरअसल जिलाधिकारी के मन में सत्यप्रकाश की भ्रष्टाचार एवं भूमाफियाओं के खिलाफ मुहिम ने उसकी एक अच्छी छवि बना दी थी। जिलाधिकारी एम०एन०लू एक अच्छे

अफसर थे। उन्होंने पॉलिटिकल प्रेशर में न आकर सख्त कार्यवाही के आदेश दिए और कार्यवाही हुई। गजराज सिंह सहित कुछ नगरपालिका कर्मी और उसके गुर्गे जेल पहुँच गए। नरसिंह देव ने जिलाधिकारी के हाथ पैर जोड़े कि गुमठी काण्ड में उनकी कोई भूमिका नहीं है और वह जेल जाने से बच गए।

* * * * *

''डॉक्टर साहब, आजकल एम०डी०, एम०बी०बी०एस० और चेयरमैन की रोज-रोज बैठक लगती है।'' एक दिन सत्यप्रकाश ने मुस्कुराते हुए बताया।

''तो ?'' मैंने उसकी मुस्कुराहट में कुछ अलग पाया।

''आपकी बड़ी चर्चा होती है उधर।'' कह मुस्कुराता रहा।

''क्यों ? कौन बता रहा था ये ?'' मेरी जिज्ञासा बढ़ी।

''अब जे तो पता नहीं...उनके पास उठने बैठने वाले लोग जे बताते हैं।''

''बैठक कहाँ लगती है, रोज लगती है ?''

''चेयरमैन के घर पर लगती है ?''

''भैया, ये तो नरेन्द्र भी बता रहा था कि आजकल चेयरमैन के यहाँ डॉक्टरों की बैठक लगती है।'' सुरेश उस समय भी मेरे साथ था और हमेशा बना रहा, ''वही, अपने पड़ोस में जो बसन्ता पहले रहता था, उसी का लड़का। आजकल चेयरमैन के घर काम करता है...।''

सुरेश ने बताया- ''वह कह रहा था कि रोज शाम होते ही आजकल दोनों डॉक्टर चेयरमैन के घर आ जाते हैं। वहीं बरामदे या नीम के पेड़ के नीचे गप्पें चलती हैं।''

''अरे भाई, आश्चर्य है बड़ी प्रैक्टिस वाले डॉक्टरों को इतना टाइम कैसे मिल जाता है कहीं जाकर गप्पें लड़ाने का ?'' मैं वास्तव में आश्चर्यचकित हुआ।

''अरे डॉक्टर साहब, आपने उनकी डॉक्टरी बन्द तो करा दी अब वहाँ

मरीज धरे क्या। सब तो आपके पास आने लगे।'' सत्यप्रकाश हँस पड़ा।

''हाँ, भैया, लोग बताते हैं कि अब एम०बी०बी०एस० और एम०डी० साब की डॉक्टरी बिलकुल नहीं चलती...।'' सुरेश बोला- ''लोग कहते हैं कि अब ये डॉक्टर पेशेन्ट ठीक नहीं कर पाते, पैसा अलग से बहुत ठगते हैं।''

''कुछ लोग तो जे कहत डॉक्टर साब...।'' सत्यप्रकाश अब और ज़ोर से हँसा - ''पैसे के दम पर नकली डिगरी ही बनवा ली, इन डॉक्टरों ने... पहले जे ठगुआ थे अब ठलुआ हो गए।''

''क्या कह रहे हो सत्यप्रकाश ?'' मुस्कुराते हुए मैंने भी चुटकी ली।

''सही कह रहे डॉक्टर साब...।'' वह खिलखिलाया- ''पहले वे डॉक्टर बनकर मरीजों को ठगते थे सो ठगुआ थे, अब चेयरमैन के पास बैठकर गप्पें लड़ाते हैं सो ठलुआ हो गए।'' उसकी बात सुनकर मेरी और सुरेश की भी हँसी छूट गई।

''कुछ भी कहो सत्यप्रकाश...।'' मैं कुछ गम्भीर हुआ- ''बीस सालों से अधिक समय से प्रैक्टिस कर रहे हैं दोनों, बहुत पैसा कमाया है उन लोगों ने...इतना कि एक पीढ़ी भी बैठकर खा सकती है।''

''जे बात तो है डॉक्टर साब...।'' सत्यप्रकाश ने सहमति प्रकट की - ''उनके भक्त मरीज तो अब भी वहीं जाते हैं। एम०डी० साब का लड़का भी डॉक्टरी पढ़के आ गया है। सुनते हैं वह होशियार है, मरीजों का खून भी नहीं पीता।''

''चलो भाई अच्छा है, लड़का कोई अच्छी डिग्री लेकर आया हो, मरीजों का भला होगा।'' मैंने संतोष व्यक्त किया।

''भैया...।'' तभी एक युवक वहाँ आया, वह सुरेश के उन्मुख होकर बोला- ''भैया, दो दिन से बुखार आ रहा है पूरे शरीर में दर्द है।''

''इधर आओ, मैंने उसे अपने पास बुलाया। हाथ पकड़ने से ही उसके बुखार का अनुमान हो गया।''

''ये नरेन्द्र का भाई है।'' सुरेश ने मुझे संकेत किया।

चेयरमैन के यहाँ रहने के कारण मेरे लिए नरेन्द्र भी महत्वपूर्ण था और इसी के चलते अचानक मुझे वह युवक भी महत्वपूर्ण लगा।

"बैठो...।" मैंने उस युवक से कहा- "क्या नाम है तुम्हारा, क्या करते हो ?"

"डॉक्टर साहब, मजदूरी करता हूँ, राधेश्याम नाम है हमारा।" कहते हुए वह बैठ गया।

"कोई बात नहीं राधेश्याम, साधारण बुखार है...लो सुरेश, इसको ये दवाईयाँ दे दो।" मैंने अपने पास से ही उसको दवा देने को कहा।

सुरेश ने पुड़िया बनाकर उसे दवाईयाँ पकड़ा दीं।

"कितने पैसे देना है सुरेश भैया ?" पूछते हुए उसने जेब में हाथ डाला।

"रहने दो...रहने दो राधेश्याम, कोई ज़्यादा की दवा नहीं है।" मैंने उसे मना किया।

वह कृतज्ञा ज्ञापित करने हेतु बैठा रहा।

हम लोग इधर-उधर की बातें करते रहे।

"डॉक्टर साहब...एक बात बतायें।" एकाएक राधेश्याम बोला।

"क्या ... हाँ ?"

"चेयरमैन साब के इधर आपकी बड़ी बुराई होती है।"

"हा...हा...।" मैं हँसा - "वो तो पता है मुझे।"

"आपके खिलाफ बड़ी साजिश चल रही है।"

"कैसी साजिश ?" सुरेश ने पूछा।

"भैया, डॉक्टर और चेयरमैन मिलके आपका नुकसान करना चाहते हैं।"

"तुम्हें कैसे पता ?" सुरेश ने ही पूछा।

"नरेन्द्र भैया बता रहे थे, वे वहीं रहते हैं न चेयरमैन के यहाँ।"

"क्या नुकसान करेंगे ?" सुरेश ही बोल रहा था।

“अब जे तो पता नहीं लेकिन आप लोग अच्छे आदमी हो। चेयरमैन बहुत खराब है सावधान रहियो।”

“हूँ...।” मैं कुछ सोच रहा था।

इसके बाद वह चला गया।

“जे ससुरे, अपना का बिगाड़ेंगे डॉक्टर साहब ?” सत्यप्रकाश ने बाहें चढ़ाई।

“फिर भी हमें सावधान रहना चाहिए...।” सुरेश ने सलाह दी- “चेयरमैन बहुत खुराफाती है, डॉक्टर तो वैसे भी जले हुए हैं।”

“कोई बात नहीं अपना क्या बिगाड़ेंगे, हमने कौन सा किसी काम में कोई कमीशन खाया है ?” मैं आत्मविश्वास से भरा था।

“ठीक बात है...। डरें वे जो गलत करें। अपन लोग तो समाज की सेवा ही कर रहे।” सत्यप्रकाश ने समर्थन व्यक्त किया, फिर आगे बोला- “नगर पालिका का कार्यकाल पूरा हो रहा है डॉक्टर साहब। दो बार से चेयरमैन बन रहा है नरसिंह देव अबकी नहीं बनने देना है इसको।”

“हाँ इसको तो नहीं बनना चाहिए।” मैंने ना में सिर हिलाया।

“कोई अच्छा आदमी खड़ा हो जाये तो उसी का समर्थन करेंगे।” बोला सत्यप्रकाश।

“भैया सत्यप्रकाश नेता जी को ही न चुनाव लड़वा दो।” सुरेश मुस्कुराया।

“अरे हाँ, क्या बात कही...।” अचानक मैं उछल पड़ा- “बिलकुल ठीक सुरेश, सत्यप्रकाश को ही चुनाव लड़वा देते हैं, क्यों सत्यप्रकाश ?

“अरे नहीं...नहीं...।” खुलकर हँसते हुए उसने मना किया।

“सत्यप्रकाश मैं गम्भीरता से कह रहा हूँ। सुरेश ने बात बात में बड़ी बात कर दी। तुमसे अच्छा उम्मीदवार तो हलदाना में और कोई हो ही नहीं सकता।” मैंने अपने मन की बात कही।

“अरे डॉक्टर साब, बड़े-बड़े धुरंधर खड़े होंगे। सामान्य सीट है। हम कहाँ लगते हैं।” उसने हाथ जोड़े।

"तुम सबसे बड़े आदमी हो सत्यप्रकाश...।" मैंने कहा- "भ्रष्टाचार को लेकर जो लड़ाई तुमने छेड़ रखी है, वह मामूली लोगों का काम नहीं है। लोगों के दुख तकलीफ के समय तुम अपना काम छोड़कर उनकी मदद करते हो, ऐसा आदमी ही सही मायने में बड़ा आदमी होता है।"

"सब आप लोगों के आशीर्वाद से हो रहा है।" उसने पुनः हाथ जोड़े।

"यार ये बात ठीक रही सुरेश...।" मेरे अन्दर उत्साह का संचार हो रहा था- "सत्यप्रकाश, तुम चुनाव लड़ो, चेयरमैन पद को तुम्हारी ज़रुरत है।"

"साब बहुत खर्चा लगता है चुनाव में, हमारे तो बर्तन बिक जायेंगे।" वह हँसा।

उसकी चिन्ता करने की ज़रुरत तुमको नहीं है, जो भी खर्च होगा, मैं करुँगा। तुम तो आज से, अभी से चुनाव की तैयारी शुरु करो।" कुछ आदेशात्मक स्वर हुआ मेरा।

आप कह रहे तो हुकुम सर आँखों पर।" उसने स्वीकृति प्रकट की।

"तो सुरेश...।" मुस्कुराते हुए मैंने सुरेश की ओर चेहरा किया - "ठीक है न... यदि चुनाव सही वक्त पर हुआ तो अगले साल अप्रैल में सत्यप्रकाश जी हमारे चेयरमैने होंगे...ओ० के०।"

"सत्यप्रकाश...ज़िन्दाबाद..।" सुरेश ने सत्यप्रकाश की ओर देखते हुए चुटकी ली।

* * * * *

सत्यप्रकाश अपनी सम्पूर्ण ऊर्जा के साथ नगर पालिका चुनाव की तैयारियों में लग गया।

तन, मन, धन से मेरा साथ उसमें उत्साह एवं ऊर्जा भर रहा था। वह निरन्तर जनसम्पर्क करने लगा, जनता उसका समर्थन कर रही थी। भ्रष्टाचार के खिलाफ लड़ने वाली अपनी छवि का उसे लाभ मिल रहा था। मेरे द्वारा

हलदाना में दस वर्षों से की जा रही, बीमार लोगों की सेवा का लाभ भी उसे मिलने लगा, जब लोगों को पता लगा कि मैं उसका समर्थन कर रहा हूँ।

पहले तो मैं सोच रहा था कि चुनाव में मैं सीधी-सीधी दखलंदाजी नहीं करुँगा, राजनीति में मेरा सिर्फ इतना ही हस्तक्षेप रहेगा कि सत्यप्रकाश जैसे अच्छे लोगों को सहयोग करता रहूँगा। उस समय मेरा मानना सिर्फ इतना था कि यदि हम राजनीति से पूरी तरह दूर रहते हैं तो अयोग्य व्यक्ति को अपने ऊपर शासन का अधिकार दे देते हैं।

लेकिन एक दिन की घटना ने कब राजनीति से मुझे पूर्ण रुप से जोड़ने का मार्ग खोल दिया, मुझे पता ही नहीं चला।

मैं हॉस्पिटल में बैठा था। दोपहर का समय था। मैं पेशेन्ट देख रहा था। काफी भीड़ थी वहाँ पर। एक कार बाहर आकर रुकी। सबसे पहले नरसिंह देव बाहर निकले। उनके पीछे गनर एवं दो अन्य लोग जिन्हें चेहरे से मैं पहचानता था मगर नाम नहीं जानता था। सभी सीधे मेरे पास आये।

''आइये...।'' मैं उठ खड़ा हुआ- ''नमस्कार।''

''नमस्कार...।'' उन्होंने दोनों हाथ जोड़े।

इशारा पाकर वे कुर्सी पर बैठ गए। मैंने अन्य को भी बैठने का संकेत किया पर वे 'न-न' कर खड़े रहे।

''डॉक्टर साहब...।'' नरसिंह देव का चेहरा गम्भीर था।

''आपसे कुछ बात करना है।''

''जी, बताइये...।'' मैंने कहा।

उन्होंने इधर-उधर मरीजों पर एक दृष्टि फेंकी, फिर बोले- ''डॉक्टर साब, आपसे एक निवेदन करना है...।''

''जी...।'' सिर हिलाया मैंने।

''डॉक्टर साब, आप बहुत अच्छे डॉक्टर हैं, आप बहुत ब्रिलियन्ट डॉक्टर हैं, मरीज आपकी बड़ी प्रशंसा करते हैं। कई मरीजों को आपकी वजह से नया जीवन मिला। आपने मरीजों को लूटने वाले, डॉक्टरों को अच्छा सबक

सिखाया है। आप वास्तव में बहुत महान डॉक्टर हैं। मुझे पता है, गरीब मरीजों के भगवान हैं आप...।''

''चेयरमैन साहब...।'' मैं बीच में बोला- ''धन्यवाद, आपको कि आप मेरे बारे में अच्छे विचार रखते हैं। मैं तो बस अपने प्रोफेशन से समाज का कुछ भला करने की कोशिश कर रहा हूँ। अच्छा है, जितना भला कर सकूँ...।''

''हाँ डॉक्टर साहब..., काफी दिनों से आपसे बात करने की इच्छा थी। मैं माफी चाहता हूँ, गजराज ने जो आपके यहाँ आकर अभद्रता की थी। आप कहें तो माफी मँगवा दूँ गजराज से...।''

''नहीं...नहीं, इसकी ज़रुरत नहीं चेयरमैन साब...।'' मैंने कहा, यद्यपि गजराज वाली घटना मुझे हमेशा कचोटती थी- ''मैंने उस घटना को भुला दिया है। छोटी- छोटी बातों को मैं याद नहीं रखना चाहता। बड़ी खुशी हुई, आज आप यहाँ पधारे...।''

''डॉक्टर साब... एक निवेदन है आपसे...।'' वे कुछ सोचते हुए बोलो।

''जी ?''

''चेयरमैनी का चुनाव होने वाला है, मैं आपका समर्थन चाहता हूँ।'' उन्होंने दोनों हाथ जोड़े।

कुछ समय के लिए मैं शब्दविहीन हो गया। एक रसूखदार आदमी मेरे दरवाज़े पर आकर मदद माँग रहा था।

''बड़ी उम्मीद से आपके पास आया हूँ।'' उनके हाथ जुड़े रहे।

एकाएक ही एक बड़े कूटनीतिज्ञ लगे वे मुझे। पीछे गनर ने गन पर हाथ फिराया। मरीज सन्नाटे में बैठे थे, व्याकुल भी लग रहे थे, उन्हें विलम्ब हो रहा था।

''चेयरमैन साहब, क्या कर सकता हूँ मैं आपके लिए ?'' मैंने पूछा, यद्यपि अब मैं उनका आशय समझ रहा था।

''डॉक्टर साब, आप तो जानते हैं। सत्यप्रकाश नेता मेरे खिलाफ चुनाव

लड़ रहा है। बहुत खुराफाती है वह। खुराफात की कमाई ही खाता है। सभी भले पैसे वाले लोगों को ब्लैकमेल करना ही उसका काम है। झूठी शिकायत की धमकी देकर लोगों से पैसे वसूलना उसने धंधा बना रखा है। तमाम लोगों की झूठी शिकायतें कर उसने लोगों को हलाकान कर रखा है। मेरी भी कई शिकायतें शासन-प्रशासन से कर रखी हैं...।''

मैं सिर हिला-हिलाकर उनकी बात सुन रहा था। वह कहे जा रहे थे- ''डॉक्टर साहब, उसने मेरी पचासों शिकायतें कीं परन्तु आज तक मेरा बाल बांका नहीं हुआ क्योंकि उसकी शिकायतों में कोई सच्चाई नहीं होती। अगर मैं उसे कुछ पैसा देना शुरु कर दूँ तो चुप हो जायेगा। लेकिन ऐसे असामाजिक तत्वों के सामने झुकना तो एक तरह से समाज के साथ विश्वासघात करना है डॉक्टर साहब। पहले वह बड़े लोगों के पास बैठता है, फिर धीरे-धीरे उनकी ही किसी बात को जानकर शिकायत कर देता है। आप सीधे-साधे डॉक्टर हैं, सुना है आजकल उसने आपके आसपास अपना जाल बिछा रखा है...।''

''नहीं...नहीं, उसने हमारे यहाँ तो कोई जाल नहीं बिछाया।'' उनकी बात काटकर बोलना मुझे ज़रुरी लगा।

''डॉक्टर साहब, दरअसल सभी के साथ उसने ऐसा किया है। पहले लोगों को पता नहीं चलता। पहले लगता है कि वह बहुत भला आदमी है। लेकिन वह बहुत टेढ़ा है डॉक्टर साब, आप उसे मुझसे बेहतर नहीं समझ सकते। पहले उसकी मेरे साथ भी ऐसी ही करीबी थी। मैंने उसको पहले बहुत संरक्षण दिया लेकिन बाद में वह आस्तीन का साँप साबित हुआ...।''

एकाएक कठोर हुआ उनका स्वर - ''मेरी जगह यदि और कोई होता डॉक्टर साब तो जान से मरवा देता ऐसे आदमी को।''

उनकी बात पर मुझे अन्दर ही अन्दर क्रोध आया, लेकिन मैं वाद-विवाद नहीं करना चाहता था। मेरा मन हुआ कि कहूँ कि मुझे सब पता है कि सत्यप्रकाश ने आपकी शिकायत क्यों की ?

मैं चुपचाप उनकी बात सुनता रहा।

''डॉक्टर साब, मेरा निवेदन है आपसे, आप उस आस्तीन के साँप से

दूर रहिये। कईयों को डसा है उसने, आप जानते हैं शर्मा जी और सक्सेना जी डॉक्टर साहब को। आपको पता नहीं होगा सक्सेना जी इसके परिवार का फ्री इलाज करते थे। इसके बाद भी इसने उनकी शिकायत कर दी। आपके साथ भी भविष्य में वो ऐसा ही करेगा।''

''नहीं चेयरमैन साब, मैं ऐसा कोई काम नहीं करता कि कोई मेरी शिकायत कर सके।'' मेरा मूड कुछ उखड़ा।

''अरे साब...।'' वह ज़ोर देकर बोले- ''शिकायत करने के लिए क्या गलती मिलना ज़रुरी है। कुछ भी बनाकर लिख दिया। बाद में सिद्ध हो न हो पहले तो आदमी परेशान हो ही जायेगा। प्रशासन और अफसरों को तो आप जानते हैं।''

''चलिए ठीक है...।'' नरसिंह देव की बातों से मुझे घृणा होने लगी, मरीजों की परेशानी भी दिखाई दे रही थी - ''...चेयरमैन साब, मैं आपकी सलाह पर विचार करुँगा।''

''डॉक्टर साहब, सत्यप्रकाश बहुत कमीना आदमी है। क्षेत्र में आपका बड़ा नाम है। जनता आपको चाहती है। आपने उसका समर्थन किया तो निश्चित रुप से काफी वोट मिल जायेंगे उसको। जीतेगा तो वह पक्का नहीं डॉक्टर साहब, उसका खुद का कोई वोट नहीं। उसका बाप भी उसको वोट न देगा। उसका बाप मेरा आदमी है। वह खुद अपने लड़के की खुराफातों से परेशान है। पता कर लेना आप। लेकिन आपके समर्थन से यदि वह दो-तीन हजार वोट ले गया तो भी यह समाज के हित में नहीं होगा। आप नहीं जानते उन वोटों को भी आगे वह विधायकी, सांसदी के चुनाव में यह कहकर कैश करायेगा कि देखो मेरे पास दो-तीन हजार वोट हैं। इस प्रकार वह आगे चुनाव लड़ने वाले लोगों से इन वोटों के जरिये पैसे कमायेगा। अधिकारियों को दबाव में लेगा कि मेरा इतना वोट है सड़क जाम करा दूँगा, आंदोलन कर दूँगा।''

''ठीक है चेयरमैन साहब...।'' मैंने उन्हें विदा करने वाले अंदाज में कहा।

''ठीक डॉक्टर साब चलते हैं। आशा है आप हमारा निवेदन स्वीकार

करेंगे। राजनीति बहुत अच्छी चीज़ भी है और बहुत बुरी भी। ये लोगों को आसमान पर भी ले जाती है और जमीन में भी गाड़ देती है। अच्छे लोगों को इससे दूर ही रहना चाहिए। इसे हम जैसे लोग ही झेल सकते हैं। सत्यप्रकाश जैसे असामाजिक तत्व को आगे बढ़ाकर आप हलदाना के विकास के लिए बाधा नहीं बनेंगे। ऐसी उम्मीद है।"

अन्त में हाथ मिलाकर जब नरसिंह देव विदा हुए तो बरबस मेरे मुँह से एक गहरी साँस निकल गई।

एक बार तो मेरे मन ने कहा कि मुझे राजनीति से दूर रहना चाहिए। नरसिंह देव की बातें मुझे चेतावनी लग रही थीं। गजराज सिंह वाली घटना भी बार-बार दिमाग में टक्कर मार रही थी। मरीजों की चिकित्सा करके मैं समाज की भरपूर सेवा कर सकता हूँ, राजनीति के पचड़े में झंझट ही झंझट है। खुराफाती लोगों से बुराई-भलाई हो रही है। सत्यप्रकाश से कह देना चाहिए, भाई ये राजनीति मेरे बस की बात नहीं, मैं पूरी तरह इससे विड्रॉ करता हूँ, तुम्हारी राजनीति में मेरा कोई समर्थन-विरोध नहीं, बाकी सब मामलों में मैं तुम्हारे साथ हूँ। मेरा मन हुआ उससे कह दूँ कि सत्यप्रकाश तुम भृष्टाचार का कचरा साफ करने के लिए दुनिया भर की शिकायतें करते फिर रहे हो और मेरे पास सुबह-शाम बैठते हो, इससे लोगों में संदेश जा रहा है कि मैं तुमको संरक्षण दे रहा हूँ। जिनकी शिकायत तुम करते हो वो तुम्हारे साथ मुझे भी दुश्मन की नजर से देखने लगते हैं। इससे मैं तनाव में हूँ। मरीजों पर ध्यान नहीं दे पा रहा हूँ। मेरा अस्पताल प्रभावित हो रहा है, मेरी राजनीतिक हलचलों के कारण।

कुछ दिन मैं भारी मानसिक उथल-पुथल के दौर से गुजरा। क्या करना चाहिए, क्या नहीं करना चाहिए ? समझ नहीं आ रहा था।

एक दिन मेरा मन विचारों से स्थिर हुआ। सत्यप्रकाश आया। उसके पास तो तथाकथित खुराफातों की बातों के अलावा कोई अन्य बातें ही नहीं थीं। जो उसकी बातें मुझे हमेशा अच्छी लगतीं थीं उस दिन नागवार गुजरीं। वह हमेशा की तरह चटखारे लेकर बता रहा था कि किसकी क्या शिकायत उसने की, किसकी जाँच में जाँचकर्ता ने क्या कहा?

"सत्यप्रकाश, तुम्हारी इन शिकायतों से क्या हुआ आज तक ?" उखड़े

हुए मूड में मैंने कहा।

"ऊपर वाले के घर देर है, अन्धेर नहीं डॉक्टर साब।" चिरपरचित अंदाज से कहा उसने।

"कितनी देर लगेगी। तुम हमेशा कहते हो उसके खिलाफ अब कार्यवाही होने वाली है, उसके खिलाफ अब कार्यवाही होने वाली है। सालों सुनते हो गया। आज तक किसी को कोई दण्ड नहीं मिला। क्या फायदा तुम्हारी शिकायतों का ? बुराई अलग दुनिया से होती जा रही है।" मैं फट पड़ा।

मेरी आवाज़ की तेजी सुनकर एकाएक वह स्तब्ध रह गया- "डॉक्टर साब... अब...सब ठीक ही है।" उसके मुँह से मात्र इतना ही निकला।

"राजनीति बहुत गन्दी चीज़ है। एक का साथ दो दूसरे से बुराई हो जाती है। तुम भृष्ट लोगों का, समाज में जो गलत हो रहा है, उसका विरोध करते हो, शिकायत करते हो, कुछ होता है क्या...?" उसी प्रकार जारी रहा मेरा कहना- "जाँच अधिकारी कागज के चंद टुकड़ों में बिक जाता है। शिकायतकर्ता उम्मीद लगाकर बैठा रहता है कि अब कुछ हो रहा है, तब कुछ हो रहा है। कोई फायदा नहीं ऐसी समाज सेवा से। तुम्हें क्या मिला आज तक ? नरसिंह देव जैसे लोगों की गालियाँ जिनकी शिकायत की। लड़ाई-झगड़े हुए। थानों, अदालतों के चक्कर लगाना पड़े। अपना काम, बीबी बच्चे छोड़कर तुम भागते रहे। क्या मिला ? छोड़ो ये सब।"

वहाँ कुछ क्षणों के लिए सन्नाटा छा गया।

"डॉक्टर साब, कुछ हमें मिला हो या नहीं, लेकिन भृष्ट, माफिया जैसे लोग परेशान तो हुए। अगर इनको कोई कुछ न कहेगा तो इनके हौंसले बहुत बुलंद हो जायेंगे। सबको खा जायेंगे जे।" सत्यप्रकाश बोला पर उसकी आवाज़ धीमी थी।

"तो सबको खाये जाने से बचाने का ठेका क्या एक आदमी लेगा ?"

"कोई न कोई को तो सामने आना पड़ेगा डॉक्टर साब।"

"देखो सत्यप्रकाश, मैंने तय कर लिया है। मुझे अब तुम्हारी राजनीति और समाजसेवा से कोई मतलब नहीं। मैं डॉक्टर हूँ और मेरे लिए सबसे

बड़ी सेवा मरीजों का इलाज है।" मैंने एकदम स्पष्ट कह दिया। मेरे ऐसा कहते ही फिर वहाँ सन्नाटा छा गया।

"क्या कह रहे भैया ?" सुरेश को जैसे विश्वास नहीं हुआ।

"ठीक कह रहा हूँ, मैंने अपना पूरा ध्यान अपने प्रोफेशन पर लगाने का फैसला कर लिया है।"

"फिर भैया, चेयरमैनी के चुनाव का क्या होगा ? इतने दिन से लगे थे आप?"

"जो भी करना हो सत्यप्रकाश को, वह स्वतंत्र है।"

"डॉक्टर साहब, हमें कछू नहीं करना। करवा तो आप रहे थे। जब आप कह रहे कि हमें समाज के लिए काम करके क्या मिला ? तो सही बात है मिला तो कछू नहीं। गाँठ का पैसा और टैम अलग से खो दिया। बिलकुल ठीक कह रहे आप। आप तो मालिक हो हमारे। आपका कहा सर माथे पर. ..अब बिलकुल खुराफात नहीं करना। चुनाव-वुनाव सब खतम...आज से कान पकड़े। डॉक्टर साब, जैसा कहेंगे, हमें तो वो करना...।" अन्त में उसने कान पकड़ लिए।

"हाँ, बिलकुल, ये सब बन्द।" मैं उठकर दूसरे कमरे की ओर बढ़ गया।

* * * * *

ट्रिन...ट्रिन...ट्रिन...ट्रिन... घंटी जाती रही पर दूसरी ओर से फोन न उठा।

मैंने फिर रीडायल कर दिया।

घंटी फिर जाती रही पर फोन न उठा।

मैंने रिसीवर रख दिया।

बेचैनी में मैं कमरे में टहलने लगा। पिछले दस मिनट में मैंने नरसिंह देव को चार बार फोन लगा दिया था। मुझे उनसे बात करने की व्यग्रता थी। मैं जल्दी से जल्दी उनसे बात करना चाहता था।

बेचैनी में मैं कमरे से निकलकर बालकनी में पहुँच गया। रात के ग्यारह बज रहे थे। सामने नेशनल हाईवे पर दौड़ती गाड़ियों को देखने लगा, वहाँ से गुजरती गाड़ियों की स्पीड का अनुमान लगाने लगा। लेकिन अधिक देर वहाँ न खड़ा रहा। बेचैनी मुझे पुनः टेलीफोन तक ले आई।

मैंने फिर नम्बर रीडायल कर दिया।

दूसरी ओर से दूसरी ही रिंग में फोन उठ गया।

"हैलो...।" आवाज़ सुनाई दी।

"हैलो...डॉक्टर प्रभात बोल रहा हूँ।" आवाज़ पहचान ली मैंने।

"अरे, डॉक्टर साहब...नमस्कार...नमस्कार...।" नरसिंह देव के स्वर में भी व्यग्रता झलकी।

"नमस्कार चेयरमैन साहब...।" मैं अभी भी बेचैन था – "कैसे हैं आप ?"

"बढ़िया, कैसे याद किया डॉक्टर साब ?" कुछ जिज्ञासा थी आवाज़ में।

"कुछ बात करने के लिए तकलीफ दी है आपको।" लपेट वाले शब्दों का प्रयोग मैं भी सीख चुका था।

"ये तो हमारी खुशनसीबी है साहब, बोलिए।" लपेटने के तो बादशाह होते हैं राजनीतिक व्यक्ति।

"चेयरमैन साब...।" मेरा स्वर गम्भीर हो गया- "आपकी बात पर काफी सोचा-विचारा मैंने...आपकी बात मेरे दिल को छू गई। मुझे लगा कि मुझे राजनीति में किसी प्रकार भी भागीदारी नहीं करनी चाहिए। मैं राजनीति के लिए नहीं बना हूँ। मरीजों की सेवा मेरा फर्ज भी है और सबसे बड़ी समाज सेवा भी।"

"सर...आप महान हैं सर...।" नरसिंह देव की आवाज़ खुशी से चहक उठी- "इसीलिए मैं आपके पास आया था। इतने बड़े बुद्धिजीवी हैं आप, अन्यथा आता ही नहीं आपके पास। हर आदमी के पास नहीं जाता मैं। लेकिन मुझे लगता था कि आपसे बात करना चाहिए। हलदाना को एक डॉक्टर

के रुप में आपकी बहुत ज़रुरत है। आपके स्तर का कोई डॉक्टर क्षेत्र में नहीं है। आप राजनीति में रहते तो मरीजों के साथ अन्याय होता। राजनीति तो हम जैसे लोग कर ही रहे हैं। मैं चेयरमैन हूँ, आप जो आदेश करेंगे वहीं होगा। समझिए कि आप ही चेयरमैन हैं।''

''मैंने सत्यप्रकाश से कह दिया है कि तुम्हारी खुराफातों में अब मैं साझीदार नहीं रहूँगा। मैं आपको बताना चाहता हूँ कि अब आप अपनी राजनीति कैसे भी करिये। सत्यप्रकाश से मेरा सम्बन्ध रहेगा तो उसके सामाजिक, राजनीतिक, क्रियाकलापों को छोड़कर।''

''धन्यवाद डॉक्टर साहब...बहुत-बहुत धन्यवाद, हम आपके हमेशा आभारी और ऋणी रहेंगे। सत्यप्रकाश से तो हम निपट लेंगे डॉक्टर साब, हमारे लिए आप महत्वपूर्ण थे।'' उन्होंने नवनीत लेपन किया, मुझे काफी अच्छा लगा।

''चलिए, मेरे सिर से एक बोझ उतर गया...।'' मैं कुछ क्षण कुछ न बोला तो वे पुनः बोले- ''वास्तव में लोग आपकी प्रशंसा यूँ ही नहीं करते। और सुनाइये डॉक्टर साब ?'' नरसिंह देव मेरी ओर से पूरी तरह सन्तुष्ट और आश्वस्त हुए लगने लगे।

''ठीक हूँ, मरीजों की सेवा कर रहा हूँ।'' ठंडा स्वर मेरा।

''बहुत महान काम कर रहे हैं आप।'' या तो नरसिंह देव के पास शब्द नहीं थे या वे बात समाप्त करना चाह रहे थे।

''धन्यवाद चेयरमैन साब...अच्छा, रखता हूँ फोन।''

''ठीक, सर...ठीक।''

''गुड नाईट।''

''गुड नाईट।'' आवाज़ आई और फोन उन्हीं की ओर से डिस्कनेक्ट हुआ।

* * * * *

"सुरेश भैया...सुरेश भैया...।" हॉस्पिटल के बाहर दीवार के सहारे अपनी साइकिल खड़ी कर वह युवा हॉल की ओर भागा, जहाँ सुरेश के बैठने की टेबिल और चेयर लगी थी। वह बेचैन और घबराया हुआ था। सभी की निगाहें उसकी तेज आवाज़ के कारण उसकी ओर आकृष्ट हुई।

"क्या बात है, दीपक ?" उसकी हालत देखकर अपने काम में लगे सुरेश ने काम रोककर दृष्टि उसके ऊपर डाली।

"भैया वो...सत्यप्रकाश को...मारा।" घबराहट में वह पूरी बात नहीं कह पा रहा था।

"सत्यप्रकाश को मारा...।" बुरी तरह चौंका सुरेश - "किसने...क .. . कहाँ ?"

"पता नहीं भैया किसने मारा...वहाँ है बड़े तालाब के पास।" उसने फिर अधूरी सी जानकारी दी।

"ठीक-ठीक बताओ दीपक, आराम से...।" उसने दीपक के कंधे पर हाथ रखा- "क्या हुआ, ठीक से बताओ पूरी बात ?"

"सुरेश भैया, मैं बाज़ार गया था, दुकान पर खड़ा था, वहाँ दो-तीन लोग मोटर साइकिल से आये, वे बता रहे थे कि कुछ लोगों ने बड़े तालाब की बन्धी के नीचे सत्यप्रकाश नेता को खूब मारा। हाथ-पैर तोड़ दिए। बहुत खून बह रहा है।"

"ठीक से सुना तुमने...।" सुरेश के माथे पर गहरे बल पड़ गए -

"सही कह रहे थे वे लोग ?"

"वे सही कह रहे थे भैया, उसके बाद और भी लोग पीछे से आये, वे भी जे ही बता रहे थे। आपका अस्पताल पास था इसलिए मैं भगता यहाँ चला आया आपको बताने।"

"आओ...।" हाथ में ली दवा की शीशी अलमारी में रख सुरेश ने तेजी से गैलरी पार की...।

"क्या बात है सुरेश ?" उसे लगभग दौड़कर आते देख मैं चौंका।

''भैया, ये बता रहा है...बन्थी के पास किसी ने सत्यप्रकाश के ऊपर हमला कर उसे घायल कर दिया है।'' सुरेश तेजी से बता गया।

''क्या कह रहे हो ?'' मुझे विश्वास नहीं हुआ।

''हाँ, डॉक्टर साब, सही बता रहा है ये।'' दीपक ने कहा।

''चलो...चलते हैं वहाँ...चलो सुरेश ... रामकिशोर को बुलाओ...।'' फिर अपने ड्राइवर रामकिशोर को आवाज़ देकर मैं बाहर गेट पर खड़ी अपनी कार की ओर लपका।

मेरे पीछे-पीछे सुरेश और दीपक थे। रामकिशोर बाहर ही बैठा था। उसने चाबी लगाकर गाड़ी खोल दी।

मैं गाड़ी में बैठने ही वाला था कि अस्पताल की ओर आ रही टैक्सी को देखकर रुक गया।

टैक्सी कुछ क्षणों में ही सामने आकर रुक गई। मैंने देखा कि खून से लथपथ सत्यप्रकाश को कुछ लोग सम्भाले हुए थे।

''अन्दर ले चलो...सुरेश ...।'' मैं चिल्लाया। मैंने देखा वह अचेत था, उसकी गर्दन झूली हुई थी, पल्स चल रही थी। हाथों, पैरों सिर में चोट देखकर मैं समझ गया कि चोटें गम्भीर भी हो सकती हैं।

अस्पताल का पूरा स्टाफ सत्यप्रकाश को जानता था तत्काल सभी उसके इलाज में जुट पड़े।

आधा घण्टे में उसे होश आ गया।

''चिन्ता मत करना सत्यप्रकाश, तुम ठीक हो।'' सबसे पहले मुझे उसे धीरज बँधाना उचित लगा।

''उसने आँखें हर एक कोण पर घुमाई...फिर बन्द कर लीं।'' जाहिर था वह काफी दुर्बलता अनुभव कर रहा था।

''डॉक्टर साब...।'' वह समझ गया था कि वह कहाँ है, हल्की कराहट के साथ आँखें बन्द किए ही वह बोला- ''छह जने थे गजराज ने पीछे से पकड़ दिया था। हम हलीम चच्चा के इधर जा रहे थे।''

"सभी को पहचानते हो तुम ?" मैंने पूछा।

"दो तो बेही थे जो यहाँ आये थे, गजराज के साथ धम्मू और लंगड़ा। और हमने देखे तो हैं नाम नहीं पता।" कुछ पल आँखें खोलकर उसने फिर बन्द कर लीं।

"उल्टी तो नहीं आ रही, सिर में कितना दर्द है ?" मैंने देख लिया था कि उसकी सिर की चोट ही गम्भीर हो सकती थी। शेष कुछ घाव और एक फ्रैक्चर हाथ में था जो गम्भीर नहीं था।

"नहीं।" उसने धीरे से सिर हिलाया।

बाहर घरघराहट की आवाज़ आई। मैंने खिड़की से बाहर देखा। पुलिस वाले जीप से उतर रहे थे।

* * * * *

"डॉक्टर साहब...नमस्कार।" दूसरी ओर से आने वाली आवाज़ ने तत्काल मुझे और मैंने तत्काल उसे पहचान लिया। आवाज़ नरसिंह देव की थी।

"नमस्कार...।" मेरा स्वर न चाहते हुए भी शुष्क हो गया।

"डॉक्टर साहब, बहुत परेशान हूँ मैं।"

"क्यों ?" उनके शब्दों से मैं उनके आशय को भाँपने का प्रयास कर रहा था।

"ये गजराज मुझे कहीं का नहीं छोड़ेगा, इससे इतना कहा कि लड़ाई-झगड़ा मत किया करो। मानता ही नहीं क्या करें, समझ नहीं आता। गुण्डों की छवि बनाता जा रहा है ये हमारे परिवार की। कल देखिये कैसे सत्यप्रकाश से उलझ गया। मारपीट कर दी...।"थ्ट

"मारपीट नहीं की चेयरमैन साहब...।" मेरा स्वर और भी तीखा हो गया- "अटेम्प्ट टू मर्डर था। सिर में गहरी चोट है, रह-रहकर बेहोश हो रहा है। जल्दी रिकवर न हुआ तो मर जायेगा।" बेहोश होने की बात मैंने झूठ बोल दी। ये बात मैंने पहले ही सोच ली थी।

“अरे नहीं डॉक्टर साब, बिलकुल नहीं, वहाँ खड़े चश्मदीद बता रहे थे कि गजराज को देखकर सत्यप्रकाश पहले से गालियाँ देने लगा था। एक आदमी ने मना भी किया लेकिन नहीं माना। गालियाँ देते हुए कह रहा था,...कि चेयरमैनी निकाल दूँगा। गजराज बता रहा था कि उसने सत्यप्रकाश को वहाँ से चले जाने की चेतावनी भी दी पर वह भिड़ा रहा। इसी के बाद गजराज ने उसे ठोका। उसने भी गजराज पर कई लाठियाँ मारीं। उसे भी काफी चोट लगी है, सिर में भी लगी है। सुदर्शनपुर में एडमिट है वह, मुझसे झूठ नहीं बोलता गजराज, डॉक्टर साब, सत्यप्रकाश का क्या वह तो फिरता ही है लड़ने को, वह तो कहेगा ही कि जान से मारने की कोशिश की...।”

“चेयरमैन साहब, उसकी चोटों को देखकर तो ऐसा ही लगता है कि मारने में कोई कसर नहीं छोड़ी गई।”

“डॉक्टर साहब, निवेदन है आपसे इलाज की रिपोर्ट ऐसी न बनाना कि कोर्ट में कठिनाई हो। चोटों को मामूली लिख देना। भाई है अपना। क्या करें, कितना भी सुअर क्यों न हो, है तो अपना खून...।”

“चेयरमैन साब, मैंने अपने पेशे में कभी कोई गलत या झूठ काम नहीं किया। अपने प्रोफेशन से धोखा करने में मेरी आत्मा मुझे बहुत कोसती है।” मैंने कुछ संकेत किया।

“डॉक्टर साब..., जिन्दगी में लड़ाई-झगड़े तो होते ही रहते हैं। राजनीति में तो ये आम है। सत्यप्रकाश भी अभी कहीं और लड़ेगा, गजराज भी कहाँ मानता है, हम आपको तो मिलजुल, खुशी, हँसी जीना है। इन बेवकूफों को रोकना है, बचाना है। आप सत्यप्रकाश को समझाइये, आपकी बात मानेगा वह, मैं गजराज को समझाऊँगा। दोनों में सुलह करा देंगे। क्यों जिन्दगी खराब होने दें दोनों की।”

“कोशिश करेंगे चेयरमैन साहब।” सपाट एवं संक्षिप्त बोला मैं।

“हाँ, डॉक्टर साहब, बड़ा एहसान होगा आपका हमारे परिवार पर...।” बड़ी मँझी हुई प्रभावित करने वाली भाषा बोले जा रहे थे वे - “कोर्ट-कचहरी से जितना बचा जाये उतना अच्छा। गजराज कह रहा था कि डॉक्टर साहब से भी माफी माँगना है। दिल का अच्छा है वह, कह रहा था

कि डॉक्टर साहब के यहाँ जाकर मैने बहुत गलत किया था, बहुत कचोटती है वह घटना उसको। ध्यान रखना डॉक्टर साब उसका।''

''हूँ।'' मेरा सिर रिसीवर पर ही हिल गया।

''और डॉक्टर साहब, क्या हाल-चाल हैं ?'' औपचारिकता पर उतरे नरसिंह देव।

''बस बढ़िया।''

''बच्चे ठीक हैं ?''

''हाँ बढ़िया।''

''अच्छा सर, ठीक है, रखता हूँ ध्यान रखिये पिलीज।'' मैंने रिसीवर क्रेडिल पर रख दिया।

* * * * *

धीरे-धीरे चलकर आता सत्यप्रकाश मेरे सामने बैठ गया। मैं पेशेंट्स का चेकअप कर रहा था। उसके बगल में आकर सुरेश भी बैठ गया। शेष बचे मरीजों को निपटाने में मुझे लगभग आधा घण्टा और लगा। तब तक दोनों

धीरे-धीरे बातें करते रहे।

मेरे फुरसत होते ही दोनों ने नज़रें मेरी ओर स्थिर कर दीं।

मैंने गौर से सत्यप्रकाश को देखा। सिर पर दो पट्टियाँ क्रास में बँधी थीं। बाँया हाथ गले में पड़ी पट्टी के सहारे झूल रहा था, उसमें दो जगह फ्रैक्चर था। चेहरे पर कई जगह नीले निशान मद्धिम पड़ते जा रहे थे।

''क्या हाल है ?'' मुस्कुराया मैं सत्यप्रकाश को देखकर।

''आशीर्वाद है आपका...।'' उसने मुस्कुराने का प्रयत्न तो किया पर मुस्कुरा न सका।

''भैया, सत्यप्रकाश के सिर का घाव लगता है पक रहा है ?'' सुरेश ने अभी-अभी उसकी पट्टियाँ बदलवाई थीं।

"कोई खास बात नहीं...।" कहते हुए मैंने पर्चे पर एन्टीबायोटिक दवा लिखकर सुरेश की ओर बढ़ाया- "पहले वाली एन्टीबायोटिक की जगह ये दे दो। दो-तीन दिन में कम हो जायेगा।"

"डॉक्टर साहब, जे पलस्टर कब कटेगा ?" सत्यप्रकाश ने पूछा।

"लड़ने का कुछ फल तो मिलेगा...।" मैं फिर मुस्कुराया - "बहुत जल्दी है प्लास्टर कटवाने की।"

"भैया, मेरा विचार है, ये चेयरमैनी का चुनाव न लड़े इसीलिए...गजराज ने डराने के लिए हमला किया है।" सुरेश ने कहा।

"सुरेश भाई साब...।" यद्यपि वह सुरेश से उम्र में बड़ा था फिर भी उसे भाई साहब कहता था, वह आगे बोला- "डॉक्टर साहब मना कर रहे थे चेयरमैनी लड़ने को, सो हमने तो वैसे भी लड़ना कैंसिल कर दिया था। बेकार में बिचारों ने हमें मारके जेल की हवा खाई। सज़ा होगी सो अलग।"

"सत्यप्रकाश...।" मेरे चेहरे पर खिंचाव आ गया - "अब तुम चुनाव लड़ोगे।"

"का कह रहे डॉक्टर साब, जे चुनाव से दूर रहना ही ठीक है साब, हमने तो आपकी बात बिलकुल मान ली थी। उस दिन से चुनाव का तो नाम ही भूल गए थे हम।"

"भूल गए थे तो अब फिर से याद कर लो।" मैंने कहा तो सुरेश और सत्यप्रकाश आँखे फाड़कर मेरी ओर देखने लगे। मैंने आगे कहा - "तुम अब हर हालत में चुनाव लड़ोगे। तुम्हारे साथ बहुत जघन्यता की है गजराज सिंह ने। उसे तो हम सज़ा दिलवायेंगे ही और देखते हैं नरसिंह देव की ताकत को, पहुँच को। मैंने सोचा नहीं था कि इतने घटिया आदमी होंगे ये लोग कि राजनीति के लिए किसी की जान लेने पर उतारु हो जायेंगे। ऐसे लोगों से झुकना अपने जीवन का तिरस्कार करना है, ऐसे लोगों के दबाव में कोई समझौता करना अगर हम जैसे लोग शुरु कर देंगे तो फिर तो सभ्य समाज बचेगा ही नहीं।"

मैं चुप हो गया लेकिन सुरेश और सत्यप्रकाश मेरी ओर देखते रहे... चुपचाप।

* * * * *

नरसिंह देव से अब सीधी बुराई हो गई। मेरा तो यही मानना था। उस वक्त मैं यही मानता था लेकिन मेरा सोचना गलत था दरअसल नरसिंह देव से बुराई नहीं बल्कि दुश्मनी हो गई थी।

गजराज सिंह द्वारा सत्यप्रकाश पर हमले के मामले में मैंने अपने डॉक्टरों से कहकर ज़ोरदार मेडिकल रिपोर्ट बनवाई। जिसके आधार पर उसे कोर्ट में बड़ी सज़ा मिलने की पूरी सम्भावना थी। मेरे हॉस्पिटल से विपरीत रिपोर्ट जाने के बाद मुझे उम्मीद थी कि नरसिंह देव का फोन मेरे पास ज़रुर आयेगा। लेकिन ऐसा नहीं हुआ। मैंने अच्छी तरह से सोच लिया था कि यदि नरसिंह देव का फोन आता है या स्वयं नरसिंह देव आते हैं तो मुझे किस बात पर क्या कहना है, मैंने बिलकुल भी दबाव में न आने का निर्णय कर लिया था।

मेरी अब तक कोई राजनीतिक हैसियत नहीं थी। मैं कभी न तो किसी अधिकारी से किसी काम से मिला था न ही मैं समझता था कि मेरी कोई सामाजिक हैसियत है। मैं तो बस अपने प्रोफेशन के दायरे में कैद एक सामान्य डॉक्टर ही था, जिसे मरीजों की सेवा के कारण मरीजों और उनके परिवारों का स्नेह ज़रुर प्राप्त था। एक बात ये ज़रुर अलग हटकर थी कि हलदाना के तत्कालीन एस०डी०एम० के एक करीबी रिश्तेदार का इलाज सफलतापूर्वक मेरे द्वारा किया गया था। एस०डी०एम० त्रिपाठी ने अपने इस रिश्तेदार के इलाज के लिए मुझसे सम्पर्क किया था। इसके लिए वे मेरे पास कई बार आये थे।

दरअसल उनके पेशेंट को डाइजेशन की प्रॉब्लम थी। तमाम डॉक्टर्स से ट्रीटमेण्ट के बाद भी वह संतुष्ट नहीं थे। मैंने एक बार में जान लिया कि उनके मसल्स वीक हैं। ऐसे मरीज पाँच सौ में एक होते हैं, जिनको थोड़ा सा खाने में ही पेट भरा महसूस होने लगता है, एसिड बनता है और डाइजेशन के लिए नियमित मेडीसिन लेना पड़ती है। और वे डरे-डरे रहते है कि किसी गम्भीर बीमारी तो उनके अन्दर डेवेलप नहीं हो रही है जिसके कारण रोज उन्हें लेक्जेटिव लेना पड़ रहा है। ऐसे पेशेंट इच्छानुसार न खाने और और थोड़ा सा खा लेने के कारण बेचैन हो जाते हैं और इससे उत्पन्न होने वाली

निराशा की भावना के कारण मानसिक तनाव में रहते हैं, दुर्बल भी रहते हैं। मैंने पेशेंट को समझाया कि वे अपनी इस समस्या को बीमारी न मानें यह प्रॉब्लम दरअसल आपकी बॉडी के नेचर से उत्पन्न है। अतः आपके लिए नेचुरल है। आप खाने में फ्रूट एवं बेजीटेबल का उपयोग अधिक करें, थोड़ा-थोड़ा खायें। ईसबगोल की भूसी खाने में कोई हर्ज नहीं है, वह एक प्रकार से पार्ट आफ फूड है, प्रतिदिन घूमने जायें और विभिन्न व्यायामों द्वारा अपने शरीर में अधिक से अधिक आक्सीजन पहुँचायें, आक्सीजन कमाल की नेमत है। मृत अंगो को भी जीवित करने की क्षमता रखती है। मेरी बातें उनको सही लगीं। उन्होंने रेगुलर फालो किया और कुछ ही माह में उनको काफी आराम हो गया। इसके बाद एस०डी०एम० त्रिपाठी से मेरी काफी घनिष्टता हो गई। उनके परिवार का इलाज मैं ही करने लगा।

सत्यप्रकाश पर गजराज के हमले के मामले में त्रिपाठी जी का हस्तक्षेप बहुत काम आया। नरसिंह देव ने गजराज पर लगे केस को हलका कराने की बहुत कोशिश की, लेकिन मैंने त्रिपाठी जी को सारी सच्चाई अक्षरशः बताई थी, सत्यप्रकाश की स्वयं की छवि भी प्रशासन में अच्छी थी। इस कारण लम्बे समय तक उसकी ज़मानत भी न हो सकी, यहाँ तक की नगर पालिका के चुनाव तक भी उसकी ज़मानत नरसिंह देव की भरपूर कोशिशों के बाद नहीं हो पाई।

नगर पालिका का चुनाव करीब आता गया। सत्यप्रकाश की उम्मीदवारी घोषित हो चुकी थी। नरसिंह देव पुश्तैनी पैसे वाले थे। चेयरमैन के पद पर भी उन्होंने करोड़ों कमाया था। चुनाव में उन्होंने पैसा पानी की तरह बहाया।

सत्यप्रकाश के पास तो पैसा था नहीं लेकिन मैं महसूस कर रहा था कि हलदाना के लोगों की यह धारणा बन गई है कि सत्यप्रकाश को चुनाव लड़वाने वाला प्रमुख व्यक्ति मैं ही हूँ, अतः मैं स्वयं को उस समय चुनाव में नरसिंह देव के सामने प्रतिद्वंदी के रुप में खड़ा पा रहा था। इस कारण सत्यप्रकाश के चुनाव के लिए पर्याप्त धन व्यय करने में मुझे कोई कष्ट नहीं हुआ।

सत्यप्रकाश ने चेयरमैन की बहुत सी शिकायतें कर रखी थीं। त्रिपाठी जी का इसमें सहयोग मिला। एक के बाद एक जाँचों ने नरसिंह देव के प्रति जनता में ऐसी हवा बना दी कि वह भ्रष्टाचार में जेल जाने वाले हैं। जनता

में एक संदेश यह भी जा रहा था कि डॉ० प्रभात सत्यप्रकाश को सहयोग कर रहे हैं, इसलिए उनके बड़ी संख्या में जो पेशेंट है वे सत्यप्रकाश का समर्थन कर रहे हैं। वास्तव में यह सच भी था। मैंने भावनात्मक रुप से अपने से जुड़े मरीजों से सत्यप्रकाश के लिए समर्थन माँगा था और मैं कहूँगा कि हमारे मरीजों ने दिन-रात एक कर दिया चुनाव प्रचार में।

और जिस दिन नगर पालिका चुनावों का परिणाम आया उस दिन मुझे पहली बार लगा कि वक्त अब वास्तव में मेरे साथ है, सितारे चल रहे हैं मेरे...सत्यप्रकाश भारी बहुमत से चुनाव जीत गया था।

हलदाना तहसील की बाउण्ड्रीबाल में लगे विशाल गेट से सत्यप्रकाश के बाहर आते ही भीड़ चिल्लाई...

''सत्यप्रकाश''....................''ज़िन्दाबाद..।''

''सत्यप्रकाश''....................''ज़िन्दाबाद..।''

लेकिन दोनों हाथों को ऊपर कर भीड़ को रोकते हुए सत्यप्रकाश चिल्लाया...

''प्रभात कुमार''....................''ज़िन्दाबाद..।''

''प्रभात कुमार''....................''ज़िन्दाबाद..।''

और जब ये जयकार मेरे सामने आई तो बरबस एक बार आँखे भर आई।

* * * * *

समय अपनी गति से चलता रहा। सत्यप्रकाश 'चेयरमैन साब' हो गया। किसी भी महत्वपूर्ण मामले में वह मेरी सलाह लेना न भूलता यद्यपि मैं उससे यही कहता कि यार अपनी चेयरमैनी तुम अपने ढंग से करो, मुझे डॉक्टरी करने दो, लेकिन वह पहले की तरह शाम को जीवन ज्योति में अपनी हाजिरी लगाना न भूलता। दो साल से अधिक बीत गया था मेरे निर्देशन में उसके द्वारा किए जाने वाले कार्यों से हलदाना की तस्वीर बदलती दिखने लगी। मेरा

अस्पताल अब इतना पापुलर हो गया कि मरीजों की भीड़ संभालना प्रतिदिन कठिन होता। अस्पताल के एक मंजिला भवन को तीन मंज़िला करवाने के बाद भी जगह कम पड़ रही थी। अल्ट्रासाउंड, एक्सरे, पैथोलॉजी आदि की सुविधा अस्पताल में ही स्थापित हो गई थी। अस्पताल में विशेषज्ञ, एम०डी०, एम०एस० डॉक्टर्स की सुविधायें भी मरीजों को प्रदान की जाने लगी थी। यद्यपि हलदाना में कोई भी स्पेशलिस्ट डॉक्टर नहीं था फिर भी मेरे अस्पताल में मरीजों की भारी संख्या देखकर सुदर्शनपुर से हफ्ते में एक या दो दिन डॉक्टर्स खुशी-खुशी आते।

सुदर्शनपुर डॉक्टरों द्वारा मरीजों की लूट का केन्द्र था। अधिकांश स्थापित डॉक्टर लूटमार में विश्वास रखते थे, इसलिए मैंने अपेक्षाकृत नए डॉक्टर्स को अपने हॉस्पिटल में सेवायें देने के लिए बुलाया। उनसे मेरा यही निवेदन रहता था कि पेशेंट को इलाज में कम से कम धन खर्च करना पड़े। मैं कहूँगा कि मैं भाग्यशाली रहा कि मुझे कोई भी नया डॉक्टर ऐसा नहीं मिला जिसने मेरे कहने के अनुसार सेवाभाव से मरीजों का इलाज न किया हो। कहना पड़ेगा कि हमारे देश के युवाओं को, बच्चों को यदि मानव कल्याण के रास्ते पर चलने के लिए प्रेरित किया जाये तो ऋषियों की इस प्राचीन धरती कि तासीर कुछ ऐसी है कि ज्यादा प्रयास नहीं करने पड़ते, लोग त्याग करने के लिए तैयार हैं, कोई उन्हें रास्ता तो दिखाये।

सामान्य बीमारियों के अधिकांश डॉक्टर्स की सेवायें जीवन ज्योति में होने के बाद भी आधे से अधिक मरीज प्रतिदिन मेरी ओ०पी०डी० में ही होते थे। मरीजों का मुझमें विश्वास बढ़ता ही जा रहा था और यह सोचते हुए मुझे आज भी आत्मसन्तुष्टि होती है कि मेरे यहाँ आने वाले नाईन्टी फाइव परसेण्ट से भी अधिक पेशेंट्स को रिलीफ न मिलने के कारण अन्यत्र नहीं जाना पड़ता और न ही पैसे के अभाव में इलाज बन्द करना पड़ता है।

उस दिन मैं अपने रुम में ओ०पी०डी० कर रहा था दोपहर के लगभग तीन बज रहे थे। मरीजों की भीड़ छँट चुकी थी।

मेरा नियम था, एक बार में एक ही पेशेन्ट मेरे रुम में एंटर कर सकता था। मरीजों को जल्दी-जल्दी निपटाने को मैं अपने पेशे से अन्याय मानता हूँ।

डॉक्टर एक कन्सलटेन्ट होता है। मरीज सर्वप्रथम उससे सलाह लेने

आता है और हमारे यहाँ डॉक्टर्स मरीज को सलाह तो देते ही नहीं सीधे दवाईयाँ लिख देते हैं। और अधिकांश मरीज भी यह धारणा रखते हैं कि डॉक्टर से चेकअप का मतलब है उससे दवाईयाँ लिखवा लेना है।

उस दिन का वह क्षण जब एक पेशेंट के अन्दर होने के बावजूद मेरे रुम का दरवाज़ा खुला मेरे लिए अविस्मरणीय बन गया।

मैंने दरवाज़े की ओर अकस्मात देखा तो कुछ देर के लिए मेरा 'मैं' मेरे से बाहर हो गया।

''हाय डॉक्टर...डॉक्टर प्रभात।'' वही आवाज़ जो कानों में स्थाई बसेरा बनाकर बैठी थी।

मैंने पलकें झपकाईं, वही है, जिसकी आवाज़ है ये, मैंने अपने से कहा और झटके से खड़ा हो गया।

''सा...रिका।'' मेरे मुँह से पूरा नाम ठीक से नहीं निकल पाया।

''बुढ्ढी नहीं हो गई हूँ अभी, डॉक्टर तुम्हारी आई साईट वीक लगती है।'' बोलने का ढंग बिलकुल वही, जरा भी परिवर्तित नहीं था।

''सारिका...व्हाट अ सरप्राइज...।'' अब मैं सामान्य हुआ, खुशी से मेरी आँखें फैल गईं - ''मुझे विश्वास नहीं हो रहा है, तुम मेरे सामने हो, मी सो हैप्पी।''

''क्यों क्या सोच रक्खा था मैं अब इस दुनिया में नहीं होऊँगी।'' उसने आँखें तरेरी, ठीक पहले की तरह, मैंने वर्ष गिन लिए इसी बीच अट्ठारह साल से भी अधिक समय बाद देख रहा था मैं उसे। एकदम याद था मुझे इण्टरमीडिएट में सत्रह साल की थी वह और उसके बाद अट्ठारह बरस और बीत गए थे। काफी परिवर्तन आ गया था उसमें लेकिन खूबसूरती में कोई कमी नहीं, आवाज़ में वहीं खनक, चुलबुलापन, वही विश्वास।

पेशेंट बाहर निकल चुका था। हम दोनों को दो-चार बार देखकर मेरा असिस्टेंट भी रुम के बाहर निकल गया।

''नहीं...नहीं...।'' कुछ हड़बड़ाकर उत्तर दिया, मैंने उसकी बात का - ''कैसे भूल सकता हूँ तुम्हें।'' कहकर मैं मुस्कुराया।

"क्यों...क्यों नहीं भूल सकते...क्या, बिछुड़ी हुई प्रेमिका हूँ मैं तुम्हारी ?" खिलखिलाते हुए उसने आँखें गड़ा दीं मेरे ऊपर।

"नहीं...नहीं।" मैं फिर उसी तरह हड़बड़ा गया जैसे वर्षों पहले उसके मजाक पर घबरा जाता था।

"क्यों-क्यों नहीं भूल सकते ?" वार पर वार करने की उसकी आदत जस की तस थी।

"कैसे भूल सकता हूँ ? तुम्हारी वजह से ही तो आज यहाँ बैठा हूँ।" मुस्कुराते हुए हाथ जोड़ दिए, कुछ संजीदा हो उठा मैं।

"ओ हो, डॉक्टर के साथ - फिलोसॉफर भी हो गए हो।" मेरे जुड़े हाथों को उसने अपनी हथेलियों में ले लिया। बगल में बैठ गई थी वह मेरे।

सिहरन दौड़ गई मेरे शरीर में। जींस और टी शर्ट में अब वह मुझे पहले से अधिक खूबसूरत लगी। कीमती...परफ्यूम, का मद्धिम झौंका मेरे शरीर के रोम-रोम में दौड़ता प्रतीत हुआ।

"सर...।" तभी असिस्टेंट ने बाहर से रुम का दरवाज़ा खोला।

"क्या ?" मेरे हाथ अपनी ओर खिंचे।

"पेशेंट पूछ रहे हैं कितना टाइम लगेगा ?"

"बोलो थोड़ी देर में देखते हैं।" मेरे मुँह से तेजी से निकला।

उसने वापिस दरवाज़ा बन्द कर दिया।

असिस्टेंट के आने पर भी वह हथेलियाँ उसी तरह रखे रही थी। उसके जाने के बाद ही उसने अपने हाथ खींचे।

"कैसे हो प्रभात ?" अब वह कुछ गम्भीर हुई।

"अब तो बहुत अच्छा हूँ।" उत्तर दिया मैंने

"तुम काफी बदल गए हो।"

"परिवर्तन तो प्रकृति का नियम है।"

"शादी तो कर ली होगी ?"

"हाँ, बहुत अच्छी है मेरी वाइफ।"

"अच्छे लोगों के साथ अच्छा ही होता है, बच्चे ?"

"एक बेटा, एक बेटी है।"

"सो स्वीट...।" वह फिर चहकी-"मिलवाओगे नहीं ?"

"आज ही मिलवा दूँगा।"

"बच्चों को बुआ से।" उसने आँखों में आँखें डालीं, शरारत फिर बाहर आई।

"राईट।" संक्षिप्त उत्तर दिया मैंने मुस्कुराते हुए।

"तुम्हारे कुछ पेशेंट वेट कर रहे हैं।" जैसे उसे कुछ याद आया।

"हाँ...।" परेशानी उभरी मेरे चेहरे पर- "मैं उन्हें दूसरे डॉक्टर के पास भेज देता हूँ।" मैं सारिका का साथ नहीं छोड़ना चाहता था।

मैंने घंटी बजाई।

असिस्टेंट प्रकट हुआ।

"रमन, जो पेशेंट बचे हैं उन्हें डॉ० सुमित के पास भेज दो। उनसे कहना कोई दिक्कत नहीं होगी सुमित को दिखा दें। मैं सुमित से बोल देता हूँ।"

"जी सर...।" सिर हिलाकर वह चला गया।

"बड़े क्रूर हो यार...।" असिस्टेंट के जाते ही उसने आँखें तरेरीं- "मेरे बारे में कुछ नहीं पूछा।"

"हाँ...हाँ, बताओ, कहाँ हो आजकल, क्या कर रहीं हो ?"

"डॉक्टर प्रभात, मैं डॉ० सारिका बंसल इस समय दिल्ली के लाजपतराय हॉस्पिटल में नौकरी कर रही हूँ।" उसने एक लाइन बोलकर कुछ जानकारी दी।

"ओहो...।" मैं हँसा - "तो मैडम ने कहाँ तक डॉक्टरी पढ़ी ?"

"एम०एस०...एम०एस०... पेट चीरती हूँ पेशेंट का।" उसने आँख और मुँह फैलाया तो अब मुझे यकीन हो गया कि दिल से अभी तक वास्तव वह बिलकुल नहीं बदली।

"ओह...मुझसे तो बहुत बड़ी डॉक्टर हो, आय सेल्यूट यू।" मैंने कहा।

"ओके...ओ.के...और सुनो, मेरे पतिदेव वहीं कन्सलटेंट फिजीशियन हैं...और बच्चों के मामले में भी तुमसे कम नहीं हूँ। एक बेटा, एक बेटी दो बच्चे मेरे भी हैं।" कहकर उसने एक बार फिर होंठ चौड़े कर दिए।

"वाऊ सारिका, डॉ० सारिका एम०एस०, इच्छा हो रही है अपनी कोई सर्जरी करवा लूँ तुमसे।" मैं भी मौज में आ गया।

सुनकर वह ज़ोर से खिलखिलाई।

"तुम तो लंदन चली गई थीं इंटरमीडिएट के बाद ?" हमेशा से जिज्ञासा थी मेरे अंदर जानने की।

"हाँ...।" जैसे किसी ने जख्म कुरेद दिया हो उसका, गम्भीर हो गई वह- "जब ये डिसीजन हुआ कि मुझे बुआ जी के पास लंदन भेजा जायेगा तो बहुत रोई थी मैं, बहुत कहा था मम्मी-पापा से मैंने लेकिन अपनी खबर, पता नहीं कैसे लग गई उनको...एक नहीं सुनी किसी ने मेरी। मैं वहाँ धकेल दी गई। मुझे कभी नहीं भूल सकते वे दिन, लंदन का माहौल...कहाँ हमारा प्यारा हलदाना, कहाँ लंदन...सभी अपने-अपने में व्यस्त, ऐसे लगता था वहाँ लोगों के पास शब्द नहीं हैं, आँखों ही आँखों में बात कर लेते हैं, हालांकि वह उस समय की सोच थी। बुआ जी और उनकी फैमिली बहुत प्यार करती थी मुझे, पर लंदन कभी अच्छा नहीं लगा, आज भी अच्छा नहीं लगता... मुझे तो नहीं लगता। हालात से अधिकांश लोग समझौता कर लेते हैं, मुझे भी करना पड़ा। सोच विचारकर मैंने पढ़ाई में खूब मन लगाने का फैसला किया। इससे मुझे अपनी यादों से छुटकारा मिला फिर दिन, महीने, साल गुजरते गए, वहीं मैंने एम०बी०बी०एस० किया, फिर वहीं एम०एस०। बीच-बीच में कभी यहाँ आई तो तुम्हारा कुछ पता न चला। मम्मी-पापा भी नहीं छोड़ते थे। एक बार इतना भर मालूम हुआ था कि तुम सुदर्शनपुर में हो। नाईन्टी में मेरी

शादी हो गई। मेरे हस्बैंड लंदन बेस्ड एन०आर०आई० फैमिली को बिलॉन्ग करते थे। ही इस वेरी लवली परसन। हम लोग शादी के बाद वहीं प्रैक्टिस करते रहे। इधर पापा-मम्मी एज बढ़ने के साथ फिजीकली शैटर कर रहे थे। मैं उनकी अकेली बेटी, किसके सहारे रहते वे यहाँ। हमने बहुत कहा कि इंग्लैण्ड आ जाओ पर आने को बिलकुल तैयार नहीं हुए। कार्तिक बहुत ही केयरिंग हैं। उसी ने प्रपोज किया कि दिल्ली चलकर रहते हैं, वहाँ से मैं माँ-पापा के पास आसानी से आ-जा पायेंगे। उसे इंडिया में अच्छा भी लगता है, मेरी तरह। एट लास्ट हम सोच विचार कर छै महीने पहले डेलही सैटल हो गए।''

'गाड ब्लैस यू आल...।'' उसके रुकते ही मेरे मुँह से भावुक स्वर फूटा- ''बहुत अच्छा किया अंकल-आँटी की सेवा के लिए। तुम्हें बेटी ही नहीं बेटे का फर्ज भी पूरा करना है, उनके लिए।''

''मैं करुँगी, कोई क्षण मैं उनकी ज़िन्दगी में नहीं आने देना चाहती हूँ जब वो महसूस करें कि उनका बेटा नहीं है।'' वह भी भावुक हो गई।

एक खामोशी छा गई।

''वाऊ प्रभात...।'' उसने फिर आँखें और मुँह फैलाया- ''क्या बढ़िया हॉस्पिटल बना लिया, वाऊ सुदर्शनपुर चले गए थे तुम, कब कहाँ मेडिकल एजूकेशन किया, ये हॉस्पिटल तुम्हारा ही है ?''

उसने कहा तो हँसी आ गई मुझे कुछ बनावटी गर्व से मैं बोला- ''जी मैडम, प्रभात कुमार ही मालिक है इस जीवन ज्योति हॉस्पिटल का और मेरी मेडिकल एजूकेशन है ये।'' कहकर मैंने अपना बाँये हाथ का अंगूठा उसके सामने कर दिया।

''क्या मतलब ।'' वह बिलकुल नहीं समझी।

''इसका मतलब है बी०टी०एम०टी०।'' मैं ज़ोर से मुस्कुराया।

''क्या ?'' उसके कुछ न समझने और गम्भीर मुद्रा को देखकर मैं हँस पड़ा।

''बैंचलर आफ ठेंगा एण्ड मास्टर, आफ ठेंगा।'' कहकर ज़ोर से एक

बार फिर हँसा मैं।

''क्या मतलब, एजूकेशन बताते हुए बहुत मस्ती आ रही है ?'' वह मुस्कुराई, समझ गई कि कुछ गड़बड़ है।

''सारिका जी, सच्चाई ये है कि डॉक्टर प्रभात कुमार के पास आपके जैसे कोई महान डिग्री चिकित्सा विज्ञान की नहीं है, मैं प्लेन आर०एम०पी० हूँ...।'' कहते हुए मैंने अपने डॉक्टर बनने की पूरी कहानी, संघर्ष की अपनी पूरी यात्रा उसे बता दी।

''ग्रेट...।'' उसने अपने बाँये हाथ की मुट्ठी से ठोड़ी को सहारा सा दिया- ''आय सेल्यूट यू डियर प्रभात। यू आर ग्रेट...तभी तो सारिका बंसल प्रभात कुमार की फ्रैंड थी।'' कहने के साथ उसने फिर खिलखिलाने का बहाना ढूँढ़ लिया।

''जब ऐसा है ही तो मैं डॉ० सारिका का कुछ फायदा उठाना चाहूँगा।'' हम बातचीत में उन्नीस सौ अटहत्तर के स्तर पर पहुँच चुके थे।

''क्या ?'' उसने आँखें तरेरीं।

''फायदा।'' मैंने आवाज़ में शरारत का पुट दिया।

''क्या...ओ।'' वह व्यग्र हुई।

''अरे यार डॉ० सारिका, तुम लंदन में पढ़ी बेहतरीन सर्जन हो। हमारे हॉस्पिटल में कोई लेडी डॉक्टर नहीं है। तुम्हें हलदाना मम्मी-पापा के पास आते रहना है। जब यहाँ रहो तो अपना कुछ समय हमारे हॉस्पिटल को दे दिया करो। भला होगा लोगों का। हलदाना में टाईम भी कैसे कटेगा ?''

''डन...।'' उसने तत्काल अंगूठा उठा दिया - ''मुझे मजा भी आएगा, हलदाना में प्रैक्टिस करने में। मन्थ में टेन डेज तो यहाँ रहना ही है। जब तक पापा-मम्मी दिल्ली रहने के लिए तैयार नहीं होते।''

पता नहीं क्यों ? उसके मेरा प्रस्ताव स्वीकार करते ही मुझे लगा जैसे कोई खजाना मिल गया हो।

* * * * *

सारिका ने 'जीवन ज्योति' में बैठना शुरु कर दिया। जब लोगों को पता लगा कि लंदन रिटर्न्ड लेडी डॉक्टर यहाँ है तो जैसे लोग कुछ ऐसे ही इन्तजार में बैठे हों। महिला मरीजों की लाइन लग गई। एक बार तो ऐसा लगा जैसे महिलायें बड़ी संख्या में बीमार हैं, एक और बड़ी बात हुई, उसके हस्बैंड डॉ० कार्तिक ने भी माह में कुछ दिन मरीजों के सेवार्थ ओ०पी०डी० करने का प्रस्ताव किया। मेरे लिए तो ये अपार खुशी का अवसर था कि इतना बड़ा डॉक्टर मरीजों की सेवा के लिए निःस्वार्थ तैयार हो गया था। अभी तक तो मैं यही सोचता था कि बीमारी का गहराई से निदान मैं ही सोचता हूँ। लेकिन कमाल के डॉक्टर थे कार्तिक। मुस्कुराता प्रफुल्लित चेहरा और मरीजों के प्रति अपार करुणा, पहले मैंने किसी डॉक्टर में नहीं देखी थी। सुदर्शनपुर के अस्पतालों से खिंचकर मरीज हलदाना आने लगे। डा० कार्तिक की दो दिन की ओ०पी०डी० में मरीजों की इतनी लाइन लगती कि भीड़ सम्भालना मुश्किल हो जाता।

गजब के कपल थे सारिका और डॉ० कार्तिक, बल्कि ये कहना चाहिए गजब के कपल है सारिका और डॉ० कार्तिक, सारिका है कि कभी चुप होने का नाम नहीं लेती और डॉ० कार्तिक ने जैसे कभी न बोलने की कसम खा रखी हो, लेकिन मुस्कुराने का स्टेमिना उतना ही ज़बर्दस्त जितना सारिका में बोलने का।

जिस दिन सारिका डॉ० कार्तिक को लेकर जीवन ज्योति आने वाली थी, उसके पहले उसने मुझे फोन कर कहा - 'प्रभात, ट्वेल्व ओ क्लाक पर मैं और कार्तिक हॉस्पिटल आयेंगे, और याद रखना मेरा किट्टू अच्छा तो बहुत है पर झक्की भी है।' और कहकर खिलखिलाते हुए फोन काट दिया उसने।

जब डॉ० कार्तिक ने सारिका के साथ हमारे हॉस्पिटल में पहला कदम रखा तब हमने खूब खातिरदारी की उनकी। सारा स्टाफ मेरे आदेश पर उनके आगे पीछे डोल गया। मैंने उन्हें पूरा हॉस्पिटल घुमाया। सारिका ने उन्हें पहले ही बता दिया था कि हम बहुत अल्प फीस में मरीजों का इलाज करते हैं। मैंने अपने बारे में काफी कुछ उन्हें बताया। वे बहुत खुश हुए और बिना किसी पैसे के महीने में कुछ दिन ओ०पी०डी० करने की स्वीकृति दे दी। इसके

बाद मेरे और डॉ० कार्तिक के सम्बन्ध लगातार घनिष्ट होते गए। सारिका के कहने के अनुसार मुझे वे कभी झक्की नहीं लगे। शायद सारिका ने उस समय भी मजाक कर दिया था ?

डॉ० कार्तिक को हलदाना बहुत अच्छा लगता। जब भी उन्हें अवसर प्राप्त होता वे हलदाना में दो दिन से अधिक रुकते। उन्हें गाँवों की सैर करने में बड़ा मज़ा आता था। दरअसल पूरी ज़िन्दगी इंग्लैण्ड में बिताने वाले उस शक्स ने भारत के गाँव देखे ही नहीं थे। ग्रामीणों की संस्कृति, परम्परा, रीति-रिवाजों को जानना, देखना उन्हें अच्छा लगता था। एक-दो बार उनके कहने पर मैं उन्हें गाँव में होने वाले विवाह के कार्यक्रम को दिखाने ले गया। गाँव में कोई बीमार दिखाई पड़ता तो उसके इलाज के लिए तत्पर हो जाते।

गाँवों के प्रति डॉ० कार्तिक की रुचि और समाज सेवा की मेरी इच्छा ने मुझे गाँव-गाँव जाकर स्वास्थ्य शिविर लगाने के लिए प्रेरित किया। मैंने डॉ० कार्तिक से कहा कि यदि गाँवों को देखना है, यहाँ के लोगों को समझना, उनकी सेवा करनी है तो वहाँ जाकर स्वास्थ्य शिविर लगाना सबसे बेहतर रहेगा। उन्हें भी बात जम गई, सहर्ष तैयार हो गए, बहुत से ऐसे सहयोगी भी हमें मिल गए जो शिविर आयोजित करने में हमारी मदद करने लगे।

मैं देख रहा था कि डॉ० कार्तिक में लोगों की सेवा करने की भावना मुझसे कम नहीं है। हम दोनों की निकटता देखकर सारिका हमें साढू भाई कहकर चिढ़ाने लगी।

* * * * *

लोग कह सकते हैं कि वह नरसिंह देव की जिन्दगी का टर्निंग प्वाइंट था पर मैं सुनिश्चित धारणा के साथ कह सकता हूँ कि वह मेरी ज़िन्दगी का टर्निंग प्वाइंट था, जब विधानसभा आम चुनाव में नरसिंह देव को सफलता मिली। उनकी किसान मजदूर पार्टी ने पूर्ण बहुत से प्रदेश में सरकार बनाई। अब वे सत्ताधारी पार्टीके विधायक थे। उस समय मैंने दूर-दूर तक नहीं सोचा था कि मेरे जीवन का सबसे महत्वपूर्ण समय कुछ ही महीनों बाद आने वाला है।

राजनीति का कुटिल और चतुर खिलाड़ी विधायक बनने के साथ दुष्टता

और अधमता के स्तर पर आ गया। सत्यप्रकाश से उसका विरोध जगजाहिर था। चेयरमैन के पद पर सत्यप्रकाश ने अपने साढ़े तीन साल के कार्यकाल में हलदाना को चमका दिया था। मैं कह सकता हूँ सत्यप्रकाश के समय में हलदाना जितना साफ-सुथरा कस्बा था वैसा साफ सुथरा टाउन मैंने कभी नहीं देखा। जहाँ कस्बे में पहले जगह-जगह पर गंदगी का अम्बार लगा रहता था, वहाँ कहीं थोड़ी सी भी गंदगी नहीं दिखती थी। सत्यप्रकाश की सख्ती पर सफाई कर्मियों ने तो काम किया ही, सत्यप्रकाश की कर्मठता और विनम्रता ने और भी अधिक काम किया। सफाई को उसने एक आन्दोलन बना दिया। वह पैदल ही अपने कर्मचारियों के साथ भ्रमण पर निकलता और जहाँ कहीं गंदगी देखता स्वयं ही साफ करना शुरु कर देता। लोग पहले तो हँसते लेकिन उसकी गम्भीरता देखकर बाद में स्वयं उसके साथ सफाई में जुट जाते। एक समय वह आया जब लोगों ने खुद ही गंदगी फैलाना बन्द कर दिया। शीघ्र ही कच्ची सड़कें पक्की हो गईं, पक्की सड़कें गड्ढ़ा मुक्त हो गईं, पार्कों का निर्माण हुआ, तालाबों के तटबन्ध बने...बहुत काम हुआ, लोग खुलेआम प्रशंसा करते थे कि पहले तो लुटाई होती रही, काम तो अब हुआ है।

लेकिन सत्ताधारी पार्टियों की तरह इस देश का विपक्ष भी 'महाकल्याणकारी' है। नरसिंह देव के विधायक बनते ही उनके नेतृत्व में लोगों का एक गुट सत्यप्रकाश के विरोध में सक्रिय हो गया। ये वही लोग थे जो पहले नरसिंह देव के चेयरमैन काल में नगर पालिका के ठेकों से लेकर अन्य सभी कामों में ठेकेदारी, कमीशन खोरी में लिप्त रहते थे। इन सभी का दाना-पानी सत्यप्रकाश ने नगर पालिका से बन्द कर दिया था। ये सभी मौके की तलाश में थे। पहले ये चुपचाप थे लेकिन जैसे ही इन्हें नरसिंह देव की सत्ता से ऊर्जा मिली, ये अपना बाहुबल दिखाने लगे। सत्यप्रकाश पर नगर पालिका के कामों में भ्रष्टाचार का आरोप लगाते हुए उसे परेशान और बदनाम करने के लिए एक के बाद एक बहुत सी झूठी शिकायतें ठोक दी गईं। उसकी कुछ शिकायतों में मेरा नाम भी इस आरोप के साथ जोड़ा गया कि नगर पालिका के वर्तमान ठेकेदारों का मुखिया मैं हूँ। मैं ही दूसरों के नाम से ठेकेदारी करता हूँ, इसमें मैंने भारी कमाई की है। मेरे पास करोड़ो की अघोषित काली सम्पत्ति है। अलग से भी मेरे खिलाफ आय से अधिक सम्पत्ति की शिकायत की गई। मेरे ऊपर आरोप लगाया गया कि गुप्त तरीके की

ठेकेदारी और डॉक्टरी से मैंने अकूत दौलत कमाई है, आयकर की भारी चोरी की है। जबकि ये बातें पूर्णतः गलत और विद्वेषपूर्ण थीं।

अन्य तरीकों से भी मेरा, सत्यप्रकाश का और हमारे साथ रहने वाले लोगों का उत्पीड़न किया जाने लगा। सत्यप्रकाश ने मुझे बताया कि डॉक्टर साब पानी सिर से ऊपर जा रहा है, नरसिंह देव के आदमी कोई न कोई बहाना लेकर अक्सर पालिका कार्यालय आ जाते हैं। अनावश्यक गाली-गलौज करते हैं। विधायक तो विभिन्न तरीकों से हमें लड़ने के लिए उकसा रहा है ताकि पुलिस केस बनवाकर हमारे खिलाफ कुछ कार्यवाही करवा सके। मेरे कार्यालय में आकर नरसिंह देव के गुर्गे आपको भी अंट-शंट बकते हैं।

मैं समझ गया कि सत्यप्रकाश झूठ नहीं बोल रहा है और नरसिंह देव मुझसे भी सत्यप्रकाश का सहयोग करने के कारण बदला लेना चाहता है। एक दिन गजराज सिंह ने रेलवे स्टेशन में एक किनारे खड़ी मेरी गाड़ी को अपनी गाड़ी से टक्कर मार दी। मैं रेलवे स्टेशन के अन्दर था। मेरा ड्राइवर दौड़कर मुझे बताने आया। मैं गाड़ी के पास पहुँचा तो गजराज सिंह बदतमीजी से कहने लगा- "डॉक्टर साहब ये आपके अस्पताल की बाउण्ड्री नहीं है कि जहाँ चाहो वहाँ खड़ी कर दो गाड़ी। देखो ये कैसे बीच में खड़ी थी। कितना नुकसान हो गया मेरी गाड़ी का।"

"अरे भाई, इतनी जगह पड़ी है चारों ओर आप कहीं से भी बैक कर लेते।" मैने विनम्रतापूर्वक कहा।

"जगह पड़ी है तो कहीं भी गाड़ी लगा दें ?" वह फिर उखड़ा।

"भाई साब, आपने जानबूझकर बैक करके गाड़ी मारी है।" मेरे ड्राइवर ने गजराज से कहा।

"चुप बे, ज्यादा मत बोल, चार जूते लगाऊँगा।" गजराज ने आगे लपककर उसे हड़काया। ड्राइवर सहमकर रह गया।

"डॉक्टर साहब, गाड़ी कायदे से चलवाया कीजिए।" अब उसने मुझे चेतावनी दी।

"तुम भी कायदे से चलाया करो।" मुझे गुस्सा तो काफी आया लेकिन संयमित रहना ही मैंने उचित समझा।

"मुझे मत समझाओ डॉक्टर, सारी डॉक्टरी घुसेड़ दूँगा।"

बड़ी-बड़ी आँखे खोलकर उसने धमकी दी और गाड़ी स्टार्ट कर चला गया।

उस घटना ने मेरे दिमाग में भारी उथल-पुथल मचा दी।

* * * * *

डॉक्टर कार्तिक द्वारा स्वास्थ्य शिविर आयोजित करने का जो कार्यक्रम शुरु करवाया गया। वह कार्यक्रम गाँव दर गाँव बढ़ता गया। अब हम इसे सप्ताह में एक दिन आयोजित करने लगे, हमने इस प्रकार का प्लान बनाया कि पूरे जिले के लोगों को इसका लाभ प्राप्त हो सके। हमने कोशिश की कि प्रत्येक पचास बाई पचास किलोमीटर के केन्द्र में स्थित गाँव में कैम्प आयोजित किया जाये। इस प्रयास में हम काफी सफल रहे। इस प्रकार क्रम से प्रत्येक केन्द्र में शिविर आयोजित होता और एक माह में एक केन्द्र में दो बार शिविर लग जाता। हम इलाज का मात्र इतना ही पैसा लोगों से लेते जिसमें हमारा खर्च निकल आये। लाभ उठाने की कोई इच्छा भी नहीं थी, और मजबूरी भी नहीं सामने आई। जीवन ज्योति से पर्याप्त आय प्राप्त हो रही थी।

स्वास्थ्य शिविर में मैं ही जाता था। क्योंकि डॉक्टरों को भेजता तो काफी पैसा खर्च होता और उसका इन्तजाम कठिन होता। इलाज शुरु करने के पहले मेरा प्रथम कार्य होता था कि एकत्रित मरीजों को स्वास्थ्य से सम्बन्धित सामान्य जानकारियाँ देना ताकि वे अपने स्वास्थ्य के प्रति कुछ जागरुक हो सकें। मरीजों के लिए मेरी पहली कोशिश होती थी कि आयुर्वेदिक, देशी नुस्खों से उनका इलाज हो सके, बहुत सी देशी दवाईयाँ ग्रामीणों के आसपास होती हैं पर उन्हें ज्ञात नहीं होता कि किस प्रकार की उनकी बीमारी है और उनके आसपास कौन सी जड़ी-बूटी आदि है जिससे उनका इलाज हो सकता है। ऐसा करते-करते एक समय तो स्थिति यह आ गई कि ग्रामीण छोटी-मोटी बीमारियों का इलाज स्वयं करने लगे। हर एक केन्द्र से मैंने अपनी तरह कुछ प्रभात कुमार खोजने की कोशिश की। हर जगह युवा मिले जिनको हमने अपने पास जीवन ज्योति में रखा और छोटी-मोटी बीमारियों का इलाज करना

सिखाया फिर वापिस उन्हें उनके गाँव भेज दिया।

ये युवा गाँव जाकर लोगों का प्रारम्भिक इलाज करने लगे। हमने इन्हें विशेष निर्देश दे रखा था कि छोटी-मोटी बीमारी का इलाज करने की ही कोशिश करें। फायदा न दिखे तो तुरन्त हमसे सम्पर्क करें। लोगों को स्वास्थ्य के प्रति जागरुक बनाने के लिए हमने उन्हें योग एवं विभिन्न व्यायामों की जानकारी भी दी। स्वास्थ्य शिविरों से लोगों को बहुत लाभ हुआ। जनता खुले हृदय से हमारी प्रशंसा करने लगी। साथ ही आसपास के उच्च डिग्रीधारी डॉक्टरों की दुकानें बन्द हो गई। इसके कारण मुझे इन डॉक्टरों के कोप को सदैव झेलते रहना पड़ा। वे लगातार मेरी प्रैक्टिस को बन्द कराने की साजिशें करते रहे। लेकिन मैं इससे बेखबर अपना काम करता रहा। अपने जिले में अपने इस कार्यक्रम की सफलता के बाद मैंने इसे आसपास के जिलों में क्रमशः बढ़ाना प्रारम्भ कर दिया। अपने इस स्वास्थ्य कार्यक्रम के लिए हमें मानव संसाधन की कमी प्रायः नहीं पड़ी क्योंकि बड़ी संख्या में हमने युवाओं को 'स्वास्थ्य दूत' के रुप में प्रशिक्षित किया।...जी मैंने जीवन ज्योति के द्वारा प्रशिक्षित इन युवाओं को 'स्वास्थ्य दूत' का नाम ही दिया। क्योंकि इनका प्रथम कार्य लोगों को स्वस्थ रहने की जानकारी देना और तत्पश्चात देशी तरीकों से इलाज करना ही था। यद्यपि इनमें से कुछ युवा बाद में पूरी डॉक्टरी करने लग गए। जिन्होंने ऐसा किया उनको हमने अपने स्वास्थ्य कार्यक्रम से बाहर भी कर दिया। लेकिन कुल मिलाकर आज भी हमारे इस कार्यक्रम से लाखों गरीबों को स्वास्थ्य लाभ प्राप्त हो रहा है एक और बात का उल्लेख भी ज़रुरी है। सत्यप्रकाश ने प्रारम्भ से ही हमारे स्वास्थ्य कार्यक्रम में बढ़-चढ़कर हिस्सा लेना शुरु कर दिया था। नब्बे प्रतिशत अवसरों पर गाँवों में लगने वाले स्वास्थ्य शिविरों में उसकी सक्रिय भागीदारी होती थी। शिविरों की व्यवस्था बनाये रखने वाले कुछ लोगों में वह भी एक प्रमुख व्यक्ति था। वह तो ऐसा व्यक्ति था कि ज़रुरत पड़े तो कहीं भी स्वयं झाड़ू लगा दे। नगर पालिका चेयरमैन के पद पर उसका कार्यकाल लगभग चार साल का होने वाला था। एक साल बाद नए चुनाव होने थे। नरसिंह देव की उसे बदनाम करने, परेशान करने की अनेक कोशिशों के बाद भी सत्यप्रकाश पर जनता का विश्वास बढ़ता जा रहा था। हलदाना के एक स्वास्थ्य शिविर की चर्चा ज़रुरी है। हमारे स्वास्थ्य शिविरों की प्रशंसा दूर-दूर तक होने लगी थी। उस दिन हमने अपने

कार्यक्रम में जिलाधिकारी को आमंत्रित किया था, विधायक होने के नाते नरसिंह देव को भी आमंत्रित किया था। जिले भर के पत्रकार भी आमंत्रित थे। मंच से सभी ने हमारे स्वास्थ्य कार्यों की खूब प्रशंसा की। हलदाना के कुछ प्रबुद्ध नागरिकों ने सत्यप्रकाश के कामों की भी बहुत प्रशंसा की। डॉ० कार्तिक और सारिका भी उस दिन उपस्थित थे। डॉ० कार्तिक ने सत्यप्रकाश को हलदाना के लिए वरदान बताते हुए स्वास्थ्य शिविरों की सफलता का सेहरा उसके सिर पर बाँध दिया। इसी झोंक में मैंने भी सत्यप्रकाश की तारीफों के पुल बाँध दिए मैं भूल गया कि वहाँ क्षेत्रीय विधायक माननीय नरसिंह देव जी बैठे हैं। सत्यप्रकाश की प्रशंसा के पुल बाँधते हुए मैं बोल गया कि हलदाना विधानसभा के भविष्य के विधायक हैं सत्यप्रकाश। बाद में मुझे अपने कथन की गहराई का अहसास हुआ। लेकिन ज़ुबान से निकली बात वापिस नहीं आ सकती थी। बाद की घटनाओं से मुझे पता भी चल गया कि उस दिन की मेरी बात नरसिंह देव के हृदय में कितनी गहराई तक प्रवेश कर गई थी।

* * * * *

रक्षाबंधन का दिन था। अस्पताल का काफी स्टाफ छुट्टी पर था। पर मैं अपने निर्धारित समय दस बजे ओ०पी०डी० करने पहुँच गया। मरीजों की सेवा करके मुझे प्रत्येक दिन त्योहार जैसी खुशी की अनुभूति होती थी। चेक अप करते हुए लगभग दो घण्टे ही बीते थे कि बाहर तेज शोरगुल सुनाई दिया। साथ में अन्य लोगों के साथ सत्यप्रकाश की आवाज़ें। मैं रुककर कोलाहल सुनने लगा।

तभी तेजी से सत्यप्रकाश ने कमरे में प्रवेश किया।

"डॉक्टर साब, बहुत गजब हो गया।" वह सामने आते ही तेजी से बोला।

"क्या हुआ ?" मैं खड़ा हो गया।

"आओ बाहर आओ।" उसने इशारा किया। मैं बाहर निकलकर वेटिंग हॉल में पहुँचा।

"ये राममूरत है साब...।" उसने फर्श पर पड़े एक व्यक्ति की ओर

संकेत किया - "गजराज के लड़के ने इसको बुरी तरह पीटा है, जान से मारने की कोशिश की।"

मैंने देखा राममूरत नाम का व्यक्ति फर्श पर पड़ा कराह रहा था। उसके शरीर पर काफी खून भी था। एक महिला और एक लड़की उसके पास सिसक रही थीं।

"इसको अन्दर ले जाओ।" सत्यप्रकाश कुछ बताना चाह रहा था पर उसके पहले मुझे घायल का इलाज शुरु करना उचित लगा।

"सुरेश इसको अन्दर ले जाओ, डॉ० श्रीवास्तव से अटैण्ड करने को बोलो।" पास खड़े सुरेश से कहा मैंने।

"जी भैया।" तत्परतापूर्वक सक्रिय हुआ वह।

"क्या हुआ ?" मैंने सत्यप्रकाश की ओर देखा।

"डॉक्टर साब...।" वह हाथ पकड़कर मुझे एकान्त में ले गया- "नरसिंह देव के परिवार के अत्याचार बढ़ते जा रहे। ये राममूरत है, हाट बाजार मुहल्ले में रहता है। इसकी लड़की...ये, जो बैठी है अपनी माँ के साथ अपने भाई के साथ राखी बांधकर कहीं से लौट रही थी। रास्ते में गजराज का लड़का कुछ लड़कों के साथ खड़ा था। इसको रोककर छेड़छाड़ करने लगा। लड़की का हाथ पकड़ लिया उसने और गाड़ी की ओर खींचने लगा। लड़की चिल्लाई तो आसपास के लोग आ गए। वह लड़का, लड़की का हाथ पकड़कर गालियाँ बकने लगा। लड़की वहाँ से जाना चाह रही थी तो जाने नहीं दे रहा था। गाड़ी में बैठने को कह रहा था। आसपास जो लोग बीच-बचाव को पहुँचे, उन्हें गालियाँ देने लगा। किसी ने दौड़कर राममूरत को बताया तो राममूरत वहाँ पहुँचा। इसने लड़कों को डाँटा तो लड़कों ने हॉकी डन्डों से इसकी जमकर पिटाई की, ये गिर पड़ा तो वे सब भाग गए।"

"ओह.. ये तो बहुत गलत हो रहा है।" मेरे मुँह से निकला- "गजराज के लड़के का नाम क्या है ?"

"कुलदीप सिंह, बहुत गुण्डा है, इसका यही काम है, आये दिन लड़कियों को पकड़ने की खबरें मिलती हैं।"

"विधायक से शिकायत करना चाहिए, कोई बोलता क्यों नहीं ?"

"विधायक तो खुद अय्याशी में डूबा है, अपने लड़कों को क्या रोकेगा ? पूरा परिवार छिनरयाई में लगा है। जनता में बड़ा गुस्सा है लेकिन डरते हैं सब।"

"राममूरत से कहो कम्प्लेन्ट करे।" मैंने गुस्से में कहा - "विधायक है तो बहू-बेटियों की इज्जत लूटने का लाइसेंस थोड़ी मिल गया है। कानून के आगे अच्छे-अच्छे ढ़ेर हो जाते हैं।"

बात करते हुए मैं वापिस हॉल में आ गया। महिला और उसकी बेटी अभी भी फर्श पर बैठी थीं।

"आप लोग आराम से कुर्सियों पर बैठ जाइये। कुछ नहीं होगा, सब ठीक हो जायेगा।" मैंने उन्हें धीरज बँधाया।

"आओ, इधर बैठ जाओ।" सत्यप्रकाश ने कोने में रखी कुर्सियों की ओर इशारा किया।

लड़की पहले उठी और कुर्सियों की तरफ बढ़ गई फिर राममूरत की पत्नी उठी।

मैं अपने रुम की ओर बढ़ गया।

"चिन्ता न करो, सबको ठिकाने लगवाबो। न्याय होवे।" अन्दर जाते हुए मेरे कानों में सत्यप्रकाश की आवाज़ पड़ी।

* * * * *

घन…घन…घन…

फोन घनघना पड़ा।

शाम के आठ बज रहे थे। मैं बच्चों के साथ बैठा गपशप कर रहा था।

"हैलो।" मैंने फोन उठाया।

"डॉक्टर प्रभात बोल रहे हो।" दूसरी तरफ से लड़खड़ाती आवाज़ सुनाई

दी।

"जी, बोल रहा हूँ।"

"राममूरत की रिपोर्ट अच्छे से बना देना।" वह आवाज़ फिर लड़खड़ाई।

"क्या मतलब ?" मैं वास्तव में कुछ समझ नहीं पा रहा था।

"मैंने कहा...।" उसने अभद्रतापूर्वक आवाज़ खींची- "राममूरत की रिपोर्ट अच्छे से बना...पहचाना नहीं डॉक्टर मुझको ?"

"नहीं...।" उसकी बदतमीजी पर मेरे माथे पर बल पड़ गए।

"गजराज सिंह बोल रहा हूँ... गजराज सिंह।"

"अच्छा, बोलो।" अब मैं समझ गया कि मामला क्या है ?

"डॉक्टर प्रभात कुमार... श्रीवास, तुमको याद है चार साल पहले तुमने मेरे खिलाफ एक मेडिकल रिपोर्ट बनवाई थी। उसके कारण मुझे सज़ा हुई थी। अब तुम राममूरत को ठोकने में मेरे बेटे के खिलाफ भी मेडिकल रिपोर्ट बनवाओगे...बन...वाओगे न ?"

"हम इलाज करेंगे तो रिपोर्ट भी बनाना पड़ेगी।" मैंने कड़वे स्वर में कहा, मैं समझ गया कि गजराज ड्रिंक किए है।

"डॉक्टर, कान खोलकर सुन लो, अगर मेरे बेटे को तुम्हारे कारण नुकसान हो गया तो छोड़ूँगा नहीं तुमको...।"

"अपने बेटे की बहुत चिन्ता हो रही है, दूसरों की बहू बेटियों को पकड़ता है, गुंडई करता है, इस पर कोई आपत्ति नहीं है...।" गुस्से में मैं बोल गया।

"एक बार और दोहराता हूँ...।" उसने धमकी रिपीट की- "अगर मेरे बेटे को तुम्हारे कारण नुंकसान हुआ तो गोली मार दूँगा...समझ गए।" और उसने फोन काट दिया।

मैंने मानसिक सन्नाटे की अवस्था में माउथपीस रख दिया।

घन...घन...घन...

अभी मैं बैठा भी न था कि फोन फिर बज उठा।

मैं चौका, फोन को घूरता रहा। पूरी रिंग बजकर शान्त हो गई।

कुछ क्षणों बाद पुनः घंटी बजी।

"हैलो।" इस बार फोन उठा लिया।

"डॉक्टर साब...।" दूसरी ओर से सत्यप्रकाश की आवाज़ सुनाई दी- "पुलिस लड़की के बारे में तो कोई रिपोर्ट लिखने को तैयार ही नहीं। इंस्पेक्टर कह रहा था सिर्फ मारपीट हुई है, राममूरत के साथ।"

"लड़की और उसकी माँ को लेकर गए थे कोतवाली ?" मैंने पूछा।

"हाँ साब ले गए थे, सबेरे गए थे सो इंस्पेक्टर था नहीं, बहुत इंतज़ार किया फिर लौट आये। शाम को फिर गए थे। दो घण्टे बैठे रहे फिर उसने मुलाकात की। अभी तो लौटे हैं।"

"हूँ...।" मैं कुछ सोचता जा रहा था- "कल एस०पी० के पास जाओ। लड़की से इंस्पेक्टर ने कुछ नहीं पूछा ?"

"बहुत देर पूछता रहा, अंट-शंट प्रश्न उनसे कर रहा था। लड़की भी बहुत घबरा रही थी। विधायक की चल रही है। उसने पहले ही इंस्पेक्टर को फोन कर दिया होगा।"

"तुम कल उनको लेकर एस०पी० के पास जाओ। अंधेर मचा हुआ है। अभी मेरे पास गजराज का फोन आया था। धमका रहा था कि राममूरत की मेडिकल रिपोर्ट लड़के के विरोध में न जाये।"

"आपको धमका रहा था...।" सत्यप्रकाश का एकाएक स्वर बदला- "डॉक्टर साब, आपको कुछ किया उसने तो साले विधायक को गोली मारुँगा। न बजेगा बाँस न बजेगी बाँसुरी, बहुत हो गया।"

"अरे नहीं, हम समझदार लोग हैं, ऐसे नहीं लड़ेंगे, अपने तरीके से देखेंगे।" मैंने समझाया। वह चुप रहा।

"तुम कल लड़की, राममूरत, उसकी माँ और कुछ लोगों को ले जाकर एस०पी० को सब बताओ और इससे कोई परिणाम न निकले तो परसों से

तहसील में अनशन शुरु कर देना। फिर देखेंगे।'' मैंने निर्णायक स्वर में कहा। अब मैं जानने लगा था कि हिन्दुस्तान में क्या कैसे किया जाता है।

''हाँ डॉक्टर साब, लगता है एस०पी० भी नहीं सुनेगा और ऐसा ही करना पड़ेगा। सब जगह इस मामले की चर्चा है। घर-घर बातें हो रहीं। सब थूक रहे विधायक के परिवार को, कुलदीप की गुडंई बहुत बढ़ गई है। बहुत जनता है अपने साथ, आर-पार की लड़ाई लड़ना ही पड़ेगी।''

''लड़की और राममूरत वगैरह तो नहीं पीछे हट जायेंगे। विधायक उन पर दबाव, लालच देकर चुप तो नहीं करा देगा ?''

''नहीं-नहीं साब, मैं जानता हूँ उसे, इज्जत के लिए झुकने वाला नहीं वो और उसकी औरत कह रही थी कि नाश करा देंगे विधायक की, चाहे जो करना पड़े।''

''ठीक है, तो आर-पार की करा ही दो कब तक चलेगा अन्याय।'' मैंने दृढ़ता से कहा मेरे दिमाग में स्टेशन की घटना और आज का फोन तैर रहे थे। और अपनी वर्तमान परिस्थिति के अनुसार मैं भी किसी के अन्याय को सहने को तैयार नहीं था।

* * * * *

अगले दिन भरवारी गाँव में स्वास्थ्य शिविर निर्धारित था। मैं अपनी टीम के साथ गया।

सत्यप्रकाश राममूरत के मामले में उलझा था इसलिए नहीं पहुँचा।

सुबह-सुबह ही एक महिला अपने दस वर्षिय बच्चे के साथ आई। मैं पहचान गया। पिछले शिविर में भी वह बच्चे को लेकर आई थी।

''क्या हुआ, कैसी है इसकी तबियत अब ?'' मैंने उससे पूछा।

''अरे डॉक्टर साहेब, तुम्हारी दवाई से तो और भी बीमार हो गयो।'' उसने शिकायत की।

''पर्चा दिखाओ।'' मैंने उससे पिछली बार का प्रेस्क्रिप्शन माँगा।

उसने पकड़ा दिया।

मैंने दृष्टि दौड़ाई। बच्चे को पेट में दर्द रहता था। पिछली बार मैंने अपने अनुभव से उसका पेट देखकर दवा दे दी थी। मैं समझ गया कि अब उसका प्रापर इन्वेस्टिगेशन होना चाहिए।

''दवाईयों से बिलकुल आराम नहीं मिला ?'' मैंने पूछा।

''नहीं साहेब, जाने कैसी दवाई दी तुमने कछू आराम नहीं मिला, दरद बढ़ गयो।'' उसने तेज आवाज़ में फिर से कहा।

मुझे याद आया, मैंने उसे पहले दवा लिखी थी फिर जब उसने गरीबी का हवाला देकर दवा खरीदने में असमर्थता व्यक्त की थी तब मेरे संकेत पर कम्पाउण्डर ने पूरी दवा निःशुल्क महिला को दे दी थी। दरअसल जब हम देखते थे कि कोई व्यक्ति दवा खरीदने की स्थिति में नहीं है तब अपने पास से भी कुछ या पूरी दवा दे दिया करते थे।

''अबकी अच्छी दवाई दीजियो साहेब जी।'' वह उसी तेजी में बोली।

मैं अपने कम्पाउण्डर की ओर देखकर मुस्कुराया। वहाँ बैठे सभी लोग भी मुस्कुराये यह सोचकर कि किस प्रकार वह महिला हमारे द्वारा इलाज किए जाने को अपना अधिकार मान रही है।

''अब इसको हम और दवा नहीं दे सकते। इसकी पहले जाँच कराना पड़ेगी।'' मैंने उससे कहा।

''दवाई तो तुम ही देओगे काहे नहीं दे सकते।'' उसके इस बार के तेज कथन का आशय मैं नहीं निकाल पाया कि वह क्या कहना चाहती है।

''नहीं हम दवा नहीं दे सकते अब और इससे देर होगी और बच्चे को खतरा हो सकता है, पहले इसकी जाँच कराओ।'' मैंने समझाया।

''खतरा हो गयो, तुमही ने मरीज बिगाड़ दियो। अब कह रहे इलाज नहीं हो सकता, कैसे नहीं हो सकतो। तुमही ने बिगाड़ो, तुमही को ठीक करना पड़ेगा।'' वह झगड़ने लगी।

''देखिये बहन जी...।'' मैंने विनम्रतापूर्वक उसे समझाया- ''सब जानते

हैं, हम गाँव-गाँव गरीबों की सेवा के लिए भटकते हैं, मरीज को कष्ट देने के लिए नहीं। हम ज्यादा से ज्यादा सबकी मदद करने की कोशिश करते हैं। जितना हमसे बनता है हम करते हैं। आप अपने बच्चे का ठीक से इलाज कराइये बाहर जाकर। हमारे हलदाना में जीवन ज्योति आ जाइये, कम पैसों में इलाज हो जायेगा। यहाँ इलाज अब करना गलत होगा।''

''सरकार पैसा देती है तुम लोगन को, तुम लोग इलाज करो न...।'' उसका लड़ाकू अंदाज कुछ और बढ़ा- ''हम काहे पैसे खरचेंगे, तुम लोग काहे को लगाये सरकार ने ?''

''अरे ये सरकारी आदमी नहीं हैं गुलाबरानी...।'' एक ग्रामीण ने उसे समझाने की कोशिश की- ''ये तो हमारी सेवा को आते हैं, अपने पैसे खरच करते हैं। जितना कर दिया बहुत है, अब आगे बता तो दिया खुद करो।''

''तुम हो इनके दलाल रामभरोसी...।'' वह उस व्यक्ति से झगड़ पड़ी- ''जे सरकारी आदमी हैं, इनका काम हमारो इलाज करना है, देखते हैं कैसे नाहीं करते, भ्रिष्टाचार मचो है, हमारे साथ न हो पावेगो, हम दरखास्त देवेंगे इनकी कलेक्टर को, सबको पकड़वा देवे। जे लूट हमसे न चलेगी।''

''ठीक है तुमको जो करना हो करना।'' अब मैंने गुस्से में कहा। उसकी वजह से बहुत से मरीज प्रतीक्षारत थे।

प्रतीक्षारत मरीजों ने भी उसका विरोध किया। दबाव में गुस्से से फनफनाती वह वहाँ से चली गई।

* * * * *

''भाइयों, अब हम और अत्याचार सहन नहीं करेंगे...।'' सत्यप्रकाश हाथ में माइक पकड़े भीड़ को सम्बोधित कर रहा था- ''विधायक नरसिंह देव और उनके परिवार का अत्याचार बढ़ता ही जा रहा है। शासन-प्रशासन उनका सहयोग कर रहा है, पुलिस उनका सहयोग कर रही है, लोगों से राजनीतिक बदला लिया जा रहा है। बहू-बेटियाँ असुरक्षित हो गई हैं। कोई भी हमारा दुख-दर्द सुनने को तैयार नहीं है। हम अब जे अनाचार बढ़ने नहीं देंगे। हम संघर्ष करेंगे, तब तक संघर्ष करेंगे जब तक हमें न्याय नहीं मिलता। राममूरत

की बिटिया, हमारी बिटिया है, जो आज उसके साथ हुआ कल हमारे साथ भी हो सकता है। हमें मिलकर लड़ना होगा, मिलकर न्याय की लड़ाई लड़ना पड़ेगी। और मैं आपसे वादा करता हूँ। इस संघर्ष में मैं सबसे आगे रहूँगा। अत्याचारी अगर गोली चलायेंगे तो पहली गोली मैं अपनी छाती पर खाऊँगा। हम शासन-प्रशासन की ईंट से ईंट लड़ा देंगे। अब हम झुकेंगे नहीं...।''

''नरसिंह देव''...................''मुर्दाबाद..।''

''नरसिंह देव''...................''मुर्दाबाद..।''

''पुलिस प्रशासन''................''मुर्दाबाद..।''

''पुलिस प्रशासन''................''मुर्दाबाद..।''

सत्यप्रकाश के सम्बोधन को रोकते हुए भीड़ ने नारे लगाये।

सत्यप्रकाश ने मेरी सलाह से बहुत आगे निकलते हुए अपने समर्थकों के साथ नेशनल हाईवे जाम कर दिया था। जाम के कारण दोनों ओर गाड़ियों की लम्बी लाइन लग गई। जाम के समर्थन में हलदाना की जनता बड़ी संख्या में इकट्ठा थी। कई मीटर लोग सड़क पर बैठे थे। कई अति उत्साह में सड़क पर लेट गए थे। लोगों की संख्या देखकर अनुमान आसानी से लगाया जा सकता था कि सत्यप्रकाश के समर्थकों की संख्या बहुत अधिक है। भारी पुलिस बल चारों ओर टहल रहा था।

सत्यप्रकाश का बोलना जारी था- ''विधायक और उसके परिवार ने भृष्टाचार और अत्याचार की इन्तेहा कर दी है। भाइयो विधायक हमारा प्रतिनिधि है। हमने अपने कल्याण के लिए उस पर भरोसा किया है लेकिन उसके कारण हमारी बहू-बेटियों की आबरु तक असुरक्षित हो गई है। अब हमारे लिए करो या मरो कि स्थिति बन गई है। राममूरत की बेटी को सरेआम अपहरण की कोशिश की गई। राममूरत पर जानलेवा हमला किया गया। ऐसा हमारे साथ न हो जाये इसके लिए हम दोषियों को सज़ा दिलाकर रहेंगे। गजराज के लड़के कुलदीप को जब तक पुलिस गिरफ्तार कर जेल नहीं भेजेगी हमारा आन्दोलन जारी रहेगा। हम यहाँ से नहीं हटेंगे। हमें पता है हमारे कारण यात्रियों को परेशानी हो रही है, हम उनसे माफी चाहते हैं। भाइयों जो गाड़ियाँ मरीजों को लेकर जा रही हों उन्हें बगल से निकाल दीजिये। बाकी

लोग कृप्या अन्याय के खिलाफ लड़ाई में हमारा समर्थन करें, हम उनके आभारी रहेंगे। हलदाना की जनता उनकी आभारी रहेगी। भाइयो, जब अंधी बहरी सरकारों का अत्याचार जब हद को पार कर जाता है तो जनता को इसी प्रकार आन्दोलन द्वारा सरकारों को झुकाना आता है...।''

''सत्यप्रकाश जी...सत्यप्रकाश जी...चेयरमैन साहब...।'' तभी एक पुलिस जीप दूर आकर रुकी। उसमें से निकलकर अपने माइक से उपपुलिस अधीक्षक की आवाज़ ने सत्यप्रकाश के सम्बोधन को रोकने की कोशिश की - ''चेयरमैन साहब, कृपया हमारी बात सुनें।''

आवाज़ सत्यप्रकाश के कानों पर स्पष्ट रुप में पहुँची। उसने उस ओर देखा। भीड़ की नज़रें भी उसी तरफ जा पहुँची।

''हाँ सी.ओ. साहब...बोलिए।'' सत्यप्रकाश ने दबंगी से कहा।

''चेयरमैन साहब...।'' पुलिस उपाधीक्षक बोले- ''देखिये रोड पर यात्रियों को कितनी परेशानी हो रही है। कृपया आप सड़क खाली कर दें। आपकी जो माँग है। हम आपकी बात सुनने को तैयार हैं। आप हमें बताइये क्या चाहते हैं ?''

''सी.ओ. साहब, आप अच्छी तरह जानते हैं कि हम लोग क्यों आज सड़क छाप हो गए हैं...?'' हँसा सत्यप्रकाश - ''इतने अनजान मत बनिए साब, पूरी रामलीला हो गई और आप ये नहीं जानते कि राम ने रावण को मारा या रावण ने राम को...।''

सत्यप्रकाश का व्यंग्य सुनकर भीड़ ने ठहाका लगाया।

''सत्यप्रकाश जी, हम आपसे अपील करते हैं कि कानून के दायरे में कृपया विरोध करें...आप आइये हम आपकी बात सुनने को तैयार हैं।''

''सर, हम गए तो थे कल आपके पास, क्या आपने कुलदीप सिंह की गिरफ्तारी का आदेश दिया ?''

''मैंने आपसे कहा था, जाँच चल रही है, जो भी दाषी होगा उसके खिलाफ कार्यवाही होगी।''

''सब जानते हैं, दोषी कौन है सी०ओ० साहब, हमें पता है जाँच कैसी

होगी, आप लोग दोषी को बचा रहे हैं। जब तक कुलदीप सिंह की गिरफ्तारी नहीं हो जाती कोई भी यहाँ से हिलेगा नहीं, चाहे आप गोलियाँ क्यों न चला दें...?" सत्यप्रकाश दृढ़तापूर्वक बोल रहा था।

"सी०ओ०"...................."मुर्दाबाद..।"

"सी०ओ०"...................."मुर्दाबाद..।"

"इंस्पेक्टर"...................."मुर्दाबाद..।"

"इंस्पेक्टर"...................."मुर्दाबाद..।"

भीड़ ने पुलिस के विरुद्ध आक्रोश दिखाते हुए नारेबाजी शुरु कर दी।

जब मुझे पता लगा कि बस स्टैण्ड के पास बुरी तरह जाम लगा है, कोई भी गाड़ी नहीं निकल पा रही है और सत्यप्रकाश ने जाम लगाया है तो मेरा माथा चकराया। मैंने उससे अनशन के लिए कहा था और ये क्या करने लगा ? मुझे बताया भी नहीं, इतना बड़ा कदम उठा लिया। सबमें सन्देश तो यहीं जायेगा कि मैंने ही कहा होगा उससे। जाम के परिणाम क्या-क्या हो सकते हैं ये भी मैं जानता था। एक बार मैं स्वयं जाम में फँस चुका था और मुझे कितनी परेशानी हुई थी, ये याद था मुझे। सत्ताधारी विधायक के विरुद्ध जिसको पुलिस प्रशासन का पूरा सपोर्ट हो, जाम लगाने के क्या दुष्परिणाम हो सकते हैं, मैं समझता था।

मैंने तुरन्त निर्णय लिया, स्वयं जाकर जाम खत्म करवाना है। मैं गाड़ी में बैठा और सीधे बस स्टैण्ड की ओर रवाना हो गया। पर मेरी गाड़ी नगर के अन्दर से मेन रोड पर आ ही नहीं पाई। जहाँ गाड़ी को मेन रोड पर आना था। वहीं पर वाहनों की कतार लगी हुई थी। मैंने ड्राइवर से गाड़ी एक ओर लगवाई और उसके साथ वाहनों और भीड़ को काटते हुए आगे बढ़ने लगा। सड़क पर बड़ी गहमागहमी थी। वाहन हॉर्न बजा रहे थे और लोग इधर से उधर दौड़े जा रहे थे। मैं जल्दी से जल्दी सत्यप्रकाश के पास पहुँचना चाहता था। लाउडस्पीकर पर किसी के बोलने की आवाज़ सुनाई दे रही थी। धरना स्थल पर पहुँचने में मुझे काफी समय लग गया।

सत्यप्रकाश ने मुझे दूर से ही देख लिया। लपककर पास आया वह।

"सत्यप्रकाश, ये धरना समाप्त करो, लोगों को बड़ी परेशानी हो रही है, शासन प्रशासन विधायक का है। तुम परेशानी में फँस सकते हो।" मैंने चिल्लाकर उससे कहा। भारी शोर उठ रहा था।

"माफ करना, डॉक्टर साब, हम आपको बता नहीं पाये। आपने अनशन को कहा था लेकिन राममूरत बोला अनशन से कुछ ना होगा। सड़क जाम करो तब कान खुलेंगे शासन के। अपने सभी समर्थको ने भी कहा सो कर दिया।"

"नहीं बन्द करो ये, तुम नहीं समझते हो।" मैंने उसे समझाया।

"लेकिन साब अब तो गलत ना हो जायेगा। सब मामला जम चुका है। प्रशासन बैकफुट पर है... जनता क्या कहेगी ?" उसने अपनी बात रखी।

तभी पीछे की ओर ज़ोर का शोर उभरा। हमने देखा कुछ लोग एक बस से दूर भागे थे।

"ये क्या हुआ ?" मेरे मुँह से निकला।

"किसी ने बस में आग लगा दी चेयरमैन साब।" एक व्यक्ति दौड़कर आया, उसने तेजी से कहा।

"किसने लगा दी आग ?" सत्यप्रकाश चीखा।

"देखो सत्यप्रकाश, मैं कह रहा था न कि बन्द करो ये सब।" मैं बौखला गया।

बस से धुँआ निकलता दिखने लगा। चीख-पुकार मचने लगी।

"राममूरत, जयपाल, लाखन...।" सत्यप्रकाश माइक हाथ में लेकर चिल्लाया- "जल्दी जाकर आग बुझाओ, किसने लगाई आग, सभी लोग पानी डालिए...।"

सत्यप्रकाश के कहने पर बहुत से लोग बस की ओर दौड़े, पानी डालने लगे।

"भाइयो, शान्ति बनाये रखिये। हमारी ओर से कोई तोड़फोड़, नहीं होना चाहिए। हमारा धरना शान्तिपूर्ण है। कृपया शान्ति बनाये रखिये।"

लेकिन अशान्ति पैदा हो चुकी थी।

बस धू-धू करके जलने लगी। लोग इधर से उधर भागने लगे।

तभी पुलिस ने लाठी लेकर लोगों को खदेड़ना शुरु कर दिया। कुछ पुलिस वाले दौड़ते आये और सत्यप्रकाश के आसपास लोगों पर लाठियाँ भाँज दीं।

कुलदीप सिंह की गिरफ्तारी तक आंदोलन का दम भरने वाले भाग खड़े हुए। एक इंस्पेक्टर ने आकर मेरा और सत्यप्रकाश का हाथ पकड़ लिया।

* * * * *

मुझे, सत्यप्रकाश, राममूरत सहित पुलिस बारह लोगों को पकड़कर कोतवाली ले आई।

मुझे और सत्यप्रकाश को बरामदे में बैठा दिया गया। बाकी सबको लाकअप में डाल दिया।

''इंस्पेक्टर साहब...।'' सत्यप्रकाश ने पास खड़े इंस्पेक्टर से कहा- ''आप बड़े बहादुर ऑफिसर हो।''

उसने प्रश्नवाचक दृष्टि से सत्यप्रकाश की ओर देखा।

''आप बड़े बहादुर हो इंस्पेक्टर साहब...।'' वह आगे बोला- ''हमको तो गिरफ्तार कर लिया लेकिन एक निर्दोष लड़की की इज्जत पर हाथ डालने वाले के खिलाफ कोई कार्यवाही नहीं कर पाये आज तक।''

''हम अपना काम अपने तरीके से करते हैं चेयरमैन साहब।'' वह रुखे स्वर में बोला।

''अपने तरीके से नहीं साहब, सभी को काम कानूनी तरीके से करना पड़ता है, नही तो बुरी दशा होती है बाद में।'' इतने दिन चेयरमैनशिप करने के बाद सत्यप्रकाश की भाषा काफी मंझ चुकी थी।

इंस्पेक्टर कुछ कहने ही जा रहा था कि तभी पूर्व विधायक और वर्तमान में नरसिंह देव से चुनाव में पराजित प्रत्याशी सुबोधकान्त की गाड़ी परिसर में

हमारे बरामदे के ठीक बाहर आकर रुकी।

गम्भीर मुद्रा में सुबोधकान्त बाहर निकले। उनके गनर उनके पहले बाहर निकल आये थे। वे हमारे पास आने लगे। उनके साथ हमारे कुछ समर्थक जिन्हें पुलिस अन्दर नहीं आने दे रही थी और वे कोतवाली के गेट के बाहर खड़े थे भी हमारे पास आ गए। इंस्पेक्टर वहाँ से खिसक लिया।

मैं चुप बैठा था। सच में बेहद तनाव में था मैं। समझ नहीं पा रहा था कि क्या कहूँ ? बल्कि सच तो ये था, बोलते ही नहीं बन रहा था मुझे, घबरा रहा था कि जेल की चक्की पीसनी पड़ेगी।

"विधायक जी, बहुत अन्याय हो रहा है। सरकार नरसिंहदेव को अन्धा समर्थन दे रही है। यहाँ के पत्रकार भी बिक चुके हैं। सच्चाई छाप ही नहीं रहे।" सत्यप्रकाश अपनी बात कहने लगा।

"धीरज रखिये, तानाशाही अधिक दिन नहीं चलती। सुबोधकान्त दार्शनिक हो गए।

मैं सोच रहा था, नरसिंह देव के अत्याचार इतने दिन से चल रहे हैं, ये कहाँ सो रहे थे, कभी एक बयान विरोध में नहीं दिया, आज कहाँ से हमारे समर्थन में आ गए ?

"विधायक जी...।" सत्यप्रकाश बोला- "आप हमको सम्बल देने यहाँ तक आये इसके लिए आपको बहुत-बहुत धन्यवाद। लेकिन एक विनती है आपसे।"

"बताइये, चेयरमैन साहब...।" प्रश्नवाचक दृष्टि।

"लड़की के मामले में पुलिस कोई कार्यवाही नहीं कर रही। हमारी बहू-बेटियाँ असुरक्षित हो गई हैं। अब आप ही हैं जो पुलिस पर दबाव बना सकते हैं। आपके पास बहुत सा कार्यकर्ता है। अगर आप विराध प्रदर्शन करें तो कार्यवाही ज़रुर होगी। जनता आपका अहसान मानेगी।"

"चेयरमैन साहब...।" और भी गम्भीर हुए सुबोधकान्त- देखिये हम अपनी पार्टी से बंधे हैं। आपका कहना बिलकुल ठीक है। हम अपने पार्टी नेतृत्व से बात करेंगे। अगर इजाज़त मिली तो हम इस मामले में ज़रुर आगे

बढ़ेंगे।"

"पार्टी तो जनता के कल्याण के लिए ही है विधायक जी, क्यों नहीं इजाज़त देगी ?" उसने दबाव डाला।

"ज़रुर-ज़रुर चेयरमैन साहब...।" एकाएक बातचीत की गहराई में जाने से बचे सुबोधकान्त- "अच्छा, आज्ञा दीजिए, एक ज़रुरी मीटिंग है, हमारी कोई ज़रुरत हो तो बताइये।" कहकर उत्तर की प्रतीक्षा किए बिना वे वापिस अपनी गाड़ी की ओर बढ़ गए। उनके एकाएक जल्दी वापिस जाने से लग रहा था जैसे वे आगे बातचीत बढ़ाकर और उलझना नहीं चाहते।

"आओ साहब, विधायक जी प्रस्थान कर गए।" सत्यप्रकाश ने इंस्पेक्टर को व्यंग्यपूर्वक बुलाया। मैं सत्यप्रकाश का साहस देखकर आश्चर्यचकित था।

इंस्पेक्टर वास्तव में आ गया।

"आप लोग जाइये।" उसने वहाँ खड़े हमारे आदमियों से कहा। सत्यप्रकाश ने संकेत किया तो सभी बिना कुछ कहे चले गए। उनके चेहरों से लगता था कि सभी भयभीत हैं।

"कहिए चेयरमैन साब ?" उसका स्वर कुछ कोमल था।

"इंस्पेक्टर साब...।" सत्यप्रकाश उसकी आँखों में आँखे डालकर विश्वासपूर्वक कहने लगा - "आप आठ महीनों से हलदाना में हो। इतना हमको पता है कि आप गलत नहीं करते, लेकिन एक गरीब की लड़की को न्याय नहीं दिला पा रहे ? बाल-बच्चेदार हो आप भी।"

"बाल-बच्चेदार हैं चेयरमैन साहब, इसीलिए तो कुछ नहीं कर पा रहे।" उसने अपने होठों पर जीभ फेरी।

"तो क्या इन सफेदपोशों की गुण्डई ऐसे ही चलती रहेगी ?" उसने पुनः प्रश्न उछाल दिया।

"हम सब जानते हैं चेयरमैन साब, लेकिन ऊपर से आदेश है, मजबूरी है...।" वह पास आकर धीमे और दुखी स्वर में बोला- "आप भी ऊपर से कुछ सोर्स लगाइये मैं आपके खिलाफ कोई कार्यवाही नहीं करना चाहता, मुझे सांस चाहिए, वर्ना मैं कुछ नहीं कर पाऊँगा। धारायें लगाकर भेज दूँगा आप

लोगों को।''

''कौन-कौन सी धारायें लगाओगे ?'' सत्यप्रकाश अभी भी आँखे चमका रहा था।

''पता नहीं, जो ऊपर वाले कहेंगे।'' कहकर वह वहाँ से जाने लगा।

''इंस्पेक्टर साब...।'' उसे जाते देख सत्यप्रकाश कुछ तेजी से बोला-

''एक बात सुनिये।''

''हाँ।'' उसने कदम रोके, वापिस मुड़ा।

''आप देख रहे थे, डॉक्टर साब तो धरने में थे ही नहीं। बाद में हमें धरना खत्म करने के लिए कहने आये थे, आपसे निवेदन है इनको छोड़ दीजिए। आप जानते हैं कितने मरीज इनका रोज इंतज़ार करते हैं।''

''आपको बताया, ऊपर से जो कहा जायेगा वही होगा।''

''लेकिन आप कोशिश कीजिए।'' सत्यप्रकाश ने विनम्र दबाव डाला।

''मैं कोशिश करुँगा।'' उसने कहा और तेज-तेज कदमों से दूर चला गया। वह भी शायद अधिक बातचीत नहीं करना चाहता था।

उस दिन कोतवाली में एक-एक मिनट एक-एक घण्टे की तरह बीत रहा था। अगस्त का महीना था। सूरज आसमान में आँख-मिचौनी खेल रहा था। हवा शान्त थी, कोतवाली में लगे पेड़ों का एक पत्ता नहीं हिल रहा था। हमारे ऊपर लगा पंखा तेजी से घूम रहा था परन्तु उमस इतनी अधिक थी कि मैं पसीना-पसीना था। हमसे मिलने कई लोग आये और बेबस चले गए। मुझे पहली बार ये भी लगा कि डॉक्टर के रुप में इतनी समाज सेवा करने के बाद भी ज्यादा लोग मेरी परेशानी में मेरे समर्थन में खड़े नहीं हो सकते। यद्यपि इस समय ऐसा सोचना बाद में मुझे अपनी भूल समझ आया।

शाम होने लगी। मैंने इंस्पेक्टर से घर जाने की अनुमति माँगी तो उसने हाथ जोड़ते हुए कहा- ''माफ कीजिए डॉक्टर साहब, मैं आपको जाने नहीं दे सकता। मुझे अपने बच्चे पालने हैं। कल हम आपको कोर्ट भेजेंगे। आप खाने-पीने के लिए जो चाहते हैं यहीं मँगा लीजिए।''

खाने-पीने की इच्छा ही कहाँ बची थी। सत्यप्रकाश ने और मैंने कुछ बात करने के बाद निर्णय लिया कि मैं नरसिंह देव से बात करता हूँ।

मैंने इंस्पेक्टर से इस बारे में कहा तो उसने अनुमति दे दी कि मैं विधायक जी से बात कर लूँ। मैंने फोन लगाया। दूसरी ओर से किसी अन्य ने उठाया- "हैलो, मैं डॉ०प्रभात कुमार बोल रहा हूँ। विधायक जी से बात कराइये, प्लीज।"

"जी सर, अभी कराता हूँ।" दूसरी ओर से सम्मानपूर्ण उत्तर आया।

"हैलो...।" कुछ ही क्षणों में नरसिंह देव का स्वर उभरा।

"हैलो...विधायक जी नमस्कार मैं डॉ० प्रभात बोल रहा हूँ...।"

"हाँ-हाँ, डॉक्टर साब, आपकी आवाज़ खूब पहचानते हैं हम। कहिए क्या सेवा है ?"

"विधायक जी, मदद चाहता हूँ आपकी...।" मैं बिना लाग लपेट के मुद्दे पर आ गया।

"अरे डॉक्टर साहब, आपको मेरी मदद की ज़रुरत...?" लगा कि जैसे दूसरी तरफ से बोलते हुए नरसिंह देव ने आँखें चमकाई हों- "मैं तो आपसे मदद माँगने वाला आदमी हूँ। मेरी मदद की ज़रुरत कैसे पड़ गई आपको ?

"विधायक जी, मैं आपसे बताना चाहूँगा कि सत्यप्रकाश को जाम लगाने धरना करने के लिए मैंने नहीं कहा था, न ही मैं धरने में कतई सम्मिलित था।"

"तो ?" अनजान बने नरसिंह देव।

"मैं धरना समाप्त कराने के लिए गया था, तभी किसी ने बस में आग लगा दी। और पुलिस ने मुझे भी पकड़ लिया।"

"आपको किस स्थान से पकड़ा ?" पुनः बनावटी प्रश्न किया उन्होंने।

"धरना स्थल से ही गिरफ्तार किया पर मैं धरने में सम्मिलित नहीं था। सैकड़ों लोग जो वहाँ थे, वे ये बता सकते हैं।"

"पुलिस को ये किसी ने नहीं बताया ?" फिर से प्रश्न।

"पुलिस किसी की सुनती कहाँ है, मामला आपके परिवार से सम्बन्धित है इसलिए एक तरफा कार्यवाही हो रही है।"

"भाई डॉक्टर साहब, कानून व्यवस्था का मामला है। आप जानते हैं प्रदेश सरकार इसके प्रति कितनी संवेदनशील है। मैंने तो पुलिस से कोई बात नहीं की। वह तो अपने हिसाब से ही काम कर रही है। मैं क्या कर सकता हूँ ?"

"विधायक जी आप सब कुछ कर सकते हैं...।" मैं उनका आशय समझ रहा था फिर भी कहता जा रहा था- "मैं डॉक्टर हूँ, मुझे राजनीति से क्या मतलब ?"

"अरे डॉक्टर साहब, अब मुझे मत बताइये कि आपको राजनीति से कितना मतलब है, सब पता है मुझे, सत्यप्रकाश किसके इशारे पर काम करता है, आपके बिना मू... नहीं है वो...।" एकाएक तल्ख हो गया दूसरी ओर स्वर।

"मेरा निवेदन था आपसे, प्रतिनिधि है आप हमारे। कानून व्यवस्था तोड़ने वालों पर कार्यवाही कराइये। आप बात कर लीजिए लोगों से यदि मेरा धरने में कोई हाथ हो तो मैं दण्ड का पात्र हूँ पर यदि नहीं तो कृपया प्रशासन से बोलिए कि...।"

"देखिये डॉक्टर साहब, मैंने आपको बहुत पहले संकेत किया था कि आप राजनीति में मत पड़िये...।" स्वर और भी कड़वा हो गया- "पर आप नहीं माने। आपसे मैंने भी बहुत से निवेदन किए थे, क्या आपने किसी को माना ? आज आप अपने को बचाने के लिए मुझसे उम्मीद कर रहे हैं। याद कीजिए गजराज को बचाने के लिए मैंने आपसे कितनी मिन्नत की थी। आपकी रिपोर्ट पर ही उसे सज़ा काटनी पड़ी थी। अभी आपने राममूरत की मेडिकल रिपोर्ट कितनी झूठी बनवाई कुलदीप के खिलाफ। आप हमारे साथ गलत पर गलत किए जा रहे हैं फिर भी उम्मीद करते हैं कि हम आपका सपोर्ट करें...।"

"विधायक जी...विधायक जी...।" मैंने कुछ कहना चाहा।

"डॉक्टर साब, समझिए अभी तो हमने आपके खिलाफ कुछ भी नहीं

किया... हम चाहें तो बहुत कुछ कर सकते हैं।" उनके स्वर में धमकी का पुट आ गया।

"विधायक जी मगर मैंने जो कुछ किया उसमें गलत क्या था ?" मैंने अपनी बात को न्यायसंगत बनाने की कोशिश की।

"गलत सही क्या होता है, मुझको मत पढ़ाइये...।" अब तीव्र हो गया नरसिंह देव का स्वर- "कोई माई का लाल है दुनिया में जो गलत ना करता हो। बिना डिग्री के आप मरीजों का इलाज कर आलीशान गाड़ी में घूम रहे हो क्या ये कानून तोड़ना नहीं है...।"

"विधायक जी...।" मैंने फिर कुछ कहना चाहा लेकिन उन्होंने बात काट दी।

"एक बात कान खोलकर सुन लो डॉक्टर तुमको अब जेल जाना पड़ेगा। पाँच सालों से देख रहा हूँ तुमको, अपनी औकात भूल गए थे, जेल जाना पड़ेगा तुमको। अपने दुश्मन को कभी नहीं छोड़ता हूँ मैं।" कहकर फोन काट दिया उसने।

सन्नाटे में रिसीवर हाथ में लिए रह गया मैं। बहुत बेइज्जती महसूस हो रही थी लेकिन विवश था कि कुछ भी नहीं कर सकता था।

"बात हो गई डॉक्टर साहब ?" जब मैंने रिसीवर वापिस रखा तो इंस्पेक्टर पास में खड़ा था। मुझे नहीं पता चला कि वह कब से खड़ा था वहाँ। शायद उसने सारी बात समझ ली थी, वह आगे बोला- "डॉक्टर साहब, एक केस और चलेगा आपके ऊपर।"

"क्या ?" मैंने मायूसी में उसकी ओर देखा।

"हाँ, भरवारी गाँव से सुबह एक महिला आई थी। उसने एफ० आई०आर० की है कि आपने उसके बेटे का गलत इलाज किया। खूब पैसे खींचे इलाज में। जब उसने आपसे पैसे ऐंठने पर विरोध किया तो आपने उसे अपमानित किया और मारपीट कर भगा दिया।"

"वो महिला...।" मुझे याद आ गया- "नहीं इंस्पेक्टर साहब, उसके बेटे का तो मुफ्त इलाज किया मैंने, बहुत से लोगों को पता है, गाँव वालों को

पता है। सबके सामने की बात है, एकदम झूठ बोल रही है वो, भलाई का तो जमाना ही नहीं रहा। मैं तो उसका भला ही कर रहा था।'' सुनकर बौखला गया मैं।

''कोई बात न होती तो क्यों शिकायत करने आती वह ?'' इंस्पेक्टर की भाषा पुलिसिया हुई इस बार।

''इंस्पेक्टर साब, आप भरवाटी जाकर पता कर लीजिए, गाँव वालों के सामने की पूरी बात है। मैंने वास्तव में उसके बच्चे का मुफ्त इलाज किया था...।'' कहते हुए मैंने पूरी घटना विस्तार से उसे बताई।

''विधायक जी का फोन आया था, उसकी एफ०आई०आर० लिखने के लिए।'' सपाट, संक्षिप्त, गम्भीर स्वर इंस्पेक्टर का।

''मेरे खिलाफ बहुत साजिश चल रही है।'' लम्बी सांस निकली मेरे मुँह से। मेरी दृष्टि बाहर की ओर गई। शाम का धुँधलका वातावरण में फैल रहा था। सत्यप्रकाश दोनों पैर फैलाये कुर्सी पर बैठा आसमान की ओर ऐसे ताक रहा था मानो कोई टेंशन की बात ही न हो।

* * * * *

रात होने लगी। कई लोग हमसे मिलने आये लेकिन पुलिस ने किसी को हमारे पास नहीं आने दिया।

लगभग नौ बजे पुलिस की एक जीप आकर रुकी। उससे उतरकर उपपुलिस अधीक्षक कार्यालय की ओर बढ़े। परिसर में टहल रहे इंस्पेक्टर ने जैसे ही उन्हें देखा, लपककर पास पहुँचा।

''लिखा-पढ़ी कर दी ?'' उसने पूछा।

''अभी नहीं सर।'' इंस्पेक्टर ने जबाव दिया।

''अभी तक क्यों नहीं की ?'' उसने लगभग डांटने वाली आवाज़ में कहा।

''सर, एस०पी० साहब का आर्डर था कल करना।'' उसने धीरे से कहा।

"अच्छा, ठीक है...।" उसने सन्तुष्टि में सिर हिलाया, फिर रुखे स्वर में कहा- "इनको यहाँ क्यों बैठाये हो ?"

"जी...जी।" शायद इंस्पेक्टर कुछ समझा नहीं।

"मैं कह रहा हूँ, तुम इनको बाहर बिठाये हो कुछ बवाल हो गया तो ? इनको अन्दर करो।" उसका स्वर बेहद अक्खड़ था।

"जी सर...जी सर।" इंस्पेक्टर ने तत्परता से कहा।

"ठीक है ध्यान रखना मामला बहुत संवेदनशील है, बस्ती में तनाव है।" निर्देश देकर चारों ओर दृष्टिपात करता वह वापिस हो गया।

"आप लोगों को लॉक-अप में जाना होगा।" पास आकर इंस्पेक्टर धीमे स्वर में बोला- "मेरी मजबूरी है।"

"मैं चलता हूँ इंस्पेक्टर साब...।" सत्यप्रकाश बोला- "लेकिन डॉक्टर साहब को मत ले चलिए वहाँ, ये वहाँ रात नहीं बिता पायेंगे।"

"ये नहीं हो पायेगा...।" उसने सीधे शब्दों में मना कर दिया - "लेकिन हम वहाँ आपके लिए पंखे की व्यवस्था कर देंगे।"

"धन्यवाद इंस्पेक्टर साहब, कम से कम इतना तो कर दिया, परिस्थिति को भाँपकर मैं उठा- "चलो सत्यप्रकाश, ओखली में सिर चला ही गया है तो अब क्या ?"

हम दोनों लाक-अप में पहुँच गए।

* * * * *

दिन भर के थके सभी 'आंदोलनकारी' निद्रा के प्रहार से धराशाई आड़े-टेढ़े पड़े थे। इंस्पेक्टर की कृपा से प्राप्त एक टेबिल फैन की आधी हवा मेरी और शेष आधी सभी को प्राप्त हो रही थी। शारीरिक थकान, मानसिक थकान और गर्मी के कारण नींद मेरे ऊपर विजय पाने में असमर्थ रही। लगातार करवटें बदल रहा था मैं। चारों ओर सन्नाटा छाया हुआ था। झींगुरों की आवाज़ें बहुत लम्बे समय बाद सुन रहा था मैं। बाहर हवलदार के कदमों

और खांसने की आवाज़ ज़रुर बीच-बीच में सुनाई दे जाती थी। कुछ प्यास महसूस हुई मुझे तो उठकर कैम्पर से पानी पिया, जो घर से भेज दिया गया था। पानी पीकर कलाई घड़ी पर नजर डाली। रात के एक बज रहे थे। मैं पुनः लेट गया और कोशिश करने लगा कि नींद लग जाए और रात बीत सके। लेकिन अगले दिन होने वाली सम्भावित घटनाओं की कल्पनायें दिमाग में घूमने लगीं।

उसके बाद झपकी लगी ही होगी कि किसी गाड़ी के तीव्र हार्न ने मेरी कच्ची नींद तोड़ दी।

मेन गेट लाक-अप के ठीक बगल में था, इसलिए हार्न की आवाज़ और भी तेज आई थी।

''कौन है ?'' एक आवाज़ सुनाई दी जो शायद गेट पर पहरेदार की थी।

''गेट खोलिए।'' किसी की अस्पष्ट आवाज़ सुनाई दी। कुत्ते भौंकने लगे।

''आप लोग कौन हैं ?'' पहरे ने पूछा।

''इंस्पेक्टर साहब से कहिए, हम मिलने आये हैं।'' कोई पतली आवाज़ सुनाई दी। कुत्ते लगातार भौंक रहे थे इसलिए मैं बातचीत का अनुमान लगा रहा था।

''आप लोग सुबह आइए, साहब इस समय नहीं मिलते।'' पहरेदार का रुखा स्वर उभरा।

''इंस्पेक्टर साहब को हमारे आने की खबर होगी, उनसे बताइये उनसे मिलने आए हैं हम लोग।'' स्वर प्रभावशाली था यह मैं अनुमान लगा सकता था।

''जी।'' पहरेदार ने कहा।

''गेट खोलिए, नक्सलवादी नहीं हैं हम।'' आगन्तुक ने कहा।

यह आगन्तुक के व्यक्तित्व का प्रभाव ही था कि पहरेदार ने गेट खोल दिए।

गाड़ी फिर से स्टार्ट हुई और कोतवाली के अन्दर चली आई। मैं खड़ा हो गया और लोहे के मजबूत जालीदार दरवाज़े से बाहर झाँकने लगा। गाड़ी लाक-अप से काफी दूर जाकर रुकी। गाड़ी से उतरकर चार लोग बाहर खड़े हो गए। पेड़ों की आड़ में दिखाई नहीं दे रहा था कि कौन थे वे लोग।

दो में से एक पहरेदार इंस्पेक्टर आवास की ओर जा रहा था।

दो-तीन पुलिस वाले भी आगन्तुकों से कुछ दूरी पर टहलते दिखाई देने लगे थे, हथियारों के साथ।

मैं लगातार उस ओर नजर गड़ाये था। वे लोग उन हथियारधारी पुलिस वालों से बात कर रहे थे। बड़े बेफिक्र लोग लगे वे उस समय मुझे। रात में दो बजे कोतवाली में आकर इंस्पेक्टर को बुला रहे थे। मुझे अनजानी आशंका घेर रही थी। दो-तीन बार माथे पर आया पसीना पोंछ चुका था मैं।

'कहीं ये नरसिंह देव कुछ और तो नहीं करवा रहा ?' मेरे दिमाग ने मुझसे कहा।

मैं तेजी से सोच रहा था। वह समय मेरे जीवन का सबसे अलग समय था।

"सत्यप्रकाश...सत्यप्रकाश" अचानक तेजी से जाकर गहरी नींद में सो रहे सत्यप्रकाश को मैंने हिलाया।

"हूँ...।" उसने तुरन्त आँखे खोली।

"सत्यप्रकाश उठना जरा।" मैंने कहा।

"हूँ...क्या बात है...डॉक्टर साहब ?" वह चेतन हुआ।

"उठो, बाहर देखो जरा...।" मैं फुसफुसाया। बिना अधिक क्षण लिए वह उठकर खड़ा हो गया।

"क्या है ?" पूछा उसने।

मैंने फुसफुसाते हुए उसे बताया, कुछ लोग आए हैं, इतनी रात में।

वह भी मेरे साथ सलाखों से बाहर झाँकने लगा।

हमारी सक्रियता से अन्य दस लोग भी कुलबुलाने लगे। हमने उनको बिलकुल भी टच नहीं किया।

उस समय अपने आप हमारी साँस रुक गई जब पेड़ों की ओर से निकलकर चार साये लाक-अप की ओर पढ़े।

अरे ये क्या - जैसे ही चारों लैम्प पोस्ट की रोशनी में आये, हम दोनों ही बुरी तरह चौंक पड़े।

आश्चर्यजनक उन चार में सारिका और डॉ० कार्तिक थे। कुछ ही सेकेण्ड में वे हमारे सामने थे।

सारिका ने सलाखों के दरवाज़े पर ऊपर से नीचे तक एक गम्भीर दृष्टि डाली, फिर मेरी आँखों में आँखें डालकर बोली- ''अब बनोगे परफेक्टर पालिटिशियन।''

''नमस्कार डॉक्टर साब।'' उसकी बात पर ध्यान न देते हुए मैंने डॉ० कार्तिक का अभिवादन किया। उन्होंने दोनों हाथ जोड़े। सारिका की बात पर ही शायद वह मुस्कुराये।

''सत्यप्रकाश, तुमने एक अच्छे खासे इंसान को बरबाद कर दिया।'' बनावटी गुस्सा दिखाया उसने।

''जी...मैडम।'' हाथ जोड़कर सत्यप्रकाश भी मुस्कुराया।

''एक अच्छे भले डॉक्टर को कहाँ से कहाँ पहुँचा दिया। वाह क्या बात है, कैमरा होता तो आप लोगों की एक फोटो लेकर 'जीवन ज्योति' के गेट पर लगवा देती। फ्रीडम मूवमेण्ट के बाद सबसे बड़े आंदोलनकारी आप लोग ही हैं।'' कहकर उसने व्यंग्यपूर्वक हाथ जोड़े, कोई और अवसर होता तो उसके इस ढंग पर मैं खिलखिलाकर हँस पड़ता परन्तु उस वक्त मैं औपचारिकतावश ही हँसा, बहुत फीकी हँसी।

''कौन हैं आप लोग ?'' तभी पीछे से एक रुखी आवाज़ सुनाई दी।

हम सभी ने उस ओर देखा।

अपने उनींदे चेहरे पर हाथ फेरता हुआ इंस्पेक्टर चला आ रहा था।

“इंस्पेक्टर...इंस्पेक्टर हैं आप ?” निकट आते ही इंस्पेक्टर की शारीरिक भाषा से बेपरवाह सारिका के प्रश्न को देखकर मैं दंग रह गया।

“हाँ...बताइये।” इंस्पेक्टर को न तो उस समय कोतवाली में किसी महिला के आने की कोई उम्मीद थी और न ही महिला द्वारा इतनी सपाट भाषा में प्रश्न किए जाने की।

“आपने किसके आदेश से डॉ० प्रभात को इस प्रकार कैद किया ?” अपूर्व दृढ़ता से सारिका ने अगला प्रश्न दागा।

“आप कौन हैं मैडम ?” अब कुछ संभला इंस्पेक्टर।

“वैरी गुड डॉक्टर साहब, बड़े शानदार इन्सान निकले आपके चाइनामैन. ..।” व्यंग्य के अंदाज में सारिका, डॉ० कार्तिक से मुखातिब हुई - “आप तो कह रहे थे सबको फोन हो गया। इंस्पेक्टर साहब हमारी खातिरदारी करेंगे। इन्हें तो कोई इन्फरमेशन ही नहीं, घोड़े बेचकर सो रहे थे ये। हमने नींद तोड़ दी इनकी। अब ये हमें भी लाकअप में डाल देंगे।”

“आप लोग बताइये, कौन हैं आप लोग ? रात में इस प्रकार कोतवाली में आने का आपका मकसद क्या है ?” इंस्पेक्टर का स्वर काफी तीखा होने लगा।

हथियारधारी पुलिस वाले उसके पीछे खड़े थे। पुराने ज़माने की बंदूकें लिए वे जैसे युद्ध के लिए तैयार थे। एकदम सावधान।

“इंस्पेक्टर साहब, हम डॉ० प्रभात कुमार और उनके साथियों को लेने आये हैं जिन्हें आपने गलत तरीके से गिरफ्तार किया है।” सारिका ने फिर बिना लाग लपेट के अपनी बात कह दी।

“आप लोग तुरन्त यहाँ से चले जाइये...आप लोग एक मिनट के अन्दर बाहर चले जाइये...।” एकाएक इंस्पेक्टर आक्रामक हो गया- “वर्ना हम सभी को गिरफ्तार कर लेंगे।”

इंस्पेक्टर ये तो समझ रहा था कि वे सब कोई साधारण आदमी नहीं हैं। लेकिन वह अपने रुतबे को कम होते देख आहत भी हो रहा था।

“इंस्पेक्टर साहब, ठीक से बात करो।” सारिका भी जैसे उसकी बात

से आहत हो गई, उसने चेतावनी दी।

मैं दरअसल समझ ही नहीं पा रहा था कि क्या हो रहा है ? कभी सभी बाहर वालों को कभी अन्दर वालों को देख रहा था।

"आप लोग इतने सिविलाइज्ड लग रहे हैं, नही तो मैं अभी तक आपको गिरफ्तार कर लेता। आप जानते हैं आधी रात में कोतवाली आकर हँगामा करने के जुर्म में हम क्या कर सकते हैं ? बताइये कौन हैं आप लोग ?" उसका गुस्सा बढ़ा।

"इंस्पेक्टर आप हमारा कुछ नहीं कर सकते, क्रिमिनल नहीं है हम।" सारिका उसकी बात पर बिलकुल भी नहीं झुकी।

'साहब, आपका फोन...।' तभी एक कांस्टेबल दौड़ता करीब आया और धीमी आवाज़ में बोला- "एस०पी० साहब ने याद किया है आपको।" तनी भृकुटी से आगन्तुकों को देखता हुआ इंस्पेक्टर सिपाहियों से बोला- "इन लोगों को देखना, जाने मत देना, मैं आता हूँ।" और लगभग दौड़ते हुए वह कार्यालय की ओर बढ़ गया।

रिसीवर उठाकर जल्दी-जल्दी उसने नम्बर डायल किए- "जयहिन्द सर।" कनेक्ट होते ही वह तत्परता से बोला।

"डॉ० प्रभात, चेयरमैन कहाँ हैं ?" दूसरी ओर से एस०पी० ने पूछा।

"लाक-अप में सर।" संक्षिप्त उत्तर।

"उन सभी को छोड़ दो अभी।" स्वर बेहद आदेशात्मक था।

"जी...जी।"

"डॉ० प्रभात, चेयरमैन उनके सभी साथियों को छोड़ दो।"

"सर...सर...विधायक जी...।"

"विधायक कुछ बोलें तो कहना होम मिनिस्टर साब का ऑर्डर था।"

"जी सर।"

और अभी जाकर रेड करो, कुलदीप सिंह को गिरफ्तार कर लड़की के

अपहरण का मामला दर्ज करो। रात में ही अरेस्ट हो जानी चाहिए।''

''जी सर।'' इंस्पेक्टर ने पुनः तत्परता से गर्दन उठाई। रिसीवर रखकर वह उतनी ही तेजी से वापिस लौटा जितनी तेजी से आया था।

''वीरेन्द्र, लाक-अप खुलवाओ, आर्डर देते वक्त इंस्पेक्टर कुछ उत्साहित लगा- ''बधाई आप लोगों को, एस०पी० साहब ने छोड़ने का आदेश दिया है।''

हमारी ओर देखते हुए वह मुस्कुराया। अब तक हमारे साथ के शेष लोग भी जाग चुके थे। खुशी की लहर सभी के चेहरों पर दौड़ गई।

शीघ्र ही हम खुले मैदान में आ गए।

''मैडम, आप लोग कौन हैं ?'' अब हाथ जोड़े इंस्पेक्टर ने।

''इंस्पेक्टर साब, ये डॉ० कार्तिक साहब हैं और ये डॉ० सारिका मैडम हैं, दिल्ली में डॉक्टर हैं।'' परिचय सत्यप्रकाश ने दिया।

''सॉरी, अगर मुझसे कोई गलती हो गई हो।'' उसने फिर हाथ जोड़े। उसे उनकी पहुँच का अहसास हो चुका था।

''कोई बात नहीं इंस्पेक्टर साब, बस अपने नजरिये में जनता के प्रति सेवा भावना डिवेलप कीजिए।'' सारिका ने उसे शिक्षा दे डाली।

''जी मैडम जी..., कभी-कभी गलती हो जाती है।'' कहकर वह सत्यप्रकाश और मुझे एक कोने में ले जाकर फुसफुसाया- ''कुलदीप सिंह को अभी गिरफ्तार करने जा रहा हूँ, एस०पी० साहब ने आदेश दिया है,... नमस्कार।'' कहते हुए वह इस प्रकार खुश दिखाई दिया जैसे उसका स्वयं का कोई कार्य सम्पन्न होने जा रहा हो।

''वीरेन्द्र, गाड़ी तैयार करो, अर्जेन्ट दबिश देना है।'' आदेश देते हुए वह अपने क्वार्टर की ओर बढ़ गया।

''थैंक्स अ लाट डॉ० साहब।'' मैंने डॉ० कार्तिक को हाथ जोड़े।

''अरे प्रभात...तुम तो बड़े अहसान फरामोश निकले। तुम्हारे लिए लड़ाई मैंने लड़ी है, थैंक्स किसी और को दे रहे हो।''

सारिका ने आदतन आँखें चमकाईं।

सभी खिलखिलाये, सुबह होने वाली थी, सत्यप्रकाश हँसता हुआ वहीं जॉगिंग करने लगा।

* * * * *

मेरी नींद एक के बाद एक फोन की दो घंटियों से टूटी। पहली घंटी पर तो मैंने अनसुना कर ही दिया था। लेकिन नींद भी लगभग पूरी हो चुकी थी और घंटी भी जब दोबारा बजी तो पलटकर फोन उठा ही लिया।

"साब...डॉक्टर साब...।" दूसरी ओर से सत्यप्रकाश के स्वर में व्याकुलता मिश्रित प्रसन्नता थी- "नेशनल न्यूज खोलिए... नरसिंह, गजराज, कुलदीप सब गिरफ्तार हो गए...।"

"क्या...क्या हुआ ?" मैं छटपटाकर बिस्तर पर बैठ गया, नींद एकदम पूर्णतः गायब हो गई- "क्या कह रहे हो सत्यप्रकाश ?"

"हाँ साब, नेशनल न्यूज खोलो, सब पता लग जायेगा। भोर में पुलिस ने दबिश दी, पुलिस और विधायक में बहुत झगड़ा हुआ। एस०पी० ने खुद आकर सबको उठा लिया।"

"अभी देखता हूँ...।" कहकर तेजी से उठा मैं और टी०वी० आन कर दिया।

टी०वी० पर हलदाना का वही समाचार प्रसारित हो रहा था। एंकर बता रही थी कि सुबह चार बजे लड़की के अपहरण करने की कोशिश करने वाले विधायक के भतीजे कुलदीप सिंह को गिरफ्तार करने जब पुलिस पहुँची तो कुलदीप के पिता गजराज सिंह व उनके विधायक भाई नरसिंह देव से जबर्दस्त कहा-सुनी हुई, हाथापाई हुई। इसके बाद एस०पी० के नेतृत्व में पुलिस ने तीनों को गिरफ्तार कर लिया। बारह अन्य लोग गिरफ्तार किए गए। प्रदेश के गृहमंत्री सच्चिदानन्द शर्मा एक रिपोर्टर के उत्तर में बोल रहे थे कि प्रदेश में किसी के भी गैर कानूनी कृत्यों को बर्दाश्त नहीं किया जायेगा। भले ही वह सत्ताधारी पार्टी का ही क्यों न हो ? मुख्यमंत्री महोदय की प्राथमिकता है

कि महिलाओं, बेटियों की सुरक्षा की जाये। गुण्डागर्दी खत्म की जाये। विधायक एवं परिवार जनों ने जो किया है, उसमें कानून अपना काम करेगा...।

मैंने अपार प्रसन्नता का अनुभव किया। संतुष्टि में आँखे कुछ क्षणों के लिए अपने आप बन्द हो गई।

भोर में कोतवाली से लौटने के बाद सारिका ने बताया था कि कल जैसे ही शाम को वे दिल्ली से हलदाना लौटे उन्हें दिन की घटना की जानकारी हुई। उसके बाद डॉ० कार्तिक ने अपने मित्र सिद्धार्थ शर्मा को फोन लगाया जो लन्दन में उनके साथ एक ही कक्षा में पढ़े थे और अच्छे दोस्त थे। सिद्धार्थ शर्मा, प्रदेश के गृहमंत्री सच्चिदानन्द शर्मा के पुत्र थे। सिद्धार्थ को ही वे लोग चाइनामैन कहते थे। डॉ० कार्तिक ने सिद्धार्थ को फोन लगाकर सत्यप्रकाश के धरने और गिरफ्तारी की जानकारी दी, और मदद को बोला। सिद्धार्थ ने अपने पिता से कहा। पिता ने तुरन्त पुत्र की भावनाओं का ध्यान रखते हुए जिलाधिकारी और एस०पी० को सत्यप्रकाश और मुझ सहित सभी आन्दोलनकारियों को छोड़ने और लड़की के अपहरण की कोशिश करने वालों के खिलाफ कार्यवाही के आदेश दिये। अन्त में परिणाम सामने था।

मेरी आँखों के सामने सारिका का चेहरा बार-बार चमकने लगा। साथ ही स्कूल के दिनों की यादें मस्तिष्क में तैरने लगीं।

नरसिंह देव को पुलिस कुलदीप सिंह और गजराज सिंह को साथ ले तो गई पर जो भी हुआ हो, निश्चित रुप से जनप्रतिनिधि होने का लाभ उनको मिला होगा, तभी पुलिस ने कुछ ही समय बाद उनको छोड़ दिया। कुलदीप और उसके पिता के ऊपर ज़रुर पुलिस ने पर्याप्त मुकदमे ठोक कर जेल भेज दिया।

वास्तव में यह सत्ताधारी पार्टी के एक बाहुबली विधायक की जबर्दस्त पराजय थी।

सत्यप्रकाश ने उत्साह के अतिरेक में पूरे नगर में मेरे और डॉ० कार्तिक ज़िन्दाबाद के नारे लगवा दिए। उसके शो में नरसिंह देव मुर्दाबाद के नारे भी थे। यह आग में घी डालने वाला भी था।

नरसिंह देव को तुरन्त ही ज्ञात हो गया कि हमारी शक्ति के पीछे किसका

हाथ है।

अविलम्ब वह सारिका के पिता से मिलने पहुँच गए।

“प्रणाम चाचा जी।” पिता जी के सामने आते ही नरसिंह देव ने उनके पैर छू लिए।

“खुश रहो, खुश रहो...।” पिता जी जानते थे कि सामने खड़ा व्यक्ति किस स्तर का है- “बैठो बेटा, कैसे आना हुआ ?”

“चाचा जी, आपके आशीर्वाद की ज़रुरत पड़ गई।” मँझी हुई भाषा में हाथ जोड़े नरसिंह देव ने।

“कैसी बात कर रहे हैं, राजा साहब...।” प्रत्युत्तर में पिता जी ने हाथ जोड़े- “बताइये, हमारे लायक क्या सेवा है ?”

“चाचा जी...राजा साहब कहकर शर्मिन्दा मत कीजिए, बेटा हूँ मैं आपका।” विधायक ने उनके हाथ पकड़ लिए।

“बताओ बेटा, बताओ।” पिता जी भावुक हो गए कि हलदाना के पुराने राजघराने का वारिस उन्हें इतना सम्मान दे रहा है।

“चाचा जी...।” नरसिंह देव बोले, राजनीति और सामाजिकता का लम्बा अनुभव उनके साथ बोल रहा था- “डॉ० सारिका मैडम मेरी बहन हैं, आपके परिवार से हमारे परिवार के पुश्तैनी रिश्ते हैं, हम हमेशा आपके और आप हमारे रहे, बहन जी को शायद ये पता नहीं क्योंकि वह विदेश में रही हैं।

डॉ० कार्तिक, जीजा जी हैं हमारे। उनके कहने पर गृहमंत्री महोदय ने हमारे परिवार के खिलाफ कार्यवाही के आदेश दिए हैं, डॉ० साहब से मिनिस्टर साहब के बहुत अच्छे रिश्ते हैं। उन्होंने डॉ० प्रभात का पक्ष लेकर हमारे खिलाफ कार्यवाही करा दी...।” अपनी बात पूरे विस्तार से कहते हुए विधायक जी, अन्त में बोले- “डॉ० प्रभात तो कल से आप लोगों से जुड़े हैं, हम आप तो पाँच पीढ़ियों से एक दूसरे के सुख-दुख के साथी हैं।... बहन जी को आप कहिए, समझाइये कि हम आपके हैं, मिनिस्टर साहब से कहलवा दें कि हम अच्छे आदमी हैं, हमारी राजनीति को नुकसान पहुँचाने के लिए कुछ लोग

हमारे खिलाफ साजिश कर रहे हैं। इससे हमारी लाज बच सकती है...चाचा जी, आज मैं विधायक हूँ, कल मंत्री भी बनूँगा...थोड़ा ध्यान रखिए, समझाइये बहन जी और जीजा जी को। आज हम परेशानी में हैं।''

''आप ठीक कह रहे हैं राजा साहब, हम आपकी बहन को समझायेंगे...।'' पिताजी ने आदतन हाथ जोड़े।

''हाँ चाचाजी... हम मुख्यमंत्री जी के सम्पर्क में हैं। उन्होंने हमारी बात सुन ली तो हम भी किसी को छोड़ेगे नहीं...।''

''आप धमकी दे रहे हैं हमारे पिता जी को...।'' एकाएक, ड्राइंगरुम में सारिका आ गई- ''मुख्यमंत्री जी, आपकी बात सुन लेंगे तो आप क्या करेंगे ? ...क्या करेंगे आप ?'' सामने आकर वह आपे से बाहर हो गई।

''जी...जी, मैडम...।'' एकाएक सारिका के आने से असहज हो गए नरसिंह देव।

''विधायक जी...।'' तड़तड़ाती गई सारिका- ''पता नहीं क्या मानसिकता है आपकी, ? आप और आपके परिवार ने क्षेत्र के लोगों में एक टेरर क्रियेट कर रखा है। आप लोगों के सामने आने से डरते हैं लोग। पता नहीं कैसे लोगों ने आपको अपना डेलीगेट चुन लिया ? आप लोगों की छाया नहीं अपने ऊपर पड़ने देना चाहती है आपकी जनता। टैरिनी फैला रखी है आपने...।''

''क्या बोल रही हो गुड्डी ?'' पिता जी नरसिंह देव के चेहरे को पढ़ते हुए कुछ गुस्से में बोले- ''विधायक जी, हमारे क्षेत्र के राजघराने के आदमी हैं। इनके पुरखों ने हमारे लिए बहुत कुछ किया है, ये क्या बोलती जा रही हो इनसे, अन्दर जाओ...।''

''राजा और राजघराने तो खत्म हो गए पापा...।'' सारिका का स्वर जरा भी नहीं बदला- ''आप लोग बहुत भोले हो। इन लोगों की बातों में आ जाते हो। आप जैसे लोग ही इनको इलेक्शन जितवा देते हो। पाप करते हो आप लोग। पता नहीं आपको। इनके अत्याचारों से कितने लोग परेशान हैं ?''

''गुड्डी तुम अन्दर जाओ...।'' पिताजी को अधिक क्रोध आ गया- ''तुम कुछ ज्यादा ही पढ़-लिख गई हो। तुमसे यहाँ आने को किसने कहा ?''

पिता जी ने जब गुस्से मे ंआदेश दिया तो पैर पटकती सारिका अन्दर चली गई।

''माफ करना राजा साहब...।'' पिताजी ने हाथ जोड़े- ''इसके दिमाग पर पता नहीं कौन सी पट्टी पड़ी हुई है ? मैं समझाऊँगा उसे।''

''मुझे पता है सेठ जी, कौन सी फिल्म चढ़ी है मैडम की आँखों में..।'' अब कटु हो गया विधायक जी का स्वर- ''हमें भी राजनीति करना आता है। मैं समझ गया डॉक्टर साहिबा समझाने से नहीं समझेंगी।''

कहते हुए नरसिंह देव उठ खड़े हुए और उत्तर की प्रतीक्षा किए बिना बाहर निकल गए।

पर्दे के पीछे सारिका गम्भीरता से उनकी प्रतिक्रिया देख रही थी।

* * * * *

''डॉ० प्रभात''....................''ज़िन्दाबाद..।''

''चेयरमैन साहब''...............''ज़िन्दाबाद..।''

''डॉ० प्रभात''....................''ज़िन्दाबाद..।''

''चेयरमैन साहब''...............''ज़िन्दाबाद..।''

घर से जीवन ज्योति आये हुए मुझे अभी आधा घण्टा भी नहीं हुआ था। भर्ती मरीजों को प्रतिदिन अस्पताल में पहुँचते ही सर्वप्रथम देखना, उनका हालचाल जानना शुरु से ही मेरा नियम था। मैं पहली मंजिल पर टहल रहा था तभी ज़िन्दाबाद की आवाज़े मेरे कानों में पड़ीं। सत्यप्रकाश घटना वाले दिन से रोज सुबह मुझसे पहले ही अस्पताल आ जाता था। इस समय भी वह मेरे साथ था।

''कौन है सत्यप्रकाश ?'' मैंने कहा तो वह तेज कदमों से बालकनी में पहुँच गया। फिर नीचे देखते हुए हाथ हिलाने लगा।

मुझे जिज्ञासा हुई, मैं भी लपककर उसके पास पहुँच गया।

"डॉ० प्रभात"..................."ज़िन्दाबाद..।"

"चेयरमैन साहब"..............."ज़िन्दाबाद..।"

"डॉ० प्रभात"..................."ज़िन्दाबाद..।"

"चेयरमैन साहब"..............."ज़िन्दाबाद..।"

अस्पताल के ठीक बाहर भारी भीड़ रुक-रुककर नारेबाजी कर रही थी। हमने देखा भीड़ का नेतृत्व करता हुआ, नारेबाजी करवाने वाला शख्स सत्यप्रकाश के हमेशा साथ रहने वाला अयोध्या प्रसाद और उसके साथ रहने वाला देवीदीन था। राममूरत भी उनके साथ आगे-आगे था।

"जे इहाँ कैसे आ गए, काहे आ गए ? चलो साहब देखते हैं, अपने आदमी हैं।" सत्यप्रकाश को भी उस भीड़ के इस प्रकार आने का मकसद शायद ज्ञात नहीं था। मेरा हाथ पकड़कर उसने नीचे सीढ़ियों की ओर बढ़ना चाहा। मैं यंत्रचलित हो गया।

उसके साथ नीचे हम भीड़ के सामने आ गए। हमें सामने देखकर देवीदीन ने एक बार पुनः नारेबाजी की।

सत्यप्रकाश ने हाथ के इशारे से सभी को शान्त कराया।

"अरे अजुध्या, जे कौन सा कार्यक्रम कर रहे हो ?" सत्यप्रकाश ने इतराते हुए कहा।

"चेयरमैन साब, आप हमारे नेता है, डॉ० साहब हमारे संरक्षक हैं... हम सब आपकी शरण में रहना चाहते हैं।" अयोध्या प्रसाद ने हाथ जोड़े।

"अजुध्या, शरण की क्या बात? तुम सब तो भाई हो हमारे।" सत्यप्रकाश ने नेतागिरी वाली भाषा झोंकी।

"डॉ० साहब, नेताओं का अत्याचार बहुत बढ़ गया है, आप लोग सक्षम न होते तो विधायक जेल भिजवा देता। पता नहीं कौन-कौन सी धारायें लगवाता। आपकी वजह से गजराज और उसका लड़का जेल में है...लेकिन विधायक को भी सज़ा मिलना चाहिए...संरक्षण उसी का है...जड़ वही है।" राममूरत गुस्से और तेजी से बोल रहा था।

"देखो कानून अपना काम कर रहा है, जो दोषी है उसके खिलाफ कार्यवाही हो रही है।" मैंने सुलझी हुई बात करने की कोशिश की।

"नहीं साहब, आप हमें रास्ता बताइये, हम विधायक को जेल भिजवाकर रहेंगे। बहुत भ्रष्टाचार किया है उसने, बहुत अन्याय किया है हम लोगों के साथ, हम सड़क जाम कर देंगे, वाहन नहीं निकलने देंगे कोई, जब तक विधायक को गिरफ्तार नहीं किया जायेगा।" भीड़ से एक आदमी लगभग चिल्लाते हुए सामने आ गया। स्पष्ट समझ में आ रहा था कि वे सभी विधायक नरसिंह देव के घोर विरोधी हैं और 'घटना' के बाद हमारी सफलता और गजराज सिंह, कुलदीप सिंह गिरफ्तारी के कारण उन्हें उनके खिलाफ बोलने की शक्ति मिल गई है।

"डॉक्टर साब, चेयरमैन साब...।" राममूरत ने सामने आकर हाथ जोड़ दिए- "अब आप ही हमारे सरकार हो, आप लोग ही हमारी रक्षा कर सकते हो। अभी एक राक्षस जेल से बाहर है। उसको भी गिरफ्तार करवाइये और अबकी ऐसा जनप्रतिनिधि बनवाइये जो हमारी रक्षा कर सके।"

"तुम लोग चिन्ता मत करो, सरकार सब काम कर रही है।" मैं कोई भी विवादास्पद बात कहने से बच रहा था।

"तुम लोग तनक भी परेशान मत होओ भाइयो...।" सत्यप्रकाश दो कदम आगे बढ़कर भीड़ में घुसा- "अपन लोगों को भी सरकार की ताकत मिल गई है। अपने डॉ० कार्तिक साब और सारिका मैडम के मंत्री, मिनिस्टर से बड़े अच्छे सम्बन्ध हैं, जेई कारन से विधायक के खिलाफ कार्यवाही हुई है...।"

"विधायक के खिलाफ कहाँ कार्यवाही हुई चेयरमैन साब, वो तो छुट्टा फिर रहा है, उसे अन्दर जाना चाहिए।" एक व्यक्ति ने आगे बढ़कर आक्रोश व्यक्त किया।

"अरे भैया...जे कम है का कि उसके सगे सम्बन्धी जेल पहुँच गए। उसकी थू-थू हो गई। अब डरेंगे वे सब। विधायक जेल जाता तो सरकार की थू-थू होती ना।" सत्यप्रकाश अधिकांशतः क्षेत्रीय बोली में ही बात करता था।

"देखो चेयरमैन साब, अब हमें अपना विधायक चाहिए। अगला चुनाव

चाहे आप लड़ो, चाहे डॉ० साहब। हमें आप लोग ही नेता चाहिए।'' पहले वाले व्यक्ति ने अपना प्रेम हमारे प्रति प्रदर्शित किया।

''दुलीचंद भाई...।'' सत्यप्रकाश ने उसका कंधा पकड़ा- ''कर्म करते चलो, भगवान जो चाहेगा सो होगा।''

कहकर ठहाका मारकर हँसा सत्यप्रकाश। मैं उसका चेहरा देखने लगा।

''डॉ० साब, मूल बात ये है कि हमें विधायक की गिरफ्तारी चाहिए, आप लोग कुछ करो इसके लिए।'' एक बुद्धिजीवी टाइप का लड़का ठीक मेरे पास आकर बोला। कुछ उम्मीदें उसकी आँखों में झलक रही थीं।

''आप लोगों के लिए हम सब कोशिश कर रहे हैं, आप तो समझदार हो।'' मेरे कुछ कहने के पूर्व ही सत्यप्रकाश ने उस लड़के के दोनों हाथ अपने हाथ में ले लिए।

''जी मैं समझ तो रहा हूँ।'' लड़का मुस्कुराया।

''बस तो फिर चुप रहिए, सब हो रहा है।'' उसकी आँखों में चतुराई से झाँका सत्यप्रकाश। ''जी, चेयरमैन साब।'' सन्तुष्ट लड़के ने सिर झुका दिया।

* * * * *

''आय थिंक, डॉ० साहब, यू शुड बी पीपल्ज डेलिगिट...।'' अगले दिन जब डॉ० कार्तिक ने मेरे घर में मुझसे कहा तो मैं एकाएक चौंका।

''क्या कह रहे हैं सर ?'' मैंने मुस्कुराते हुए उनको प्रतिक्रिया दी।

''सीरियसली...।'' डॉ० कार्तिक ने मुस्कुराते हुए मेरी आँखों में आँखें डालीं- ''आय एम, आफ्टर सेंडिंग माई थाट एट मैनी साइड रीच्ड टू कन्क्लूजन दैट इट विल बी गुड फार द सोसाईटी।''

''वाऊ...क्या बात है...।'' डॉ० कार्तिक की बात सुनकर सारिका ने अपने अंदाज में ताली बजाई - ''...अंग्रेज बाबू को हमारी सोसायटी की इतनी चिन्ता हो गई और एक हम हैं कि ऐसा कुछ सोच ही नहीं पाये हैं।..

.बिलकुल ठीक देशी बाबू... डॉक्टर, सच में तुमको सोशल वर्कर या पॅालिटीशियन होना चाहिए।"

"अरे मैडम, हम यही तो चाह रहे हैं डॉक्टर साहब से...।" सत्यप्रकाश जोश में समर्थन करते हुए उठ खड़ा हो गया- "पूरा क्षेत्र डॉ० साहब के लिए पगला जायेगा हम जानते हैं जे, जनता कितना चाहती है डॉ० साहब को, दिल्ली के चुनाव आने वाले हैं, साब को खड़ा होना चाहिए। हमारा दावा है कोई सामने टिकेगा नहीं।"

"मुझे छोटा, मोटा डॉक्टर ही रहने दो आप लोग।" मैं हँसा- "राजनीति मेरे वश की चीज़ नहीं है, उस दिन बारह घण्टे में मेरी हालत खराब हो गई थी। आप लोग न होते तो पता नहीं क्या होता ? क्या दशा बनवाता विधायक हमारी ?"

"अरे हम लोग कैसे नहीं होते ? सबका कोई न कोई होता है...।" सारिका ने आँखें चढ़ाई - "अब तुम इलेक्शन ज़रुर फाइट करोगे मि० प्रभात, इट्स माई आर्डर।" कहकर वह खिलखिलाई।

"जे आपने ठीक किया मैडम जी, साहब को आर्डर देकर।" हाथ जोड़कर सारिका के सामने झुक गया सत्यप्रकाश

"रहम कीजिए मेरे ऊपर...।" सीने पर हथेली रख सिर झुकाया मैंने-

"चलिये लंच तैयार हो गया है।" बगल में डाइनिंग रुम की ओर संकेत किया मैंने। दरअसल आज इन तीनों को लंच पर बुलाया था मैंने। सत्यप्रकाश भी मेरी जिन्दगी का अहम हिस्सा बन गया था अब।

खाना खाते हुए डॉ० कार्तिक, सारिका, सत्यप्रकाश ने जब पुनः मेरे चुनाव लड़ने पर बल दिया तो मैं भी अपने चुनाव लड़ने के सम्बन्ध में विभिन्न कोणों से विश्लेषण करने लगा।

* * * * *

मेरे मन में ये बात आ गई थी कि मेरे द्वारा चुनाव लड़ा जा सकता है। मैंने आत्मविश्लेषण किया कि यदि मैं जनप्रतिनिधि बना तो क्षेत्र का, जनता का

अधिक भला कर सकता हूँ। अपने सभी जानने वालों से मैंने प्रत्यक्ष और परोक्ष रुप से जानकारी करने की कोशिश की कि मुझे चुनाव लड़ना चाहिए या नहीं। मैं बहुत खुश था कि किसी एक ने भी बिना खुले हृदय मेरे इस विचार पर प्रसन्नता व्यक्त नहीं की।

सत्यप्रकाश और उसने लँगोटिया समर्थक तो प्रतिदिन आकर मुझसे ऐसी बातें करते कि मेरे चुनाव लड़ने का विचार लगातार दृढ़ होता जा रहा था। मेरी पत्नी ने ज़रुर एक भी बार मेरे चुनाव लड़ने के विचार पर प्रसन्नता व्यक्त नहीं की। वह लगातार कहती रही कि वैसे भी आपके पास हमारे लिए समय नहीं है यदि नेता बन गए तो घर के लिए बचोगे ही नहीं, लेकिन मैं उसे सन्तुष्ट कर देता कि जिन्दगी का असली मजा अपने लिए नहीं दूसरों के लिए जीने में है। वह इस बात पर अधिक विरोध भी व्यक्त नहीं करती। निश्चित रुप से यह मेरी पढ़ी लिखी पोस्ट ग्रेजुएट पत्नी की महानता भी थी। मैं डॉ० कार्तिक और सारिका का तन, मन, धन से समर्थन अपने चुनाव के लिए चाहता था। इसलिए जब मैंने यह निश्चय कर लिया कि मुझे चुनाव लड़ना है तब मैंने उनके सामने यह बात रखी कि चुनाव किस प्रकार लड़ा जाये ?

"मैं इस बारे में ज्यादा नहीं जानता।" मुस्कुराते हुए मेरे प्रश्न का उत्तर दिया डॉ० कार्तिक ने।

"किससे पूछ लिया तुमने नेता जी, इनको तो वाइस प्रेसिडेण्ट आफ इंडिया का नाम भी शायद मालूम न हो ?" मुस्कुराते हुए ताना मारा सारिका ने डॉ० कार्तिक को- "मैं बताती हूँ, इण्डिया में टाप टू पॉलिटिकल पार्टीमें किसी एक को ज्वाइन करो और विक्टोरियस बनो, कुछ अपने वोट, प्लस कुछ पार्टी के वोट दोनों मिलकर आसानी से जिता देंगे।"

मैं कहूँगा कि गजराज सिंह, नरसिंह देव, मेरे खिलाफ लगातार साजिश रच रहे डॉक्टर्स ने मुझे सारिका, डॉ० कार्तिक, सत्यप्रकाश के चुनाव लड़ने की सलाह मानने को मानसिक रुप से विवश कर दिया। परिस्थितियों के विश्लेषण के बाद मुझे कुल मिलाकर अहसास हुआ कि ये ठीक रहेगा, और जब चुनाव लड़ना ही था तो फिर पूरी योजना एवं ऊर्जा के साथ मैंने तैयारियाँ भी शुरु कर दीं। अपना धनात्मक पक्ष भली प्रकार ज्ञात था मुझे। सप्ताह में

दो दिन पचास किलोमीटर की परिधि में लगने वाले अपने स्वास्थ्य शिविरों को मैंने एक दिन छोड़ एक दिन इस प्रकार लगाने का प्लान बनाया ताकि अधिक से अधिक जनता स्वास्थ्य सुविधा का लाभ भी उठा सके और हमसे जुड़ भी सके। शिविरों को सफल बनाने के लिए स्वास्थ्य दूतों की संख्या बढ़ाई। शिविरों के लिए और भी कर्मचारियों की आवश्यकता थी। इसलिए युवाओं को प्रेरित कर अल्प मानदेय पर 'स्वास्थ्य रक्षक' के नाम से कार्यकर्ताओं की भर्ती की। ऐसा माहौल हमने बनाया कि अल्प धनार्जन में भी स्वास्थ्य दूत और स्वास्थ्य रक्षक जनता के स्वास्थ्य संवर्धन के लिए काम करते हुए आनन्द का अनुभव करें। तभी वे हमसे जुड़े रह सके और हमारे कार्यक्रम की रीढ़ की हड्डी बने रहे। इन लोगों में हमने गर्व की ऐसी भावना पैदा कर दी कि जनता के लिए काम करते हुए वे अपने को महत्वपूर्ण समझने लगे, इससे उन्हें लगातार खुशी मिली। यही लोग प्रभात कुमार के कट्टर प्रचारक भी साबित हुए। मैंने ये जान लिया था कि हमारे यहाँ गोल भी करना ज़रुरी है और गोल मैंने किया इसका प्रचार भी ज़रुरी है। हमारी प्लानिंग इस मामले में सफल सिद्ध हुई।

अगर लोग स्वास्थ्य के प्रति जागरुक हो जायें तो लोगों को कोई बीमारी ही नहीं हो सकती। यदि लोग अपनी सबसे कीमती चीज़...अपने शरीर के लिए मात्र तीस मिनट देने लगें प्रतिदिन तो एक तो उनको कोई बीमारी ही नहीं होगी और यदि होती भी है तो छोटे-मोटे इलाज से ठीक हो जाती है। मात्र दो प्रतिशत ऐसे मरीज होते हैं जो किसी कारणवश जटिल बीमारी की स्थिति में पहुँच जाते हैं। हमने स्वास्थ्य शिविरों के माध्यम् से स्वास्थ्य जागरुकता उत्पन्न करने के साथ-साथ प्रारम्भ में पनपने वाली बीमारियों को अपने प्रारम्भिक स्थल पर ही समाप्त कर दिया, लोगों को बहुत कम धन व्यय करना पड़ा, डॉक्टर्स की फीस लगी नहीं, मात्र कुछ प्रतिशत लोग ही ऐसे निकले जिन्हें बाहर इलाज हेतु जाना पड़ा। उनको भी यथासम्भव हमने 'गाइड' किया।

लाइफ स्टाइल में परिवर्तन का जमाना है, पर्यावरण बदल रहा है, भोजन में घातक रसायन मनुष्य के शरीर में प्रवेश कर रहे हैं, क्या राजा क्या रंक, अधिकांश बीमार हैं...हमारी स्वास्थ्य सुविधाओं का लाभ लोगों को जब मिला तो भूरि-भूरि प्रशंसा अस्वाभाविक नहीं थी।

* * * * *

लोकसभा के लिए उम्मीदवार बनने के लिए सर्वप्रथम मैंने देश के सबसे बड़े माने-जाने वाले राजनीतिक दल से सम्पर्क किया। इस बार लोकसभा चुनाव में इसी दल को सर्वाधिक सीटें प्राप्त होने की संभावना थी। मुझे विश्वास था कि मेरी लोकप्रियता देखते हुए आसानी से मुझे उस दल का टिकट प्राप्त हो जायेगा। मैंने विभिन्न माध्यमों का प्रयोग करते हुए सम्पर्क साधा। काफी कठिनता से मुझे राष्ट्रीय अध्यक्ष से मिलने का अवसर प्राप्त हुआ। सौहार्द्रपूर्ण वातावरण में अध्यक्ष महोदय से बात हुई। मधुर स्वर में उन्होंने कहा कि कैन्डीडेचर का निर्णय 'डिस्ट्रिक्ट कमेटी' करती है। आप पार्टी की मेम्बरशिप लेकर अप्लाई कीजिए, प्रदेश अध्यक्ष से मिलिए, आपके बारे में गम्भीरतापूर्वक विचार होगा।

हमने प्रदेश अध्यक्ष से भी मुलाकात की और उनके कथनानुसार 'डिस्ट्रिस्ट कमेटी' को भी आवेदन कर दिया। परन्तु जिले के एक पुराने नेता ने बताया कि यह तो पहले से तय हो गया है कि इस बार यहाँ से लोकसभा चुनाव किसको लड़ना है। आपको टिकट नहीं मिलेगा। जातिगत समीकरणों के अनुसार आप पार्टी के लिए फिट नहीं हैं। इसलिए आपको टिकट नहीं मिलेगा।

जब मैं ये समझ गया कि यहाँ से मुझे उम्मीदवारी नहीं मिलने वाली तब मैं प्रदेश की सबसे मजबूत मानी जाने वाली 'किसान मजदूर पार्टी' के शीर्ष नेतृत्व से मुलाकात की। मैंने पाया कि इस पार्टी के राष्ट्रीय अध्यक्ष का दृष्टिकोण बड़ा अभिमानपूर्ण था। उनसे मात्र पाँच मिनट की मुलाकात हो सकी। उन्होंने हमारी दावेदारी पर तनिक भी महत्व नहीं दिया, कहा कि आप पार्टी मेम्बरशिप लीजिए। क्षेत्र में काम कीजिए, बहुत से लोग उम्मीदवारी की लाइन में हैं, पार्टी के लिए 'कुछ करके' दिखाइये, फिर देखते हैं।

उनकी बातचीत के तरीके से मुझे बड़ी ठेस लगी। एक बार तो लगा कि ये चुनाव-वुनाव बेकार की चीज़ है, अपन डॉक्टर ही अच्छे। परन्तु बाद में सत्यप्रकाश के सुझाव पर मैं प्रदेश अध्यक्ष से मिला तो उन्होंने सीधे- सीधे कहा कि पार्टी कोष में धन जमा कराइये डॉक्टर साहब, मैं किसी बड़े कार्यक्रम में आपकी पार्टी में शामिल होने का प्रदर्शन करुँगा। इसके बाद आपको उम्मीदवारी का रास्ता खुलेगा।

उन्होंने गर्व से बताया कि हमारी पार्टी का टिकट जीत की सबसे बड़ी गारण्टी है। हमारा परम्परागत वोट बैंक हर क्षेत्र में इतना अधिक है जितना किसी अन्य पार्टी का नहीं। उन्होंने आश्वासन दिया कि हम कोशिश करेंगे परन्तु बहुत से लोग टिकट चाहते हैं इसलिए टिकट की गारण्टी नहीं ले सकते। परन्तु यदि आप पार्टी से जुड़ते हैं तो हमारी शर्तों को मानने की स्थिति में आपको टिकट न मिलने पर कोई अच्छा पार्टी पद प्रदान किया जायेगा और आप आपकी राजनीति को चमकाने का पर्याप्त अवसर प्राप्त करेंगे।

हमने लौटकर उनकी बातों पर चिन्तन किया। पार्टी के क्षेत्रीय नेताओं से सम्पर्क किया। हमें ज्ञात हुआ कि इस पार्टी में नरसिंह देव की उम्मीदवारी सबसे तगड़ी है और सम्भवतः उन्हें ही टिकट प्राप्त होगा।

हमने और भी दिमाग लगाया। चुनावी रणनीति के जानकारों से सम्पर्क किया। हम भी समझ रहे थे और इन जानकारों ने भी बताया कि हमें कोई भी बड़ी राजनीतिक पार्टीउम्मीदवारी इसलिए नहीं प्रदान करेगी कि हमारे लोकसभा क्षेत्र सुदर्शनपुर में ऐसी जाति का बाहुल्य है जिसमें मेरी जाति के उम्मीदवार को जीतने वाला घोड़ा नहीं माना जाता।

मैं काफी सोचता रहा। अब तक चारों ओर ये चर्चा होने लगी थी कि 'डॉक्टर प्रभात' लोकसभा का चुनाव लड़ने वाले हैं। एकाध बार तो मन में आया कि चुनाव ना ही लड़ा जाये पर शायद नरसिंह देव और गजराज द्वारा किए गए अपमान से, हार न मानने की आदत, जनता का समर्थन एवं अन्य विश्लेषण के बाद ही मैंने निश्चय कर लिया कि चुनाव तो लड़ना ही है।

और बहुत जल्दी मैंने, बिना अन्य किसी के प्रभाव के यह तय कर लिया कि चलो निर्दलीय लड़ा जाये।

* * * * *

मैंने खुलकर अपनी उम्मीदवारी की घोषणा कर दी। जनसम्पर्क शुरु कर दिया। स्वास्थ्य शिविरों की संख्या, मैं अधिक से अधिक बढ़ाने की कोशिश कर रहा था। इससे हमें ज्यादा से ज्यादा लोगों से सम्बन्ध बनाने का अवसर प्राप्त हो

रहा था। हमारी सेवाओं से लोग खुश थे। मैं इसका लाभ उठाकर साथ-साथ अपना चुनाव प्रचार कर रहा था। प्रारम्भ से ही स्वास्थ्य शिविरों में लोगों को सम्बोधित कर उन्हें स्वास्थ्य के प्रति जागरुक किया जाता था। अब उन्हें मेरे द्वारा स्वास्थ्य के साथ-साथ राजनीतिक जागरुकता के लिए भी प्रेरित किया जा रहा था। अब मैं हर बार उन्हें ये बताना नहीं भूल रहा था कि बेहतर जीवन के लिए भी समझदारी बहुत ज़रुरी है, बेहतर जीवन के लिए एक ईमानदार जनप्रतिनिधि का चुनाव भी बड़ी आवश्यकता है। मैं स्पष्ट तरीके से लोगों से कहता कि मैं संसदीय चुनाव में खड़ा हो रहा हूँ, आप मुझे चुनिए, मैं आपको समग्र विकास के रास्ते पर ले जाना चाहता हूँ।...और लोगों के समर्थन को देखकर मेरा आत्मविश्वास मजबूत हो रहा था।

सभी प्रमुख राजनीतिक दलों ने संसदीय चुनावों में अपने उम्मीदवारों की घोषणा कर दी थी। और...ज्यों-ज्यों मेरा आत्मविश्वास मजबूत हो रहा था, अन्य उम्मीदवारों का आत्मविश्वास कमज़ोर हो रहा था। यह बात छन-छनकर मेरे पास आ रही थी कि अन्य पार्टियाँ मुझे अपना प्रमुख प्रतिद्वन्दी मान रही हैं, क्योंकि...काफी जल्दी मैं सभी की आलोचना का प्रमुख पात्र बनने लगा था।

नरसिंह देव ने अभी भी मेरा पीछा नहीं छोड़ा। वह वर्तमान विधायक थे, उनकी पार्टीसत्ताधारी थी। यह नरसिंह देव का कमाल ही था कि विधायक रहते हुए उन्होंने एम०पी० का कैन्डीडेचर प्राप्त कर लिया। सरकार ने मानो उनको जिताने की ठान ली। राज्य सरकार के एक के बाद एक अनकों मंत्रियों ने क्षेत्र में डेरा डाल दिया और दिन रात एक कर दिया। सरकार के लिए सुदर्शनपुर लोकसभा सीट जैसे प्रतिष्ठा का विषय बन गई। साम, दाम, दण्ड, भेद सभी का प्रयोग किया गया। मेरे प्रचारकों, समर्थकों को तोड़ने की भरपूर कोशिशें की जाने लगीं। कुछ लोग सत्ताधारी मंत्रियों के लालच से टूटे, कुछ धनबल के प्रयोग से टूटे, कुछ पर झूठे मुकदमें लादकर तोड़ा गया, कुछ को धमकाया गया, मारा-पीटा गया ताकि वे मेरा समर्थन, सहयोग, प्रचार बन्द कर दें। सत्ता की ताकत का अहसास मुझे उस समय हुआ जब मेरे बहुत से कट्टर समर्थकों ने साफ कह दिया कि डॉक्टर साब, अब हम आपका सहयोग नहीं कर पायेंगे, बीबी-बच्चे पालने हैं। कुछ समर्थक जो मेरे संदेश पर दौड़े आते थे, अब ढूँढे नहीं मिल रहे थे। मैंने अखबार वालों से कहा कि मेरे

लोगों को धमकाया जा रहा है तो उन्होंने इस आशय की खबर ही नहीं चलाई। हद तो तब हो गई जब सत्यप्रकाश जो हर समय मेरे साथ रहता था। अचानक एक दिन गायब हो गया। तीन दिन तक मुझे उसकी कोई सूचना नहीं मिली। उसके सभी करीबियों से पूछा लेकिन किसी ने नहीं बताया वह कहाँ लापता हो गया। मैंने तो सुनिश्चित मान लिया था कि उसके साथ कोई अनहोनी हो गई है। जिस तरह का अत्याचार मेरे और मेरे समर्थकों के साथ हो रहा था उसकी मैंने कल्पना भी न की थी कि चुनाव जीतने के लिए ऐसे-ऐसे हथकंडे अपनाये जाते हैं। कहते हुए शर्म आती है मेरे समर्थकों को अपने खेमे में शामिल करने के लिए वेश्याओं तक का प्रयोग किया गया। दो दिन जब बीत गए और सत्यप्रकाश का पता न चला तो उसकी चिन्ता में तीसरे दिन हमारा चुनाव प्रचार थम गया। हम सभी शाक्ड हो गए कि सत्यप्रकाश का क्या हुआ, तरह-तरह के खयालात सभी के दिमाग में आ रहे थे। लेकिन शाम को हमने उस वक्त चैन की सांस ली जब वह अस्पताल में मेरे सामने प्रकट हुआ। जब वह सामने आया तो मैं कुछ पलों तक उसे ऊपर से नीचे तक आश्चर्यपूर्वक देखता रहा। उसने जो बताया वह भी पूर्णतः नया अनुभव था। उसको सुदर्शनपुर में कैम्प के लिए एक कैबिनेट मंत्री घर से अपनी कार में ले गए थे। सत्यप्रकाश की मंत्री से पूर्व में कुछ मुलाकातें थीं।

मंत्री जी ने उसे समझाया कि वह उनकी पार्टी ज्वाइन कर ले, नरसिंह देव का समर्थन करे। यदि नरसिंह देव जीत गए तो विधायक की खाली सीट पर उसे उम्मीदवार बनाकर जितवाया जायेगा। सरकार धनार्जन में उसकी मदद करेगी आदि। सत्यप्रकाश के मना करने पर उसे तमाम धमकियाँ दीं गईं। दो दिन उसे अज्ञात स्थान पर रखकर अन्य मंत्रियों से भेंट कराई गई। उनके द्वारा भी प्रलोभन एवं धमकी दी गई। अन्त में तीसरे दिन उसके न टूटने पर यह कहते हुए छोड़ दिया गया कि अगर चुनाव में डॉक्टर के साथ दिखे तो सरकार तुम्हारी जिन्दगी बर्बाद कर देगी, मुख्यमंत्री जी ने स्वयं ऐसे निर्देश दिए हैं।

सत्यप्रकाश ने जो बताया उसे सुनकर मेरे होश उड़ गए। हम लगातार अपने समर्थकों पर हो रहे अत्याचारों और उनके हमसे टूटने को देख रहे थे। मैंने सारिका और डॉ० कार्तिक से इस आशय से बात भी की कि वे अपने चाइनामैन से कहकर कुछ मदद करें, लेकिन इस बार कोई मदद ना

मिल सकी। चाइनामैन जी को उनके पिताजी ने स्पष्ट मना कर दिया कि इलेक्शन में टाँग मत फँसाओं, अभी कोई भी ऐसा कुछ नहीं सुनेगा।

सत्यप्रकाश की घटना सुनकर एक बारी तो वास्तव में मैं टूट गया। अपनी तरफ मुझे बड़ा खतरनाक सा जाल बुना हुआ प्रतीत होने लगा। अस्पताल में मेरा मन नहीं लगता, क्षेत्र में प्रचार करने निकलने में मुझे डर लगने लगा। जहाँ कहीं मैं जाता नरसिंह देव के समर्थक हमारे समूह के आगे पीछे बन्दूकों, लाठी, डण्डे, भाले लेकर चलते, मेरे खिलाफ नारेबाजी करते, खतरनाक सा माहौल बनाते हुए सभी को भयभीत करने की कोशिश करते। अभी वोटिंग को बीस दिन शेष थे, अनहोनी की आशंका ने मेरा जीना मुश्किल कर दिया, मुझे लगता मेरे आसपास रहने वाले लोग मुझसे कतराने लगे हैं, मुझे अपने परिवार की सुरक्षा की चिन्ता सताने लगी।

एक बार तो मन में आया कि घोषणा कर दूँ कि लोगो मुझे माफ करो, राजनीति के मैदान में आकर मुझे लग रहा है कि मैं राजनीति के लायक नहीं, मैं अपनी उम्मीदवारी वापिस लेता हूँ, आप अपना कीमती वोट अपनी पसंद के अन्य उम्मीदवार को दे दो। हृदय की गहराईयों से भी आवाज़ आती प्रतीत हो रही थी कि प्रभात गलत निर्णय कर लिया तुमने, डॉक्टर के रुप में मरीजों की सेवा करने में कितनी तनाव रहित जिन्दगी चल रही थी, सब कुछ तो था जिन्दगी में, क्यों दलदल में डाल दिया अपने को ?

लेकिन सोचते ही सोचते, तनाव ही तनाव में दिन गुजर गए। इन अन्तिम दिनों में मेरा चुनाव प्रचार लगभग शून्य हो गया और वोटिंग का दिन आ गया...। और मतगणना का दिन भी आ गया।

* * * * *

मुझे उत्सुकता तो बहुत थी लेकिन तनाव भी अपार था। हृदय में विश्वास की चमक भी थी लेकिन चुनाव प्रचार के अन्तिम बीस-तीस दिनों में टूटे, कतराते अपने समर्थकों, अल्प प्रचार की परिस्थितियों, नरसिंह देव के जश्न मनाते समर्थकों की छवियों की आँधी भी थी। खोने के लिए मेरे पास कुछ नहीं यह विचार मन में दृढ़ कर मैं सुबह तैयार होकर ओ०पी०डी० करने जीवन ज्योति

निकल गया। मैंने सभी से कह दिया टी०वी०, रेडियो पर अस्पताल में चुनाव परिणाम कोई नहीं खोलेगा, जो होगा शाम को देखा जायेगा, चुनावों को लेकर अब मैं कोई तनाव पालने को तैयार नहीं था। मैंने अपने को मरीजों में व्यस्त कर लिया, जैसे मेरा चुनावों से कोई सरोकार ना हो। सत्यप्रकाश को फोन कर कह दिया कि शाम को सीधे बताना क्या हुआ बीच में कोई सन्देश मत देना।

मेरे मरीजों की संख्या उस दिन काफी अधिक थी। संख्या तो रोज ही सामान्य से अधिक हो रही थी क्योंकि लगभग डेढ़ महीने से चुनावी व्यस्तता और तनातनी के कारण मैं समय ही नहीं दे पा रहा था। जब मैंने ओ०पी०डी० शुरु किया तो फिर मैं जैसे भूल ही गया कि आज का दिन मेरे लिए किसी अन्य कारण से भी बहुत महत्वपूर्ण है। दोपहर का लगभग दो बज गया।

''प्रभात कुमार''....................''ज़िन्दाबाद..।''

''प्रभात कुमार''....................''ज़िन्दाबाद..।''

''भारत माता की''......................''जय..।''

''डॉ० प्रभात''......................''ज़िन्दाबाद..।''

मेरा नियम था। लंच पर मैं तब उठता था जब सारे मरीजों को निपटा देता। और मेरी ओ०पी०डी० नौ बजे शुरु होकर एक-डेढ़ बजे तक समाप्त हो जाती थी। पर, उस दिन दो बजे भी काफी पेशेन्ट बाकी थे और मैं उनमें डूबा हुआ था, परन्तु अचानक बाहर ढोल-नगाड़ों के साथ अपने ज़िन्दाबाद के नारों से मैं बुरी तरह चौंका।

सामने बैठे मरीज पर से मेरा ध्यान हट गया।

''देखो कौन हैं ?'' सामने खड़े सुरेश से कहा मैंने।

वह तुरन्त बाहर निकल गया।

इतने में मैंने कुछ जल्दी में उस पेशेन्ट को मेडीसिन लिख दी।

अब मेरा पूरा ध्यान बाहर की आवाज़ों की ओर चला गया। कुछ विचार कर मेरे शरीर में झुरझुरी दौड़ गई।

तभी कमरे में दरवाज़ा खोलकर सत्यप्रकाश ने तेजी से प्रवेश किया उसके साथ सुरेश था। मैंने देखा कुछ लोग बन्द दरवाज़े के बाहर रह गए हैं।

"डॉक्टर साब...।" सत्यप्रकाश उत्तेजना में चीखा- "हम लोग नब्बे हजार वोटों से आगे चल रहे हैं।" खुशी के अतिरेक में उसने मेरे पैर छू लिए।

"क्या ?" मैं भी उछल पड़ा।

"हाँ साब...।" उसी एक्साइटमेंट में उसने दायें हाथ की मुट्ठी को विजयी अंदाज में लहराया- "बस चार राउण्ड की गणना बाकी है। वो हमारे गढ़ हैं। अब हमें कोई नहीं हरा सकता। हा...आ...आ...हा...।" उत्तेजना में वह कमरे के फर्श पर लेट गया और हाथ पैर उछालने लगा।

"पागल हो गया है क्या ?" मैंने बनावटी गुस्से में उसे डाँटा- "उठ, टी०वी० खोल, मैं भी देखूँ कहाँ से गलत सलत खबर लाया है।" दरअसल मैं भी बेहद उत्तेजना और खुशी में उड़ने लगा था पर टी०वी० पर कन्फर्म करने की इच्छा मुझे हो रही थी। मैंने अपना कोई भी प्रतिनिधि मतगणना स्थल पर भी नहीं भेजा था, जिससे मैं वास्तविकता ज्ञात करता।

तत्काल टी०वी० खोल दिया गया। अपना परिणाम जानने की व्याकुलता में सत्यप्रकाश ने एक के बाद एक सारे चैनलों के बटन दबा दिए। हर चैनलों पर एनालिस्ट बैठे थे। किसी पर ग्राफ, किसी पर कालम, तरह-तरह से विश्लेषण के साथ ऊपर नीचे कई पट्टियाँ चल रही थीं।

मैं सत्यप्रकाश को चैनल्स बदलने से मना नहीं कर रहा था। जल्दी से किसी पट्टी में अपना नाम देखने की तीव्र इच्छा हो रही थी।

कुछ देर में एक प्रसिद्ध चैनल ने इच्छा पूर्ण कर दी। 'सुदर्शनपुर सीट से निर्दलीय प्रत्याशी प्रभात कुमार अपने निकटतम प्रतिद्वन्दी किसान मजदूर पार्टीके नरसिंह देव से लगभग एक लाख मतों से आगे।'

सत्यप्रकाश दोनों हाथ ऊपर करके एक बार पुनः ज़ोर से चीखा। सुरेश ताली बजाकर उछलने लगा। मेरा दिमाग हवा में तैरने लगा। बाहर ढोल-नगाड़ों का स्वर तीव्र हो रहा था।

रात्रि होते होते परिणाम घोषित हो गया। एक लाख पिचहत्तर हजार तीन सौ आठ मतों से भारी अन्तर से मैं चुनाव जीत गया। नरसिंह देव को जनता ने बुरी पटखनी दी। उस पूरी रात हमारे द्वारा उत्सव मनाया गया। सत्यप्रकाश जैसे लोग तो हकदार थे रात्रि जागरण के लेकिन पूरी रात एम०बी०बी०एस० साब, एम०डी० साब जैसे ऐसे-ऐसे लोग बधाई देने आए जिनको अपने सामने हाथ-जोड़े देखकर मैं आश्चर्यचकित रह गया।

सुबह चार बजे के लगभग जब हंगामा समाप्त हुआ और थकान से बोझिल मैं पलंग पर लेटा तब नींद मेरी आँखों से कोसों दूर चली गई थी, गुरु जी का सरकारी स्कूल...इण्टर कॉलेज, जीवन ज्योति सुदर्शनपुर, डॉ० सिन्हा, डॉ०...जीवन ज्योति हलदाना... सत्यप्रकाश का धरना, कोतवाली की कोठरी, माँ...बापू...भाई...बहन, रह-रहकर मेरे चक्षु पटल पर प्रकट हो रहे थे...मुझे लग रहा था, चुनाव के साथ जिन्दगी की पूरी जंग मैं जीत गया हूँ।

* * * * *

मैंने संसद की सदस्यता की शपथ ग्रहण कर ली। कुछ दिन तक उत्सव मनाने के बाद मैंने आगे की कार्ययोजना बनाई। अब मुझे जो भी करना था वह पहले से अधिक आसान था। सबसे पहले मैंने सरकारी योजनाओं पर फोकस किया। काफी कल्याणकारी योजनाएँ थीं पर उनका लाभ पात्रों तक नहीं पहुँच रहा था। काफी कुछ बन्दरबाँट ऊपर हो जाती थी और नीचे आने पर अपात्र ले उड़ते थे। मेरे लिए सबसे उपयुक्त और सुपात्र, इस काम हेतु सत्यप्रकाश था। उसको मैंने यह काम सौंपा कि सरकारी योजनाओं के प्रति जागरुकता और पात्रों को लाभ के लिए वह काम करे। मेरे कहने पर उसने एक टीम बनाई और शुरु हो गया। विभिन्न सरकारी विभागों को प्रेरित कर, दबाव डालकर योजनाओं की जानकारी जनता तक पहुँचाई गई। जब जानकारी जनता तक पहुँची तब जनता स्वयं उनके लाभ के लिए सक्रिय हो गई। हमने जनता की शिकायत सुनने के लिए भी प्रतिदिन समय निर्धारित किया। प्रशासन के किसी भी विभाग से कोई समस्या होने पर लोग तत्काल हमसे सम्पर्क करते। हमारी कोशिश पर निवारण आसान हो जाता। शुरुआत के कुछ महीने तक तो इतनी शिकायतें मिलीं कि चैन लेना दूभर हो गया। अपनी ओ०पी०डी०

जो मैं नियमित करता ही था, उसका समय घटाना पड़ा। अपने सभी कामों को निपटाने के लिए सघन परिश्रम एवं सामंजस्य बिठाना पड़ा। परन्तु हमारी प्रतिबद्धता के कारण सब कुछ आसान होता चला गया। स्वास्थ्य शिविर उसी प्रकार चलते रहे, यद्यपि मेरा जाना उनमें कम हो गया, लेकिन अब हमारे साथ एक-दूसरी शक्ति थी, इसलिए सब कुछ आसानी से हल हो रहा था। सहयोग करने की इच्छा में लोग सामने खड़े थे क्योंकि उन्हें ज्ञात था कि कुछ देने से उन्हें भी कुछ मिलेगा।

नरसिंह देव का रुतबा अभी भी मुझसे अधिक था, कारण कि प्रदेश में उन्हीं के दल की सरकार थी।

कई बार ऐसा हुआ कि किसी सरकारी योजना के लाभ के लिए हमने कोई पात्र की सिफारिश की तो उसके विपरीत नरसिंह देव द्वारा की गई अपात्र की सिफारिश प्रशासन द्वारा मान ली गई। लेकिन संतोष की बात ये थी कि ऐसा अधिक मामलों में नहीं हो पाया क्योंकि प्रशासन भी अवैधानिक कामों का परिणाम जानता था। हम दोनों के बीच में अधिकारियों की बुरी हालत हो गई। ये मैं जानता था और अधिकारियों के साथ सौहार्द्रपूर्ण चर्चा करके हल निकलता है। इससे मेरी लोकप्रियता प्रशासन में भी बढ़ी। इससे मेरे काम और भी आसान हुए। इससे नरसिंह की खीझ बहुत बढ़ी। कई बार उन्होंने अधिकारियों- कर्मचारियों से अभद्रता की। उस समय इसी कारण उन पर दो बार मुकदमा भी दायर हुआ। पर, यहाँ भी उन्हें सत्ताधारी विधायक होने का लाभ मिला। उनके जारी अनैतिक तौर तरीकों के बीच मैं और मेरे लोग जनता के सुख-दुख के बीच जाकर उनके लिए सकारात्मक काम कर रहे थे। उन पर अब किसी की दबंगई, गुंडई नहीं चल पा रही थी। और सारे क्रियाकलापों के बीच नरसिंह देव की सबसे बड़ी पराजय ये थी कि वे समझ ही नहीं पा रहे थे कि उनके बोये काँटों से अब काँटे ही पैदा होने वाले थे, राजे राजवाड़ों के दिन अब देश में लद गए थे। जनता की सोच तेजी से बदल रही थी, अपने अच्छे और बुरे में फर्क वह अब अधिक बेहतर तरीके से कर रही थी।

और वही हुआ विधानसभा आम चुनाव जब हुए तब न सिर्फ प्रदेश से किसान मजदूर पार्टी की सरकार का सफाया हुआ बल्कि नरसिंह देव बुरी तरह चुनाव हारे। जनता ने उन्हें तीसरे स्थान पर पटक दिया।

सबसे बेखबर हम अपने में मस्त और व्यस्त रहे।

इस बीच जीवन ज्योति की प्रसिद्धि और आय लगातार बढ़ती रही। सुदर्शनपुर जाने वाले क्षेत्र के मरीज अब हलदाना आने लगे। मरीजों की संख्या धीरे-धीरे इतनी बढ़ गई कि डॉक्टरों की संख्या और बिल्डिंग छोटी पड़ गई, अस्पताल की आय में भी भारी वृद्धि हुई।

इसे देखते हुए मैंने नई जमीन खरीदकर अस्पताल का एक नया विशाल भवन बनवाया। और मुझे लगा कि अब समय आ गया है जब मैं अपने माँ और पिता के प्रति अपनी दबी हुई भावनायें प्रकट करुँ। जीवन ज्योति को मैंने नए भवन में लगभग शिफ्ट कर दिया और अस्पताल का नाम बदलकर रख दिया 'सुन्दरी भगवन्ता जीवन ज्योति हॉस्पिटल'। माँ-पिता की प्रमिमायें मैंने एक ऊँचाई पर हॉस्पिटल के प्रांगण में लगवा दीं और एक व्यक्ति रोज दो अगरबत्तियाँ वहाँ लगाने के लिए नियुक्त कर दिया, उस दिन के लिए जब मैं अगरबत्ती लगाकर प्रणाम करने के लिए उपलब्ध नहीं होता। इससे मुझे हार्दिक शान्ति मिली। अपने नए अस्पताल में मैंने मरीजों के लिए ऐसी कोई सुविधा नहीं छोड़ी जो सुदर्शनपुर के किसी अस्पताल में हो, यद्यपि इसके लिए मुझे बैंक से भारी भरकम कर्ज लेना पड़ा। लेकिन अब तो बैंक भी पलकें बिछाए थे, कोई कठिनाई नहीं हुई।

अपनी पढ़ाई के दिन बिलकुल भी नहीं भूले मुझे, कभी नहीं भूले, आज भी नहीं भुला पाया हूँ...एक आग जलती है मेरे अन्दर जो कभी शायद बुझेगी नहीं...गरीब बच्चों के लिए शिक्षा प्राप्त करना कितना प्रताड़नात्मक और कठिन है, मेरी आज भी इच्छा है कि बच्चों की शिक्षा के मार्ग में कोई बाधा नहीं होना चाहिए...मैंने 'सुन्दरी भगवन्ता इण्टर कॉलेज' एवं 'सुन्दरी भगवन्ता महाविद्यालय' की स्थापना की। गरीब बच्चों की शिक्षा के लिए मैंने इन माध्यमों से प्रयास करने की लगातार कोशिश की। बहुत से बच्चों को इससे लाभ हुआ।

जनता के लिए काम करते-करते कब पाँच साल बीत गए मुझे पता ही नहीं चला।

* * * * *

अचानक अदालत में घनघोर निस्तब्धता छा गई। बोलते-बोलते प्रभात कुमार एकाएक चुप हो गए। कुछ सेकेण्डों तक चुप रहे फिर रेलिंग पकड़कर धीरे-धीरे नीचे बैठ गए। वो क्या बैठे पूरी अदालत खड़ी हो गई। दर्शक दीर्घा में बैठे सारे लोग खड़े हो गए। लोगों की फुसफुसाहट शब्दों में बदलने लगी।

"क्या बात है प्रभात कुमार जी, क्या हुआ आपको ?" एक जज ने बेसब्री से पूछा।

जवाब में प्रभात कुमार ने हाथ हिलाकर कुछ इशारा किया। बोले नहीं कुछ।

"सिक्योरिटी, देखिए इनको।" अब बीच वाले जज साहब एकदम खड़े हुए फिर बैठ गए।

पुलिस दौड़ी। प्रभात कुमार को पकड़ा तो उनका सहारा लेकर वह पुनः खड़े हो गए।

"योर ऑनर...।" उन्होंने कुछ कमज़ोर आवाज़में कहना चाहा।

"क्या हुआ आपको ? स्वास्थ्य कुछ गड़बड़ हुआ लग रहा आपका। हॉस्पिटल चले जाइए ?" एक अन्य जज ने पूरी सहानुभूति प्रकट की।

"नहीं सर...।" माथे पर हाथ फेरा उन्होंने- "उम्र और वक्त से कोई लड़ नहीं पाया, शायद इसी कारण चक्कर आ गया था, वैसे चक्कर जानलेवा हो सकते हैं, ये जानता हूँ मैं पर मेरे चक्क्र जानलेवा नहीं होंगे...।" कहकर मुस्कुराये वे फिर आगे बोले- "आज मैं अपनी बात पूरी कर दूँ, बहुत समय हो गया है आप सबका मूल्यवान समय नष्ट करते-करते...।" एक बार पुनः जीवंत मुस्कान दौड़ने लगी प्रभात कुमार के होठों पर, यद्यपि जितनी सख्ती से वे कटघरे की रेलिंग को पकड़े थे, वह असामान्य भी था, वे आगे बताने लगे तो पुनः पूरी अदालत में फिर शान्ति छा गई- "माई लॉर्ड, संसद ने अपना कार्यकाल पूरा किया और एक सांसद के रुप में मैंने। फिर चुनाव आये और मैं फिर लड़ा...और फिर जीता, पहले से भी अधिक वोटों के अन्तर से। इसके बाद तो पहले मिलने वाली राजनीतिक चुनौतियाँ भी लगभग समाप्त हो गई। लगभग सभी ने मुझसे राजनीतिक हार मान ली...सुदर्शनपुर के सारे

राजनेता सुप्तावस्था में चले गए। वहाँ सिर्फ मैं था और मेरे लोग...मेरे कार्यक्रम।

मैंने अपने सारे कार्यकर्ताओं को पूरी गम्भीरता और पर्याप्त सख्ती के साथ लगातार यह संदेश दिया और प्रेरणा प्रदान की कि हमें लोगों की समस्याओं का अधिक से अधिक समाधान करना है, जनता के कल्याण हेतु अधिक से अधिक काम करने हैं।

माई लॉर्ड कुछेक घटनाओं को छोड़कर मेरे कार्यकर्ताओं ने मेरे दिशा निर्देशों को माना... और...सांसद बनने के पहले दिन से लेकर वर्तमान तक सुन्दरी देवी और भगवन्ता प्रसाद के इस बेटे को जनता का भरपूर साथ मिला। तीन बार मैं लोकसभा का निर्दलीय सांसद बना। योर ऑनर, बताना चाहूँगा मेरी लोकसभा सदस्यता के कार्यकाल में केन्द्र में अस्थिर सरकारों का दौर रहा। कई बार मुझे ऑफर मिला, मैं चाहता तो आसानी से केन्द्रीय मंत्री बन सकता था पर मंत्रिपद मैंने स्वीकार करना उचित नहीं समझा क्योंकि तब पूरे देश की जिम्मेदारी मेरे कन्धों पर होती और मैं बना जिस काम के लिए हूँ वह काम ... यानी मरीजों की सेवा करना मैं नहीं कर पाता। माई लॉर्ड ... मेरे अन्दर एक जुनून है...पता नहीं क्यों मरीज को आराम देखकर मेरे शरीर में ऊपर से लेकर नीचे तक खुशी की एक चमक कौंध जाती है, ये कौंध मेरा मन बार-बार प्राप्त करना चाहता है...शरीर की इस विशेष आनन्द की अवस्था में मैं लगातार बने रहना चाहता हूँ। माननीय न्यायालय द्वारा दण्डित किए जाने से पहले मैं प्रतिदिन दो से ढ़ाई घंटे, अपनी अतिव्यस्तता के समय में भी ओ०पी०डी० करता रहा हूँ।...और माई लॉर्ड...।" कहते-कहते दोनों हाथ जोड़कर झुक गए प्रभात कुमार - "मरीजों को कष्ट में देखकर प्रभात कुमार उनका इलाज करना तभी बन्द करेगा जब वह इलाज करने लायक नहीं बचेगा...।"

"आब्जेक्शन योर ऑनर...।" लम्बे समय से चुप पब्लिक प्रासीक्यूटर अवसर आते ही तेज आवाज़ में बोला- "मुजरिम, प्रभात कुमार भरी अदालत में देश के कानून की धज्जियाँ उड़ा रहे हैं। ये स्वीकार कर रहे हैं कि बिना डिग्री के ये आगे भी इलाज करते रहेंगे और मरीजों को मौत के घाट उतारते रहेंगे। ऐसे दबंग व्यक्ति को सख्त से सख्त सज़ा मिलना चाहिए।"

"आई आलसो आब्जेक्ट माई लॉर्ड,...।" अब प्रभात कुमार का वकील चीखा- "मेरे मुवक्किल अपने जीवन की एक-एक सच्चाई दिल खोल कर बता रहे हैं... उन्होंने जीवन भर जनता की सेवा की है, एक महापुरुष का जीवन जिया है। अदालत से गुजारिश है कि इंसानियत का ध्यान रख उनकी भावनाओं की कद्र करते हुए प्राकृतिक न्याय के तहत उनको बाइज्जत बरी किया जाये ताकि वे इंसानियत की और भी सेवा कर सकें..।"

"माई लॉर्ड, देश भावनाओं से नहीं कानून और संविधान से चलता है। देश के कानून के तहत मि० प्रभात कुमार ने जुर्म किया है, उनको सज़ा मिलनी चाहिए...।" अबकी विरोधी वकील भी चीखा।

"शान्त हो जाइये आप लोग प्लीज...।" चेहरे पर अपूर्व दृढ़ता के साथ प्रभात कुमार ने दोनों हाथ वकीलों को शान्त करने की मुद्रा में उठाए- "चुप हो जाइये आप लोग, मैं अदालत के सामने स्वीकार करता हूँ कि मेरे अस्पताल के मरीज रामसनेही प्रजापति निवासी गोहरगाँव, जिला सुदर्शनपुर की सर्जरी मैंने की थी और उसी दौरान उसकी मृत्यु हुई...इसकी जो भी सज़ा अदालत तय करें मुझे स्वीकार है...बस माई लॉर्ड मैं अपनी बात समाप्त करता हूँ...।"

कहकर अदालत में छाई निस्तब्धता की स्थिति में गर्दन उठाकर सीधे खड़े हो गए प्रभात कुमार।

तीनों जज उनकी ओर एकाएक एकटक देखने लगे। दोनों वकील अपनी जगह चुप उन्हीं के चेहरे को देख रहे थे। और खचाखच भरी अदालत में भी लोग उनका चेहरा देखते हुए कानाफूसी करने लगे।

"प्रासीक्यूशन...।" एकाएक अदालत में उठ रहे हलके शोर को तोड़ते हुए मध्य में विराजमान जज ने विपक्षी वकील की ओर देखा-"बताइये आप क्या कहना चाहेंगे ?"

"योर ऑनर, मैं मि० प्रभात कुमार से कुछ प्रश्न करना चाहूँगा।" तत्परता से बोले विपक्षी वकील।

"गो अहेड।" अनुमति प्रदान की जज साहब ने।

"मि० प्रभात कुमार, तो आप स्वीकार करते हैं कि आपने कोई वैधानिक

डिग्री न होने के बाद भी सर्जरी की ?" पूछते हुए सख्ती से दोनों होठों को दबाया वकील ने।

"जी सर...।" तनाव रहित उत्तर प्रभात कुमार का- "मैं पहले ही ये स्वीकार कर चुका हूँ, आपको रिपीट कराना ज़रुरी लगता है, इसलिए पुनः स्वीकार करता हूँ।"

"इट्स आल, माई लॉर्ड...।" अपने स्वर में आदतन जोश पैदा करने की कोशिश की वकील ने- "मुजरिम ने पूरी तरह इकबाल कर लिया है अपने जुर्म का, अब मुझे सिर्फ ये कहना है कि हमारे देश के कानून को ध्यान में रखते हुए माननीय अदालत मुजरिम को सख्त से सख्त सज़ा दे ताकि भविष्य में कोई भी इंसान कानून को तोड़ने की हिमाकत त्त कर सके।" कहते हुए विजयी भाव से वकील साहब सिर झुकाते हुए एक ओर खड़े हो गए।

"ओ.के. वकील साहब...।" उनकी बात समाप्त होते ही मध्य में आसीन जज मुस्कुराये फिर विरोधी वकील की आँखों में आँखे डालकर दृढ़ता से अपने होंठो पर होंठ रखकर बोले- "हम आपको यकीन दिलाते हैं कि फैसले में आपकी इच्छा के मुताबिक हम लोग सिर्फ कानून का ही नहीं, संविधान और उसके भी आगे नेचुरल जस्टिस का भी ख्याल रखेंगे।"

जब उन्होंने प्रभात कुमार की ओर गहरी नजर से देखते हुए अन्तिम कुछ शब्द बोले तब अन्य दोनों जजों के लम्बे समय से गम्भीर चेहरों पर भी मुस्कान दौड़ गई।

"कोर्ट इज एड्जर्न्ड टिल डेसीजन।" उन्हीं जज की कहीं दूर आसमान में खोती सी आवाज़ एक बार पुनः गूँजी।

कुछ क्षणों से लगातार मुस्कुराते हुए सभी जज उठ खड़े हुए।

* * * * *

लेखक परिचय

अजय अग्रवाल ने कई प्रभावशाली पुस्तकों की रचना की है । उनकी रचनाएं उपन्यासों, ऐतिहासिक आख्यानों, और प्रेरक लेखों की शैलियों में हैं, जिनमें "धुंध में सफर," "इस्कूल अंतःकथा," "मानव अवतरण एवं सभ्यता का विकास," और "अपने बच्चे को अध्ययन के लिए कैसे प्रेरित करें" शामिल हैं।

"धुंध में सफर" उनकी कहानियों में एक है जो रिश्तों, आकांक्षाओं, और अर्थ की खोज में मानव यात्रा को बुनती हैं। "मानव अवतार एवं सभ्यता का विकास" में उन्होंने मानव विकास और सभ्यता के विकास की गहन खोज की है, जो बौद्धिक गहराई में उतरती है। यह गहन ज्ञानवर्धक कार्य जटिल विषयों को सुलभ आख्यानों में प्रस्तुत करता है।

"अपने बच्चे को अध्ययन के लिए कैसे प्रेरित करें" नामक पुस्तक माता-पिता, शिक्षकों, और युवा पीढ़ी के शैक्षणिक विकास में मदद करने वाली है और प्रेरक कृति सीखने के प्रति सकारात्मक दृष्टिकोण को बढ़ावा देती है।

अग्रवाल का लेखन शैली से परे है, और उनकी पुस्तकें सार्वभौमिक विषयों के साथ गहरा संबंध प्रदान करती हैं। उनकी गहन दृष्टि और स्थायी प्रभाव उन्हें समकालीन साहित्य की सास्कृतिक और बौद्धिक समृद्धि के खोजकर्ता बना देते हैं। अंततः अजय अग्रवाल की पुस्तकें एक साहित्यिक यात्रा का विशिष्ट पहलू प्रस्तुत करती हैं और बौद्धिक समझ के लिए अपरिहार्य रुप से पठनीय हैं।

* * * * *

www.ingramcontent.com/pod-product-compliance
Lightning Source LLC
LaVergne TN
LVHW102039051026
849518LV00014B/2024
* 9 7 8 8 1 9 3 8 2 5 4 0 2 *